E-Z DICKENS SUPERBOHATER KSIĄŻKA PIERWSZA I DRUGA

TATUAŻ ANIOŁ; TRÓJKA

Cathy McGough

Stratford Living Publishing

Chapter 1

PIĘĆ GWIAZDEK - ULUBIONA KSIĄŻKA CZYTELNIKÓW KSIĘGA PIERWSZA TATUAŻ ANIOŁ

"Po tragedii, w wyniku której chłopiec zostaje sierotą, odkrywa, że ma specjalne moce, które pomogą mu ratować życie w przygodowej książce dla młodzieży E-Z Dickens Superhero (Book One: Tattoo Angel) autorstwa Cathy McGough. Trzynastoletni Ezekiel Dickens, E-Z dla swoich przyjaciół i rodziny, jest przeciętnym chłopcem z pasją do baseballu. Wypadek pozbawia go rodziców i skazuje na wózek inwalidzki,

Zagadki i duchy obfitują w nadprzyrodzoną przygodę dla młodych dorosłych, E-Z Dickens Superhero autorstwa Cathy McGough. Dzięki pozytywnemu przesłaniu ta historia może pomóc osobom cierpiącym z powodu urazów i traumy w leczeniu i zmianie perspektywy".

CZTERY GWIAZDKI - RECENZENT AMAZON - KSIĄŻKA PIERWSZA TATUAŻ ANIOŁA

Kiedy E-Z budzi się w szpitalu po tragicznym wypadku, jego rodzice nie żyją, a trzynastolatek nie może poruszać palcami u stóp. Chociaż jest przykuty do wózka inwalidzkiego, odkrywa, że potrafi latać - ze skrzydłami wyrastającymi z jego ramion w miejscu, gdzie powinny być tatuaże. Nie jest pozostawiony samemu sobie w dziwnym nowym świecie, ponieważ ma swojego wujka Sama, który wkracza, by go wychować, wraz z nadprzyrodzonymi bytami, które pojawiają się, gdy najmniej się tego spodziewasz.

Lubię E-Z. Jest dziwaczny i mimo że wypadek przekreślił jego marzenia o zostaniu zawodowym piłkarzem, nie użala się nad sobą i ciągnie czytelnika ze sobą. Jego postawa jest podnosząca na duchu (pomimo tego, że ma skrzydła, bez zamierzonej gry słów). Czytelnicy będą mu kibicować. Dobrze jest widzieć niepełnosprawną postać odgrywającą główną rolę w fabule, a nie pozostającą na uboczu, wnoszącą niewiele do akcji. Brawa dla autora. Podoba mi się również koncepcja duchów, które dają E-Z specjalne moce, ale chciałbym, aby stały się one bardziej rozwinięte jako inne główne postacie. Mimo wszystko, sprytna historia. Książka spodoba się młodym nastolatkom. Dobra robota.

Pięć gwiazdek - Amazon Reviewer - KSIĄŻKA DRUGA: TRÓJKA

E-Z DICKENS SUPERBOHATER KSIĘGA DRUGA TRÓJKA autorstwa Cathy McGough to świetna superbohaterska opowieść przygodowa. Główni bohaterowie, E-Z, Lia i Alfred, zabiorą cię na wyprawę z niespodziankami, których się nie spodziewasz. A co wspólnego z ich misją mają Archaniołowie? Przekonaj się sam. Bardzo podobała mi się fabuła, styl pisania i historia, która trzymała mnie w napięciu aż do ostatniego rozdziału.

Polecam tę książkę każdemu, kto lubi superbohaterów, suspens, akcję, przygodę, nastolatków, YA lub fikcję.

DEDYKACJA

Dla Dorothy, która uwierzyła.

SPIS TREŚCI

PROLOG

Pierwszy stwór wleciał na klatkę piersiową E-Z i wylądował z brodą wysuniętą do przodu i rękami na biodrach. Obrócił się raz, zgodnie z ruchem wskazówek zegara. Obracał się szybciej, a z trzepotu jego skrzydeł wydobywała się pieśń. Był to niski jęk. Smutna pieśń z przeszłości, celebrująca życie, którego już nie ma. Stworzenie odchyliło się do tyłu, opierając głowę o klatkę piersiową E-Z. Wirowanie ustało, ale pieśń nadal grała.

Druga istota dołączyła, wykonując ten sam rytuał, obracając się w kierunku przeciwnym do ruchu wskazówek zegara. Stworzyli nową piosenkę, bez bip-bip i zoom-zooms. Kiedy śpiewali, onomatopeja nie była wymagana. Podczas gdy w codziennych rozmowach z ludźmi była. Ta piosenka nałożyła się na drugą i stała się radosną, wysoką celebracją. Odą do rzeczy, które mają nadejść, do życia, które jeszcze nie zostało przeżyte. Pieśń dla przyszłości.

Diamentowy pył buchnął z ich złotych oczodołów, gdy obrócili się w idealnej synchronizacji. Diamentowy pył prysnął z ich oczu na śpiące ciało E-Z. Wymiana trwała, aż pokryła go diamentowym pyłem od stóp do głów.

Nastolatek nadal spał spokojnie.   Dopóki diamentowy pył nie przebił jego ciała - wtedy otworzył usta, by krzyczeć, ale nie wydobył się z nich żaden dźwięk.

"Budzi się, bip-bip".

"Podnieś go, zoom-zoom".

Razem podnieśli go, gdy otworzył zaszklone oczy.

"Śpij więcej, beep-beep".

"Nie czuj bólu, zoom-zoom".

Przytulając jego ciało, dwie istoty przyjęły jego ból do siebie.

"Wstań, beep-beep", rozkazał.

Wózek inwalidzki podniósł się. Ustawił się pod ciałem E-Z i czekał. Kiedy spadła kropla krwi, wózek ją złapał. Wchłonęło ją. Pochłaniało ją - jakby była żywą istotą.

W miarę jak moc krzesła rosła, ono również zyskiwało na sile. Wkrótce krzesło mogło utrzymać swojego pana w powietrzu. Pozwoliło to dwóm istotom wykonać swoje zadanie. Ich zadanie polegało na połączeniu krzesła i człowieka. Związanie ich na całą wieczność mocą diamentowego pyłu, krwi i bólu.

Gdy ciało nastolatka trzęsło się, przebicia na jego skórze zagoiły się. Zadanie zostało wykonane. Diamentowy pył był częścią jego esencji. W ten sposób muzyka ucichła.

"Skończone. Teraz jest kuloodporny. I ma super siłę, beep-beep".

"Tak, i to jest dobre, zoom-zoom.

Wózek inwalidzki wrócił na podłogę, a nastolatek na łóżko.

"Nie będzie tego pamiętał, ale jego prawdziwe skrzydła zaczną działać bardzo szybko.

"A co z innymi efektami ubocznymi? Kiedy się zaczną i czy będą zauważalne zoom-zoom?"

"Tego nie wiem. Może mieć zmiany fizyczne... to ryzyko, które warto podjąć, aby zmniejszyć ból, beep-beep."

"Zgoda, zoom-zoom.

****

Zdrowie psychiczne E-Z poprawiło się po kilku sesjach z terapeutą/doradcą. Była miła i nie oceniała nastolatka, tak jak się tego obawiał. Zamiast tego zaproponowała sugestie i konkretne strategie, aby go uspokoić i pomóc mu. Ona, podobnie jak jego wujek Sam, również zasugerowała, aby to wszystko zapisał - w dzienniku lub pamiętniku.

Zamiast tego napisał krótkie opowiadanie na zadanie szkolne inspirowane ulubionym ptakiem jego matki: gołębiem. Po tym, jak otrzymał ocenę A+ z wypracowania, jego nauczycielka zgłosiła jego opowiadanie do ogólnowojewódzkiego konkursu pisarskiego. Na początku był zdenerwowany, że zgłosiła jego opowiadanie bez pytania go o zdanie. Ale kiedy wygrał, był niesamowicie szczęśliwy. Od tego czasu jego nauczycielka zgłosiła jego opowiadanie do ogólnokrajowego konkursu.

Podczas gdy jego siostrzeniec zagłębiał się w sztukę pisania, Sam zajął się nowym hobby: genealogią. Pewnego wieczoru, gdy jedli kolację, powiedział:

"Teraz, gdy napisałeś opowiadanie i odniosłeś pewien sukces, może powinieneś spróbować napisać powieść".

"Ja? Powieść? Nie ma mowy."

"Masz w sobie pisarską krew" - wyjawił Wujek Sam. "Śledząc naszą historię, odkryłem, że ty i ja jesteśmy spokrewnieni z jedynym w swoim rodzaju Charlesem Dickensem".

"Może więc powinieneś napisać powieść?". Zaśmiał się.

"Nie jestem tym, który ma nagradzane opowiadania".

Zielone i żółte światła migotały nad jego talerzem. Przynajmniej nie słyszał tego wysokiego dźwięku, w którym dudnił Wujek Sam.

".... W końcu ty i ja jesteśmy kuzynami Charlesa Dickensa. Spójrz na wszystko, co pokonałeś. Jesteś niesamowitym dzieciakiem - co masz do stracenia?".

Nazywa się Ezekiel Dickens i to jest jego historia.

CPRZYCZYNA

Wszystkie rodziny mają nieporozumienia. Niektóre kłócą się o każdą drobnostkę. Rodzina Dickensów zgadzała się w większości spraw. Muzyka nie była jedną z nich.

"Daj spokój tato", powiedział dwunastoletni E-Z. "Nudzę się, a na satelicie grają właśnie weekend z Muse".

"Nie wziąłeś słuchawek?" zapytała jego matka Laurel.

"Są w moim plecaku w bagażniku. Westchnął.

"Zawsze możemy się zatrzymać i je zabrać..."

Martin, ojciec chłopca, który prowadził, sprawdził czas. "Chciałbym dotrzeć do domku w górach, zanim się ściemni. Muza mi odpowiada. Poza tym, niedługo tam będziemy."

Laurel przekręciła pokrętło systemu satelitarnego w ich nowym czerwonym kabriolecie. Wahała się przez chwilę przy Classic Rock. Spiker powiedział: "Następny jest hymn Kiss I Wanna Rock N Roll All Night. Nie dotykaj tego pokrętła".

"Czekaj, to dobra piosenka!" krzyknął chłopak.

"Co, koniec z Muse?" zapytała Laurel, trzymając rękę na pokrętle.

"Po Kiss, dobrze?"

"W takim razie Kiss - powiedział Martin, włączając wycieraczki. Jeszcze nie padało, ale grzmiało. Gałązki i inne odłamki wpadały i wypadały z pojazdu, gdy wjeżdżali na górę.

Laurel kichnęła i odłożyła zakładkę na swoją stronę. Skrzyżowała ręce, trzęsąc się. "Ten wiatr na pewno wyje. Nie masz nic przeciwko, żebyśmy podnieśli dach?

"Głosuję za - powiedział E-Z, usuwając gałązki ze swoich blond włosów.

THWACK.

Nie było czasu na krzyk, gdy muzyka ucichła.

Uszy chłopca wciąż dzwoniły od dźwięku połączonego z eksplozją czterech poduszek powietrznych. Krew spłynęła mu po czole, gdy dotknął rzeczy na swoich nogach: drzewa. Krew zebrała się w drewnianym intruzie i wokół niego. Przejechał palcem wzdłuż pnia drzewa. Czuł się jak skóra; on był drzewem, a drzewo nim.

"Mamo? Tato?" szlochał, dysząc w klatce piersiowej. "Mamo? Tato? Proszę, odbierz!"

Musiał wezwać pomoc. Gdzie był jego telefon? Uderzenie wyrzuciło go w powietrze. Widział go, ale był zbyt daleko, by go dosięgnąć. A może był? Był łapaczem, a niektórzy mówili, że jego ręka do rzucania jest jak guma. Skoncentrował się, rozciągnął i rozciągnął, aż trafił.

Sygnał był silny, gdy jego zakrwawione palce wcisnęły 9-1-1, po czym rozłączyły się. Aby go znaleźli, musiał skorzystać z nowej, ulepszonej usługi. Wpisał E9-1-1. Dało to władzom pozwolenie na dostęp do jego lokalizacji, numeru telefonu i adresu.

"Służby ratunkowe. W jakiej jesteś sytuacji?"

"Pomocy! Potrzebujemy pomocy! Proszę. Moi rodzice!"

"Najpierw powiedz mi, ile masz lat? Jak masz na imię?"

"Mam dwanaście lat. Nazywają mnie E-Z."

"Proszę, zweryfikuj swój adres i numer telefonu".

Zrobił to.

"Cześć E-Z. Opowiedz mi o swoich rodzicach. Widzisz ich? Czy są przytomni?"

"Ja, ja ich nie widzę. Drzewo spadło na samochód, na nich i na moje nogi. Pomóżcie. Proszę."

"Mamy teraz twoją lokalizację."

E-Z zamknął oczy.

"E-Z?" Głośniej, "E-Z!"

Chłopiec podniósł się. "Przepraszam, ja."

"Wysyłamy helikopter. Postaraj się nie zasnąć. Pomoc jest w drodze."

"Dziękuję," jego oczy zamknęły się, ale zmusił je do otwarcia. "Muszę nie zasnąć. Powiedziała, żebym nie zasypiał. Wszystko, co chciał zrobić, to zasnąć, zasnąć, aby zakończyć cały ból.

Nad jego oczami zamigotały dwa światła, jedno zielone, a drugie żółte. Przez sekundę wydawało mu się, że widzi malutkie skrzydełka, gdy dwa obiekty unosiły się w powietrzu.

"Jest w złym stanie - powiedział zielony, podchodząc bliżej.

"Pomóżmy mu - powiedział żółty, unosząc się wyżej.

E-Z podniósł rękę, by machnąć migoczącym światłem. Wysoki dźwięk zranił jego uszy.

"Czy zgadzasz się nam pomóc?" zaśpiewały światła.

"Zgadzam się. Pomóżcie mi."

Potem wszystko stało się czarne.

EFFEKT

S am, wujek E-Z, był w szpitalu, kiedy się obudził. Chłopiec nie zadał pytania, gdzie są jego rodzice, ponieważ nie chciał usłyszeć odpowiedzi. Gdyby nie wiedział, mógłby udawać, że nic im nie jest. Że lada chwila wejdą do jego pokoju i rzucą mu się w ramiona. Ale w głębi duszy wiedział, a właściwie wierzył, że nie żyją. Wyobrażał sobie, jak odrzuca kołdrę i biegnie do nich, a oni łączą się w grupowym uścisku i płaczą o swoim szczęściu. Ale zaraz, dlaczego nie mógł poruszyć palcami u stóp? Spróbował jeszcze raz, mocno się koncentrując, ale nic się nie stało.

Sam, który obserwował, powiedział: "Nie ma nieskomplikowanego sposobu, aby ci to powiedzieć", cały czas walcząc z szlochaniem.

"Moje nogi", powiedział E-Z, "Nie czuję ich".

Wujek Sam ścisnął dłoń siostrzeńca. "Twoje nogi..."

"O nie. Nie mów mi. Po prostu nie mów.

Wyrwał rękę wujowi. Zakrył twarz, tworząc barierę między sobą a światem, gdy łzy spływały mu po policzkach.

Wujek Sam zawahał się. Jego siostrzeniec już płakał, już się smucił, a mimo to musiał mu powiedzieć o swoich rodzicach. Nie było łatwego sposobu, by to powiedzieć, więc wykrztusił: "Twoi rodzice. Mój brat i twoja mama... nie przeżyli".

Wiedzieć i usłyszeć te słowa to dwie różne rzeczy. Jedno czyniło to faktem. E-Z odrzucił głowę do tyłu i zawył jak ranne zwierzę, trzęsąc się i chcąc uciec, gdziekolwiek. Byle dalej.

"E-Z, jestem tu dla ciebie.

"Nie! To nieprawda. Kłamiesz. Dlaczego mnie okłamujesz? Miotał się, zaciskając pięści i wbijając je w materac, wściekając się i wściekając, nie mając zamiaru przestać.

Sam nacisnął przycisk przy łóżku. Próbował go uspokoić, ale E-Z wymknął się spod kontroli, miotając się i przeklinając. Przybyły dwie pielęgniarki; jedna wbiła igłę, podczas gdy druga z Samem próbowała go uspokoić i szeptała cicho, że wszystko będzie dobrze.

Sam patrzył, jak jego siostrzeniec w krainie snów lub gdziekolwiek teraz był - zdobył się na uśmiech. Pielęgnował ten uśmiech, myśląc, że minie trochę czasu, zanim zobaczy go ponownie na twarzy swojego siostrzeńca. Czekała go długa i trudna droga. Jego siostrzeniec będzie musiał stawić czoła dniu, w którym jego życie się rozpadnie. Kiedy już to zrobi, będzie mógł walczyć i razem będą mogli zbudować mu zupełnie nowe życie. Nowe - inne - nie takie samo. Nic już nigdy nie będzie takie samo.

Wszystko dlatego, że znaleźli się w niewłaściwym miejscu w niewłaściwym czasie. Ofiary natury: drzewo. Drzewo, które stało się bronią natury przez ludzkie zaniedbanie. Drewniana konstrukcja była martwa, korzenie nad ziemią walczyły o uwagę przez lata. A kiedy powiedzieli mu, że zostało oznaczone X do ścięcia na wiosnę - chciał krzyczeć.

Zamiast tego zadzwonił do najlepszego prawnika, jakiego znał. Chciał, by ktoś za to zapłacił - by ktoś zapłacił za dwa życia, które zostały zbyt szybko skrócone, oraz za zniszczone nogi i życie jego siostrzeńca.

Ale jaki to miało sens? Nic nie mogło zmienić przeszłości - ale w przyszłości pomógłby swojemu siostrzeńcowi odnaleźć drogę. W tym momencie Sam sformułował plan.

Sam przypominał dorosłą wersję Harry'ego Pottera (bez blizny). Jako jedyny żyjący krewny E-Z, przejąłby opiekę nad swoim siostrzeńcem. Rolę, którą zaniedbywał w przeszłości. Starał się być jak jego starszy brat Martin - nie po to, by go zastąpić.

Otrząsnął się z wymówek, które kipiały w jego wnętrzu. Próbował wykorzystać pracę, by uwolnić się od odpowiedzialności. Odszedłby, wymazując wszystkie zobowiązania. Wtedy mógłby przestać się obwiniać. Nienawidzić siebie za stracony czas.

Podczas gdy jego siostrzeniec spał, zadzwonił do dyrektora generalnego swojej firmy programistycznej. Jako doświadczony starszy programista w swojej dziedzinie miał nadzieję, że dojdą do kompromisu. Powiedział im, co chce zrobić.

"Jasne, Sam. Możesz pracować zdalnie. Nic się nie zmieni. Rób to, co musisz. Jesteśmy z tobą. Rodzina zawsze na pierwszym miejscu".

Kiedy się rozłączył, wrócił do łóżka siostrzeńca. Na razie przeprowadzi się do domu rodzinnego, aby E-Z mógł pozostać w pobliżu swoich przyjaciół i szkoły. Razem poskładają wszystko do kupy i odbudują jego życie. Pod warunkiem, że nie zwariuje. W końcu jako kawaler miał niewielkie lub żadne doświadczenie z dziećmi - nie mówiąc już o nastolatkach.

****

P o wyjściu ze szpitala - zmuszeni przez los - nie mieli innego wyboru, jak tylko stworzyć więź, która wykraczała poza krew.

E-Z opierał się, zaprzeczając, myśląc, że może zrobić to wszystko sam. W końcu nie miał innego wyboru, jak tylko przyjąć oferowaną pomoc.

Sam wkroczył - był tam dla niego - prawie tak, jakby wiedział, czego potrzebuje jego siostrzeniec, zanim o to poprosił.

I był tam dla E-Z w drugim najgorszym dniu jego życia - kiedy powiedziano mu, że już nigdy nie będzie chodził.

"Wejdź" - powiedział dr Hammersmith, jeden z najlepszych ortopedów i neurologów.

Na wózku inwalidzkim wszedł E-Z, a za nim Sam.

Hammersmith słynął z naprawiania tego, czego nie da się naprawić i zamierzał naprawić Sama. Podczas poprzednich konsultacji obiecał młodemu człowiekowi, że znów będzie grał w baseball.

"Przepraszam - powiedział Hammersmith. Po kilku sekundach niezręcznej ciszy, wypełnił ją tasowaniem papierów.

"Za co dokładnie przepraszasz?" zapytał E-Z, naciskając z całej siły, aby przesunąć się do przodu na swoim miejscu. Nie mogąc wykonać tego zadania, pozostał na swoim miejscu.

"To, o co prosił - powiedział Sam, bez wysiłku przesuwając się do przodu na swoim miejscu.

Hammersmith odchrząknął. "Mieliśmy nadzieję, że skoro wszystko funkcjonuje normalnie, paraliż może być tymczasowy. Dlatego wysłałem cię na dodatkowe badania i zasugerowałem fizykoterapię. Nie ma teraz wątpliwości, przykro mi to mówić E-Z, ale już nigdy nie będziesz chodzić.

"Jak mogłeś mu to zrobić?" zapytał Sam.

Dotarła do niego ostateczność jego słów. "Zabierz mnie stąd, wujku Samie!

"Zaczekaj - powiedział Hammersmith, nie mogąc spojrzeć im w oczy. "Poprosiłem o pomoc kolegów z całego świata. Ich wnioski były takie same.

"Wielkie dzięki.

"E-Z, nadszedł czas, abyś ruszył dalej. Nie chcę dawać ci więcej fałszywej nadziei. "

Sam wstał, kładąc ręce na rączkach wózka inwalidzkiego.

$$***$$

Dwie lampki: żółta i zielona migotały w pobliżu nowego wózka inwalidzkiego E-Z.

"Ten się nie nadaje, beep-beep".

"Zgadzam się, w ogóle się nie nada. Potrzebuje czegoś lżejszego, mocniejszego, ognioodpornego, kuloodpornego i absorbującego, zoom-zoom."

"Sam-wiesz-kto powiedział, że nie powinniśmy tracić czasu - więc zróbmy to, zanim człowiek się obudzi, beep-beep".

Światła zatańczyły wokół wózka inwalidzkiego. Jeden wymienił metal, a drugi opony. Kiedy zakończyli proces, krzesło wyglądało tak samo jak wcześniej, ale nie było.

E-Z wyszeptał przez sen.

"Wynośmy się stąd! Beep beep!"

"Tuż za tobą! Zoom zoom!"

I tak zrobili, podczas gdy młody spał dalej.

***

Rok później E-Z miał wrażenie, że wujek Sam zawsze tam był. Nie żeby zastąpił mu rodziców. Nie, nigdy nie byłby w stanie tego zrobić, w rzeczywistości nie próbowałby - ale dogadywali się. Byli kumplami. Byli czymś więcej, byli rodziną. Jedyną rodziną, jaką trzynastolatek miał na świecie.

"Chcę ci podziękować - powiedział, starając się nie rozpłakać.

"Nie musisz mi dziękować, mały.

"Ależ muszę, wujku Samie, bez ciebie rzuciłbym ręcznik.

"Jesteś zrobiony z mocniejszych rzeczy niż to."

"Nie jestem. Od wypadku boję się, naprawdę się boję. Miewam koszmary".

"Wszyscy się boimy; pomaga, jeśli o tym mówisz. To znaczy, jeśli chcesz ze mną o tym porozmawiać".

"Czasami zdarza się to w nocy - kiedy śpisz. Nie chcę cię budzić".

"Jestem obok, a ściany nie są aż tak grube. Po prostu krzyknij do mnie, a będę tam. Nie mam nic przeciwko."

"Dzięki, mam nadzieję, że nie będę musiał, ale dobrze wiedzieć.

Wrócili do oglądania telewizji i nigdy więcej nie rozmawiali o tej sprawie.

Aż do pewnej nocy, kiedy E-Z obudził się z krzykiem, a Sam zgodnie z obietnicą tam był.

Zapalił światło. "Jestem tutaj. Wszystko w porządku?"

E-Z trzymał się krawędzi łóżka, jak ktoś, kto miał zamiar zejść z klifu. Pomógł mu wrócić na materac.

"Już lepiej?"

"Tak, dzięki.

"Masz ochotę o tym porozmawiać? Mogę ci zrobić kakao.

"Z piankami?"

"To oczywiste. Zaraz wracam."

"Dobrze. E-Z zamknął na chwilę oczy, a wysokie dźwięki powróciły. Zakrył uszy i obserwował żółte i zielone światła, które tańczyły przed jego oczami. Wyciągnął ręce, słysząc bose stopy wujka, które stąpały po korytarzu.

"Proszę bardzo - powiedział Sam, wkładając kubek gorącego kakao do ręki siostrzeńca. Sam usiadł na wózku inwalidzkim, gdzie upił łyk i westchnął.

Lewą ręką E-Z uderzył w powietrze, prawie rozlewając swój napój.

"Co robisz?"

"Nie słyszysz tego? Tego rozdzierającego uszy dźwięku?

Sam słuchał uważnie, ale nic. Potrząsnął głową. "Jeśli słyszysz coś dziwnego, dlaczego próbujesz to odepchnąć?

E-Z skupił się na swoim gorącym napoju, po czym przełknął mini-marshmallow. "Zgaduję, że nie widzisz świateł?

"Świateł? Jakich świateł?"

"Dwa światła: jedno zielone i jedno żółte. Mniej więcej wielkości twojego palca. Tutaj włączone i wyłączone - od wypadku. Przeszywają moje uszy i migają mi przed oczami. Irytują mnie."

Sam podszedł do wezgłowia i spojrzał na nie z perspektywy siostrzeńca. Nie spodziewał się niczego zobaczyć - i oczywiście tego nie zrobił - wysiłek miał na celu uspokojenie. "Nie, ale powiedz mi więcej, żebym mógł lepiej zrozumieć, jak to się zaczęło.

"Podczas wypadku zobaczyłem dwa światła, żółte i zielone i, nie śmiej się, ale myślę, że do mnie przemówiły. To dlatego miałem koszmary".

"Jakiego rodzaju światła? Masz na myśli, jak lampki choinkowe?"

"Nie, nie takie jak lampki choinkowe. To nic takiego. Już ich nie ma. Prawdopodobnie zespół stresu pourazowego lub retrospekcja".

"PTSD i retrospekcja to dwie zupełnie różne rzeczy. Zastanawiam się, czy może powinnaś z kimś porozmawiać. Mam na myśli kogoś poza mną".

"Masz na myśli moich przyjaciół?"

"Nie, mam na myśli profesjonalistę".

POP.

POP.

Znów były z powrotem. Mrugały mu przed nosem i sprawiały, że miał zeza. Powstrzymał się. Starał się ich nie odganiać. Kiedy Sam wziął kubek jedną ręką, a drugą pomacał się po czole, uderzył w powietrze. "Odczepcie się ode mnie!

Sam patrzył, jak jego siostrzeniec zastyga niczym lodowa rzeźba na Festiwalu Zimowym. Sam pstryknął palcami przed jego oczami, ale nie było żadnej reakcji. E-Z westchnął, odchylił się do tyłu, wziął głęboki oddech i w ciągu kilku sekund chrapał jak żołnierz. Sam podciągnął kołdrę. Pocałował siostrzeńca w czoło, po czym wrócił do swojego pokoju. W końcu zasnął.

Następnego dnia Sam zasugerował, aby E-Z zapisał swoje uczucia, być może w pamiętniku. W międzyczasie zapytał o rezerwację spotkania z profesjonalistą.

"Masz na myśli psychiatrę?"

"Albo psychologa. A w międzyczasie zapisz to. Kiedy ich widzisz, jak wyglądają - zapisuj obserwacje".

"Pamiętnik, to znaczy, do kogo jestem podobna, do Oprah Winfrey?"

"Nie," powiedział Sam. "Dzieciaku, masz koszmary, słyszysz wysokie dźwięki i widzisz światła. To może być oznaka, jak powiedziałeś, PTSD lub czegoś medycznego. Muszę to zbadać i porozmawiać z twoim lekarzem, zasięgnąć jego rady. Tymczasem zapisywanie swoich myśli, prowadzenie dziennika może pomóc. Wielu mężczyzn pisało pamiętniki lub prowadziło dzienniki".

"Wymień jednego, którego imię bym rozpoznała?"

"Zobaczmy, Leonardo da Vinci, Marco Polo, Karol Darwin".

"Mam na myśli kogoś z tego stulecia.

"Wspomniałeś już o Oprah".

KSIĘGA PIERWSZA

TATUAŻ ANIOŁ

ROZDZIAŁ PIERWSZY

Przez pierwsze trzynaście lat swojego życia był znany pod kilkoma imionami. Ezekiel, jego imię rodowe. E-Z, jego pseudonim. Łapacz w drużynie baseballowej. Pisarz opowiadań. Syn swoich rodziców. Siostrzeniec swojego wujka. Najlepszy przyjaciel. Teraz mieli dla niego nowe imię.

Nie żeby przeszkadzało mu słowo na "c". W rzeczywistości niektóre alternatywy wolał mniej. Podobnie jak komentarze, które niektórzy ludzie wypowiadali, ponieważ myśleli, że są politycznie poprawni. "O, to ten dzieciak, który jest przykuty do wózka inwalidzkiego". Mówili to, wskazując na niego - jakby myśleli, że on też jest niedosłyszący. Albo mówili: "Przykro mi, że jesteś teraz na wózku inwalidzkim". To sprawiło, że się wzdrygnął. Ale tym, co doprowadziło go do szału, było "Och, jesteś teraz dzieciakiem, który jeździ na wózku inwalidzkim". Widok kogokolwiek, zwłaszcza młodszej osoby na wózku inwalidzkim, sprawiał, że niektórzy ludzie czuli się niekomfortowo. Jeśli tak się czuli, dlaczego musieli coś powiedzieć?

To wywołało wspomnienie z dawnych lat. Wspomnienie jego rodziców, oglądających film Bambi w telewizji w deszczowe sobotnie popołudnie. Mama zrobiła swoje słynne kulki popcornu. Mieli wodę sodową, M&Ms, pianki i ulubione Twizzlers taty. Królik Thumper powiedział: "Jeśli nie możesz powiedzieć czegoś miłego, nie mów nic". Kiedy zmarła matka Bambiego, po raz pierwszy widział, jak jego matka i ojciec płaczą nad filmem. Ponieważ był tak zszokowany ich zachowaniem, sam nie uronił ani jednej łzy.

Niektórzy chłopcy w szkole nazywali go "chłopcem z drzewa - kaleką". Kilku było kolegami sportowcami, którzy kiedyś podziwiali go, gdy był królem za talerzem. Nienawidził tego określenia bardziej niż komentarza o kalece. Nie użalał się nad sobą (nie przez większość czasu) i nie chciał, aby ktokolwiek się nad nim użalał.

Kiedy nadszedł czas, aby wrócił do szkoły pierwszego dnia, zrobił to z pomocą swoich przyjaciół. PJ (skrót od Paul Jones) i Arden wspierali go i popychali, w zależności od potrzeb. Wkrótce stali się znani jako Trio Tornado. Głównie dlatego, że gdziekolwiek się nie pojawili, panował chaos. To właśnie wtedy E-Z nauczył się oczekiwać nieoczekiwanego.

Więc kiedy jego przyjaciele wpadli pewnego ranka, aby odebrać go do szkoły kilka miesięcy później - a potem powiedzieli, że nie idą - nie był zbyt zaskoczony.

Kiedy powiedzieli, że muszą zawiązać mu oczy - tego się nie spodziewał.

Na tylnym siedzeniu zapytał. "Dokąd jedziemy?" Brak odpowiedzi. "Czy mi się spodoba?"

"Tak" - odpowiedzieli jego przyjaciele.

"Więc dlaczego peleryna i sztylet?"

"Ponieważ to niespodzianka" - powiedział PJ.

"I docenisz to bardziej, gdy już tam będziemy".

"Cóż, nie mogę uciec." Zadrwił.

Matka Ardena zaparkowała. "Dzięki mamo - powiedział.

"Zadzwoń do mnie, gdy będziesz chciał, żebym cię odebrała - powiedziała.

Dwaj przyjaciele pomogli E-Z wsiąść na wózek inwalidzki i odjechali.

"Czy to tylko ja, czy ten wózek wydaje się lżejszy za każdym razem, gdy go wyjmujemy?" zapytał Arden.

"To ty!" odpowiedział PJ.

Gdy szli przez nierówny teren, E-Z czuł zapach świeżo skoszonej trawy. Kiedy jego przyjaciele zdjęli mu opaskę z oczu, znalazł się na boisku baseballowym. Łzy napłynęły mu do oczu, gdy zobaczył swoich byłych kolegów z drużyny, drużynę przeciwną i trenera Ludlowa. Byli w pełnym umundurowaniu, ustawieni wzdłuż świeżo narysowanej kredą linii bazowej.

"Witajcie z powrotem!" wiwatowali.

E-Z otarł łzy rękawem, gdy krzesło zbliżyło się do boiska. Odkąd wypadek odebrał mu marzenie o profesjonalnej grze w baseball, unikał gry. Z gulą w gardle, był tak przepełniony emocjami, że nie mógł złapać oddechu.

"Brak mu słów" - powiedział PJ, szturchając Ardena łokciem.

"To pierwszy raz."

"Dzięki, chłopaki. Nie myliliście się, że to będzie niespodzianka.

"Zaczekajcie tutaj - poinstruował przyjaciół.

E-Z został sam, by cieszyć się widokiem boiska do baseballu. Miejsce, które kiedyś było jego ulubionym miejscem na ziemi. Znów zakręciła mu się łza w oku, patrząc jak zielona trawa mieni się w słońcu. Otarł je, gdy jego przyjaciele wrócili, niosąc torbę ze sprzętem.

Arden pochylił się, "Niespodzianka kolego, łapiesz dzisiaj!".

"Co masz na myśli? Nie mogę w tym grać! - powiedział, uderzając dłońmi w ramiona wózka inwalidzkiego.

"Masz, obejrzyj to, a my cię przygotujemy" - powiedział PJ, podając mu telefon i naciskając przycisk odtwarzania.

E-Z patrzył ze zdumieniem, jak gracze tacy jak on wchodzą na boisko baseballowe. Przyjrzał się bliżej ich krzesłom, które miały zmodyfikowane kółka. Gracz podjechał do tablicy, połączył się z piłką i okrążył bazy.

"Wow! To jest niesamowite!"

"Jeśli oni mogą to zrobić, to ty też!" powiedział Arden, zakładając nakolanniki na nogi przyjaciela, podczas gdy PJ zabezpieczył ochraniacz klatki piersiowej. W drodze na boisko jego przyjaciele rzucili mu maskę łapacza i rękawicę.

"Batter w górę!" zawołał trener Ludlow.

Miotacz rzucił pierwszą szybką piłkę prosto w strefę, a on ją złapał.

Drugą piłką był pop up. E-Z rzucił się na nią, robiąc zbliżenie, podnosząc się. Sięgnął. Zaskoczył nawet samego siebie, gdy ją złapał. Nie zauważyli, ale podniósł się. Jego tyłek opuścił siedzenie krzesła i nie miał pojęcia, jak to zrobił.

"Wow", powiedział PJ, "to był wspaniały chwyt".

"Tak, prawdopodobnie przegapiłbyś to, gdyby nie krzesło".

E-Z uśmiechnął się i kontynuował grę. Kiedy gra się skończyła, poczuł się dobrze. Normalnie. Podziękował chłopakom za przywrócenie go do gry.

"Następnym razem to ty uderzasz - powiedział PJ.

E-Z szydził, gdy mama Ardena zawiozła ich z powrotem do szkoły. Jeśli się pospieszą, zdążą przed rozpoczęciem następnych zajęć. Uczniowie tłoczyli się na korytarzach, a on toczył się do swojej szafki. Jego koledzy z klasy usłyszeli stukot opon o linoleum i rozeszli się.

E-Z był pierwszym dzieckiem, które wymagało dostępu do wózka inwalidzkiego w swojej szkole, ale był już legendą, zanim stracił władzę w nogach. Musiał wiele zrobić, aby poprosić o pomoc, ale kiedy już to zrobił, otrzymał ją. Miał już ich szacunek jako sportowiec, zdobył mnóstwo trofeów sam i jako członek drużyny. Musiał ponownie zdobyć ich szacunek jako nowe ja.

Po meczu wrócili do szkoły i zakończyli dzień. Ponieważ było to tylko pół dnia, E-Z był dość zmęczony, gdy mama Ardena i jego przyjaciele podrzucili go po szkole.

Podziękowawszy im, wszedł do środka.

"Jestem w domu, wujku Samie".

"Widzę, że miałeś udany dzień - powiedział Sam.

"Tak, to był dobry dzień. Rozciągnął się i ziewnął.

"Chodź. Mam ci coś do pokazania. Niespodziankę.

"Nie kolejną - powiedział E-Z, idąc za wujkiem korytarzem. Po prawej stronie minął pokój rodziców, który pewnego dnia miał stać się pokojem gościnnym. Do tego czasu było dokładnie tak, jak go zostawili - i tak pozostanie, dopóki E-Z nie zdecyduje inaczej.

Od czasu do czasu wujek Sam oferował mu pomoc w przejściu przez pokój, ale jego siostrzeniec zawsze mówił to samo.

"Zrobię to, kiedy będę gotowy".

Sam niechętnie się zgodził. Był zdeterminowany, by jego siostrzeniec ruszył dalej. To był pierwszy krok w tym kierunku. Od tego czasu rozmawiał ze swoim doradcą, który powiedział, że Sam powinien zachęcać E-Z do mówienia więcej o swoich rodzicach. Powiedziała, że uczynienie ich częścią jego codziennego życia pomoże mu szybciej się wyleczyć.

Poszli dalej korytarzem, minęli łazienkę i zatrzymali się przy skrytce.

"Ta-dah!" powiedział Wujek Sam, wpychając go do środka.

E-Z zaniemówił, patrząc na nowo przekształcone biuro. Na środku, naprzeciwko okna wychodzącego na ogród, stało biurko. Stał na nim zupełnie nowy komputer do gier i system dźwiękowy. Wsunął krzesło pod biurko - idealnie dopasowane - przesuwając palcami po klawiaturze. W pobliżu znajdowała się drukarka, stos papieru i kosz na śmieci - wszystko rozplanowane w zasięgu ręki.

Na lewo od niego znajdowała się półka z książkami. Podtoczył się bliżej. Pierwsza półka zawierała książki o pisaniu i klasykę. Rozpoznał kilka ulubionych książek swoich rodziców. Druga zawierała trofea, w tym nagrodę za jego pisanie. Trzecia i czwarta zawierały wszystkie jego ulubione książki z dzieciństwa. Dwie dolne półki były puste. Jego oczy powędrowały na szczyt regału, musiał odsunąć krzesło, aby zobaczyć, co tam jest.

Sam wszedł do pokoju obok niego. Położył rękę na ramieniu siostrzeńca.

"Te, nie byłem pewien, czy to nie za wcześnie. I..."

Największe odkrycie: rodzinne zdjęcie. Łza spłynęła mu po policzku, gdy przypomniał sobie dzień sesji zdjęciowej. To było w małym studiu fotograficznym w centrum miasta. Wszyscy byli ubrani. Tata w swoim niebieskim garniturze. Mama w swojej nowej niebieskiej sukience z czerwonym szalikiem zawiązanym na szyi. On w swoim szarym garniturze - tym samym, który nosił na ich pogrzebie.

Zwalczył szloch, przypominając sobie aranżację w studiu fotografa. Studio zawierało wszystko, co świąteczne - mimo że był dopiero lipiec. Uśmiechnął się, myśląc o tandetnych dekoracjach świątecznych i sztucznym kominku. Kilka tygodni później kartka przyszła pocztą, ale dla jego rodziców Boże Narodzenie nigdy nie nadeszło. Odwrócił krzesło w stronę wyjścia i ruszył korytarzem, a jego wujek podążał za nim.

"Wiem, że to zajmie trochę czasu. Przepraszam, jeśli posunąłem się za daleko zbyt wcześnie, ale minął ponad rok i my, ja i twój doradca, uznaliśmy, że nadszedł czas."

E-Z szedł dalej. Chciał uciec. Uciec do swojego pokoju i odciąć się od świata, ale wtedy coś do niego dotarło. Coś kluczowego. Jego wujek nie mógł znać historii tego zdjęcia. Gdyby znał, nie umieściłby go tam. Po tym wszystkim, co dla niego zrobił, był mu winien wyjaśnienie. Zatrzymał się.

"Nigdy go nie użyliśmy, było przeznaczone na naszą kartkę świąteczną, ale nigdy nie dotarło na Boże Narodzenie".

"Tak mi przykro. Nie wiedziałem.

"Wiem, że nie wiedziałaś, ale to nie sprawia, że boli mniej.

Wyczerpany zarówno fizycznie, jak i psychicznie zbliżył się do swojego pokoju. Jego wewnętrzny dialog był kontynuowany z pozytywnym wzmocnieniem. Przypominając mu, że rano wszystko będzie wyglądało lepiej. Ponieważ prawie zawsze tak było.

"To miało być miejsce, w którym możesz pisać. Pamiętaj, że jesteś teraz nagradzanym autorem i masz pisarską krew".

Był już prawie w swoim pokoju - dlaczego wujek nie pozwolił mu uciec? Jego temperament wzrósł.

"Napisałem jedno opowiadanie, ale to nie znaczy, że mogę lub chcę napisać więcej. Mówisz, że w moich żyłach płynie krew Karola Dickensa, ale ja chcę być łapaczem w L.A. Dodgers. To, że nazywają mnie drzewnym chłopcem - kaleką, nie oznacza, że muszę się godzić. Dlaczego miałbym się godzić?"

"Chciałbym, żebyś nie używał słowa na "c"."

"Kaleka, pieprzony kaleka" - powiedział, wykonując gwałtowny obrót i uderzając łokciem w ścianę. Jego niezbyt zabawna, śmieszna kość bolała jak szalona.

"Nic ci nie jest?

E-Z chrząknął w odpowiedzi, po czym ruszył do swojego pokoju. Planował zatrzasnąć za sobą drzwi. Zamiast tego został zaklinowany w połowie w drzwiach, a w połowie poza nimi. Wtedy kółka jego krzesła zablokowały się.

"FRICK!"

Sam puścił krzesło bez słowa. Wychodząc, zamknął drzwi.

E-Z chwycił kilka niezniszczalnych przedmiotów i rzucił nimi o ścianę. Aby się uspokoić, wyobraził sobie swoich rodziców, którzy mówili mu, jak bardzo są z niego dumni. Brakowało mu tego. Ale gdyby jego tata był tu teraz, powiedziałby mu, że jest takim bachorem. Matka też by mu to powiedziała, ale w bardziej uprzejmy i delikatny sposób. Otarł łzy. Poczuł ukłucie wstydu, a jego ciało opadło z wyczerpania na wózek inwalidzki.

Wujek Sam zapytał przez zamknięte drzwi: "Wszystko w porządku?".

"Zostawcie mnie w spokoju!" odpowiedział E-Z. Nawet jeśli potrzebował jego pomocy. Bez niego nie mógł przebrać się w piżamę ani położyć do łóżka. Musiałby spać na krześle, w swoim ubraniu. W głębi duszy zawsze znał prawdę. Jeśli przestanie się troszczyć, wszyscy inni też przestaną. Wtedy byłby naprawdę sam.

Podjechał krzesłem do okna i wyjrzał na nocne niebo. Muzyka. To była jedyna rzecz, która naprawdę łączyła ich jako rodzinę. Jasne, mieli swoje różnice w gatunkach muzycznych, ale kiedy w radiu leciała dobra piosenka, odkładali ją na bok.

Po trawniku przechadzał się parszywy czarny kot. Jego matka zawsze chciała, żeby pojechali do Nowego Jorku i zobaczyli Koty na Broadwayu. Żałował, że nie pojechali tam razem. Stworzyliby wspomnienie. Teraz już nigdy tego nie zrobią. Ta piosenka, coś o wspomnieniach sprawiło, że sięgnął po telefon.

Wybrał hard rockowy hymn, podkręcił głośność. Użył pięści, by wybijać rytm na poręczach krzesła, wykrzykując słowa piosenki.

Dopóki nie zaczął tak mocno, że spadł z krzesła i uderzył o podłogę. Na początku, widząc swój pokój od podstaw, chciał płakać. Zamiast tego zaczął się śmiać i nie mógł przestać.

"Dobrze się tam czujesz?" zapytał Sam.

"Przydałaby mi się twoja pomoc. Żołądek bolał go od śmiechu.

Początkową reakcją Sama było zaniepokojenie, gdy zobaczył swojego siostrzeńca na podłodze trzymającego się za brzuch. Kiedy zdał sobie sprawę, że trzyma go ze śmiechu, osunął się na podłogę obok niego.

Później, gdy Sam wychodził, powiedział: "Nic ci nie będzie, mały".

"Nic nam nie będzie".

Wtedy zawarli pakt, że zrobią sobie tatuaże.

ROZDZIAŁ DRUGI

"**P**rzykro mi, ale nie mogę dziś z wami grać w baseball".

"Daj spokój - powiedział Arden. "Nie byłeś taki zły ostatnim razem".

"Spadaj - odpowiedział E-Z. Przyspieszył, by spotkać się z wujkiem i zderzył się z Mary Garner, główną cheerleaderką.

"Och, przepraszam, Mary."

Widział ją po raz pierwszy od wypadku. Spojrzał w górę, gdy jej włosy opadły jak kurtyna na jego oczy: pachniały cynamonem i miodem.

"Kretyn", powiedziała. "Uważaj, gdzie idziesz.

Cofnęła się i odeszła. Jej świta podążyła za nią.

Uśmiechnął się i wyciągnął szyję, by zobaczyć, jak odchodzi. Jego przyjaciele podeszli i zrobili to samo. Arden zagwizdała.

Zerknęła przez ramię i odwróciła się w ich kierunku.

"Boże, ona jest fantastyczna - powiedział PJ.

"Jest gorąca - powiedziała Arden.

"Bardzo.

Wychodząc ze szkoły, PJ zapytał: "Więc powiedz nam, dlaczego nie chcesz dzisiaj grać".

"Tak, pomóżcie nam, zrozumcie - powiedział Arden, robiąc minę i krzyżując oczy. "Bez ciebie jesteśmy bezużyteczni".

"Słuchaj, wujek Sam i ja zawarliśmy pakt. Zrobimy coś razem - coś ważnego - dzisiaj po szkole.

Jego przyjaciele skrzyżowali ręce, blokując drogę do jego krzesła.

"Nadal zamierzasz nas wykluczyć - i nawet nie powiesz nam dlaczego? - powiedziała rudowłosa PJ.

"Jesteś totalnym dupkiem".

"Nigdy byśmy wam tego nie zrobili.

Odeszli, zwiększając tempo.

E-Z przyspieszył, ale to nie wystarczyło. "Zaczekajcie, robimy sobie tatuaże!

Jego przyjaciele zatrzymali się.

"Robię sobie tatuaż ku pamięci mamy i taty - skrzydła gołębia, po jednym na każdym ramieniu.

"Idziemy z tobą!"

"Myślałem, że pomyślicie, że jestem ckliwy.

Przez chwilę szli bez słowa.

"Wujek Sam spotka się ze mną w miejscu tatuażu.

ROZDZIAŁ TRZECI

Kiedy Sam zobaczył swojego siostrzeńca z przyjaciółmi, był zaskoczony.

"Myślałem, że ten pakt był między nami, czyli tajemnicą?".

"Chłopaki chcieli mnie zabrać na mecz - musiałem im powiedzieć".

"Ok, w porządku. Ale nie mam w zwyczaju zastępować ich rodziców lub udzielać pozwolenia w ich imieniu". Następnie zwrócił się do PJ i Ardena: "Nie mam nic przeciwko waszej obecności tutaj, ale tylko wasi rodzice mogą zatwierdzić wasze tatuaże".

"Zaczekajcie! powiedziała PJ. "Nigdy nawet nie myślałam o tym, że zrobimy sobie tatuaże".

Moi na pewno powiedzą "nie" - powiedział Arden. Jego rodzice mieli problemy, z których w pełni korzystał. Zachowywał się tak, jakby ich ciągłe kłótnie nie przeszkadzały mu przez większość czasu. Od czasu do czasu, gdy nie mógł już tego znieść, szukał schronienia w domu przyjaciela.

"Mój też." PJ był najstarszy i miał dwie siostry w wieku pięciu i siedmiu lat. Rodzice zachęcali go do dawania dobrego przykładu i przez większość czasu mu się to udawało. Skupiając się na przyszłości w sporcie, utrzymywał się na dobrej drodze.

Dzieląc się chwilą olśnienia, nastolatkowie przybili sobie piątki.

"Co?" zapytał Sam.

"Powiemy im, dlaczego E-Z to robi i że chcemy tatuaży, aby go wspierać" - powiedział PJ.

Arden skinął głową.

"Poczekaj chwilę. Więc wy dwaj kretyni chcecie wykorzystać śmierć moich rodziców jako pretekst do zrobienia sobie tatuażu?

Sam otworzył usta, ale słowa mu umknęły.

PJ i Arden mieli czerwone twarze i wpatrywali się w chodnik.

E-Z dał im spokój. "Dla mnie w porządku.

Sam zamknął usta, gdy on i dwaj chłopcy utworzyli półkole wokół wózka inwalidzkiego.

"Obiecaj mi jednak jedno - żadnych motyli.

"Hej, co macie przeciwko motylom?" zapytał Sam.

ROZDZIAŁ CZWARTY

Krótko mówiąc, PJ i Arden przekonali swoich rodziców, aby pozwolili im zrobić sobie tatuaże.

"Zaraz do was przyjdę - powiedział tatuażysta, spoglądając na całą czwórkę. Przed lustrem stał krzepki mężczyzna, który dodawał kolejny tatuaż do swojej kolekcji. Ten nowy znajdował się między kciukiem a palcem wskazującym. "Jesteś Sam? - zapytał mężczyzna wykonujący tatuaż.

Żołądek Sama poczuł lekkie mdłości, ponieważ czytał, że dłoń jest jednym z najbardziej bolesnych miejsc do tatuowania. "Tak, rozmawiałem z tobą przez telefon. To mój siostrzeniec E-Z i jego przyjaciele PJ i Arden.

"Cała wasza czwórka chce dzisiaj tatuaże? Ponieważ spodziewałem się tylko dwóch z was".

"Przepraszam za to. Możemy przełożyć termin, jeśli zajdzie taka potrzeba, lub mogę zrobić mój w inny dzień - powiedział Sam z życzeniem.

"Na szczęście moja córka wkrótce mi pomoże. Więc witaj w Tattoos-R-Us. Możesz tam poczekać.

Poczęstuj się szklanką wody. Jest też kilka broszur, które możesz chcieć sprawdzić. Mogą pomóc ci zdecydować, gdzie chcesz mieć tatuaż. Każdy obszar na ciele ma swój próg bólu". Masywny facet, który się tatuował, parsknął śmiechem.

"Dzięki - odpowiedział Sam, gdy ruszyli w stronę poczekalni. Gdy usiedli na kanapie, jego podskakujące kolano przyprawiło PJ i Arden o gęsią skórkę. Przeszli przez pokój i spojrzeli na tablicę ogłoszeń. Aby uspokoić nerwy, Sam mówił dalej. "Sprawdziłem ich w Internecie, działają na rynku od dwudziestu pięciu lat, a ten człowiek, z którym rozmawialiśmy, jest ich właścicielem. Mają doskonałą opinię w Better Business Bureau. Plus, mnóstwo pięciogwiazdkowych recenzji na ich stronie internetowej".

Wszyscy odwrócili wzrok, gdy do lokalu weszła uderzająca kobieta ubrana w strój podobny do gotyckiego. Miała trzydzieści kilka lat i sądząc po jej rysach, była córką właściciela. Miała tatuaże na każdym kawałku odsłoniętego ciała i sporadyczne kolczyki wszędzie indziej.

"Przepraszam za spóźnienie - powiedziała, dotykając ojca w ramię. Spojrzała na poczekalnię i szepnęła coś do niego. Uśmiechnęła się szczerbatym uśmiechem i odwróciła w stronę klientów.

"Cześć, jestem Josie. Wyciągnęła rękę i uścisnęła dłoń każdego z nich. "To jest Rocky. Jest właścicielem, a ja jestem jego córką.

"Jestem Sam, a to mój siostrzeniec E-Z i jego dwaj przyjaciele, PJ i Arden. Sam raczej upadł niż usiadł z powrotem.

Josie poszła przynieść mu szklankę wody.

E-Z myślał o tym, jak bardzo musiał go boleć kolczyk w języku, a potem powiedział do wujka: "Nie musisz".

"Nazywasz mnie tchórzem? - powiedział, drżąc na całym ciele, gdy Josie podała mu szklankę. Kiedy podniósł ją do ust, rozlał trochę wody.

"Jesteście tatuażowymi dziewicami, prawda? zapytała Josie.

E-Z pomyślał, że ma słodki głos, jak Stevie Nicks, ulubiona wokalistka jego ojca z Fleetwood Mac, śpiewająca o wiedźmie Rhiannon.

Nie musieli odpowiadać, bo ich milczenie mówiło wszystko.

"Cóż, jesteś w doskonałych rękach z Rockym. To najlepszy tatuażysta w mieście. Będzie bolało, chłopaki. Tak, będzie bolało. Ale to taki rodzaj bólu, o którym śpiewa John Cougar. Wiesz - boli tak dobrze".

Sam skrzywił się. "Jak bardzo to faktycznie boli?"

"To zależy od twojego progu bólu - i od tego, gdzie zdecydujesz się to zrobić. Tam jest broszura, w której zaznaczono różne obszary ciała, podając ocenę bólu".

E-Z poczuł, że jego twarz robi się gorąca, a cera jego przyjaciół nabrała podobnego odcienia. Spojrzał w kierunku Sama, zwracając uwagę na jego cerę, która zmieniła się w zielonkawy odcień.

Josie kontynuowała. "Po pierwszym tatuażu może ci się spodobać i będziesz chciał więcej.

Sam wstał, jego ciało drżało ze strachu.

"Może potrzebuje trochę świeżego powietrza - powiedział E-Z, prowadząc wujka w stronę drzwi.

Po wyjściu na zewnątrz Sam chodził w górę i w dół chodnika, a jego serce biło tak, jakby miało wyskoczyć mu z piersi. "Na Boga, chciałbym zapalić.

"Doceniam, że tu ze mną przyszedłeś, naprawdę, ale szczerze mówiąc, nie musisz tego robić. Wiem, że zawarliśmy pakt i jest to coś, co chcę zrobić - ku pamięci mojej mamy i taty - ale nie jesteś mi nic winien. Może pójdziemy na spacer, może na kawę i napiszemy do ciebie, kiedy skończymy, dobrze?

"Powiedziałem, że zawsze będę przy tobie. Jestem tu teraz dla ciebie. Nienawidzę igieł. I wierteł. Myślałam, że dam radę, ale teraz zdaję sobie sprawę, że strach jest silniejszy ode mnie. Jestem takim mięczakiem".

"Zawsze byłeś przy mnie, wujku Samie. Nie musisz mi tego udowadniać, ani nikomu innemu, robiąc sobie tatuaż, którego nawet nie chcesz. A teraz wynoś się stąd. Zadzwonię do ciebie, gdy skończymy". Sam wrócił na rampę, a jego przyjaciele ustawili się w kolejce za nim. Zerknął przez ramię na Sama. Biedak był sztywny jak posąg.

"Nic mi nie będzie. A teraz startuj.

Sam się roześmiał. "Ale zanim pójdę, lepiej daj mi list, który napisałem zeszłej nocy, żebym mógł dodać imiona PJ i Arden. Ponieważ bez mojej zgody żadne z was nie zrobi sobie tatuażu.

"Dobra myśl - powiedział E-Z, przekazując notatkę na dół. Teraz podpisana wróciła z powrotem. Włożył ją do kieszeni i weszli do środka, gdzie czekała Josie.

"Dobra, jesteś następny. Jeśli masz zamiar zlać się w gacie, pokażę ci, gdzie jest toaleta".

"Ugryź mnie - powiedział E-Z, ustawiając swoje krzesło w odpowiedniej pozycji.

****

Podczas gdy Rocky kończył pracę przy ladzie, Josie wręczyła E-Z książkę zawierającą tatuaże.

"Już wiem bez patrzenia. Chciałabym mieć skrzydło gołębia na każdym ramieniu". Znowu pojawiły się zielone i żółte światła. Chciał je odgonić, ale nie chciał, żeby Josie też pomyślała, że zwariował.

Josie przejrzała książkę. "Czy to właśnie miałeś na myśli?

Przytaknął, po czym obserwował ją w lustrze, jak myje ręce, a następnie zakłada parę czarnych rękawiczek. Wyjęła kubki z atramentem ze sterylnego opakowania i położyła je na stole.

"Czy masz jakąś notatkę od rodzica lub opiekuna? Zakładam, że nie masz osiemnastu lat?".

E-Z uśmiechnęła się i wręczyła jej notatkę.

"Wszystko wygląda w porządku. Przejdźmy teraz do ważniejszych spraw. Czy masz owłosione plecy?" Uśmiechnęła się. "Jeśli tak, będziemy musieli je najpierw wyczyścić i ogolić. Mam na myśli całe twoje plecy".

"Zdecydowanie nie.

Odgłos chichotu jego przyjaciół z poczekalni również sprawił, że się uśmiechnął. W międzyczasie Josie zniknęła na zapleczu i rozbrzmiała muzyka. Przez sekundę "Another Brick in the Wall", a potem żadnej muzyki.

"Hej, dlaczego to zrobiłaś?" zapytał.

"Brzydzę się czymkolwiek Pink Floyd". Kontynuowała ustawianie rzeczy.

"Nie możesz tak mówić, chyba że nigdy nie słuchałeś Dark Side of the Moon".

"Słuchałam, to było gówno - powiedziała, ściągając mu koszulę przez głowę. "Oh!"

POP.

POP.

I dwa światła zniknęły.

Rocky podszedł i stanął obok niej. "Co do cholery?"

"Co do diabła, rzeczywiście" - powiedziała Josie.

To przyciągnęło PJ i Ardena.

"Nie rozumiem, E-Z. Dlaczego miałabyś kłamać?

"Oczywiście, że by nie kłamał - E-Z nigdy nie kłamie - powiedział Arden.

"CO!?" zapytał E-Z, próbując przesunąć swoje krzesło tak, by widzieć to, co oni. "Kłamiesz? Na jaki temat? Powiedz mi, cokolwiek to jest. Zniosę to."

Josie zapytała: "Dlaczego skłamałaś, że jesteś dziewicą z tatuażem?".

"**W**cale nie!" E-Z jąkała się, nie mając pojęcia, co ma na myśli.

"Poczekaj chwilę - powiedział Arden. "Daj spokój, jeśli skłamałaś, musisz mieć dobry powód".

"Koniec zabawy!" powiedział PJ. "Chociaż nie mógł ich zdobyć bez pozwolenia osoby dorosłej.

Rocky chwycił ręczne lusterko i ustawił je tak, aby E-Z mógł zobaczyć, co widzą. Dwa tatuaże, jeden na prawym ramieniu, a drugi na lewym. Skrzydła.

"Co takiego?"

"Powiedział mi, że chce mieć skrzydła - powiedziała Josie. "Myślałam, że jesteś miłym dzieciakiem.

"Jestem! Szczerze mówiąc, nie mam pojęcia, skąd się tam wzięły i nie o takie skrzydła mi chodziło. Chciałam skrzydła gołębicy. Te wyglądają bardziej jak skrzydła anioła.

"Daj spokój kolego - powiedział Rocky. "Zostały zrobione przez profesjonalistę. Jakiś czas temu. Nawiasem mówiąc, to całkiem wyjątkowe anielskie skrzydła. Wyrazy uznania dla tego, kto je zrobił.

Powiedz mu, że jeśli kiedykolwiek będzie szukał pracy, to żeby do mnie przyszedł.

"Z całego serca, nie zrobiłam sobie tatuaży. To pierwszy raz, kiedy byłem w miejscu z tatuażami. Zapytaj mojego wujka. On mnie poprze. On wie."

"Nic z tego nie ma sensu - powiedział Arden.

Rocky potrząsnął głową. "Przynajmniej przyznaj się do tego, dzieciaku.

"Chcecie mieć tatuaże? zapytała Josie z rękami na biodrach.

"Nie - odpowiedzieli.

"Faceci to kłamcy - powiedziała Josie, gdy zamknęli za sobą drzwi.

"Nieważne, kochanie, i tak już czas na kolację", po czym umieścił na drzwiach tabliczkę ZAMKNIĘTE.

****

S am wrócił i zobaczył trzech chłopców czekających przed studiem. Ich mowa ciała była dziwna. Rudowłosy PJ miał skrzyżowane ręce, podczas gdy oliwkowoskóry Arden trzymał dłonie na biodrach. Tymczasem jego siostrzeniec był bliski łez.

"Dzięki Bogu, wujku Samie, dzięki Bogu, że wróciłeś".

Podszedł bliżej. "O nie, czy to było strasznie bolesne? Ustąpi za kilka dni. Wszystko będzie dobrze. Teraz pozwól mi spojrzeć. Gwizdnął, gdy jego siostrzeniec pochylił się do przodu, aby mógł podnieść koszulę. "Cholera, to musiało boleć".

"Prawdopodobnie bolały - powiedział PJ.

"Kiedy dostał je po raz pierwszy".

"Po raz pierwszy? Co?

"Już je miał, kiedy zdjęła mu koszulę".

"To, czego nie możemy rozgryźć, to jak?".

"Co masz na myśli? Mogę cię zapewnić, że nie miał ich wczoraj."

"Widzisz, mówiłem ci, że Wujek Sam mnie poprze". Gdyby mu nie wierzyli, uwierzyliby jego wujkowi, ale dlaczego mieliby myśleć, że kłamie? Wiedzieli, że nie jest kłamcą.

"Według Rocky'ego ma te rzeczy od jakiegoś czasu.

"Widzisz, jak się zagoiły? powiedział PJ. "Rocky i Josie byli zirytowani i mieli do tego pełne prawo, ponieważ E-Z wydawał się tak samo zaskoczony, jak my.

"A wy - zapytał Sam - jak poszło z waszymi tatuażami?

"Postanowiliśmy nie iść dalej - powiedział PJ.

"Nie czuliśmy się dobrze.

Sam powiedział: "Powiedz nam, co się stało. Wytłumacz się człowieku, bo nie mogę tego zrozumieć".

"Nie mogę. Wujku Samie, wiesz, że wczoraj ich tam nie było. Nie mam żadnych wyjaśnień. Chcę tylko wrócić do domu". Zaczął się poruszać, kręcąc kółkami fotela, szybciej, szybciej, jeszcze szybciej. Chciał uciec, gdziekolwiek. Jeśli mu nie uwierzyli, to do diabła z nimi.

Gdy zbliżał się do końca ulicy, światła zmieniły się z zielonych na czerwone. Mała dziewczynka sama już pędziła na drugą stronę ulicy. Zeszła z krawężnika, gdy za rogiem pojawił się samochód kempingowy. Jego wózek inwalidzki podniósł się z ziemi i wystrzelił w jej kierunku. Wyciągnął rękę, chwycił ją. W samą porę, by uchronić ją przed wpadnięciem pod koła pojazdu.

Teraz wózek inwalidzki znalazł się poza niebezpieczeństwem, a on przeniósł ją w bezpieczne miejsce. Przed nim stał większy niż zwykle biały łabędź. Dał mu kciuk w górę skrzydłem, po czym odleciał.

"Łabędź - powiedziała dziewczynka, rozglądając się za rodzicami.

E-Z skorzystał z okazji, by wmieszać się w tłum i zniknąć za rogiem, po czym szarpnął szprychami kół mocniej niż kiedykolwiek wcześniej i wkrótce był już kilka przecznic dalej.

"Widziałeś to?" wykrzyknął Arden, zatrzymując się na rogu. "Auć - powiedział, gdy kobieta za nim wpadła na niego. "Auć" usłyszał za sobą, inni piesi za nim zderzyli się.

PJ utrzymał pozycję, gdy facet za nim w niego wjechał. Do Ardena powiedział: "Tak, widziałem to... ale nie jestem pewien, co widziałem. Skrzydła z tatuażami to jedno, ale to było... co? Cud?"

"To było złudzenie optyczne - powiedział Sam, gdy jego telefon zawibrował. Była to wiadomość od E-Z z prośbą, by przyjechał po niego jak najszybciej w pobliże parkingu sklepu z narzędziami. "E-Z mnie potrzebuje, czy będziecie w stanie wrócić do domu?

"Jasne, nie ma problemu, Sam.

"Mam nadzieję, że nic mu nie jest.

Sam wrócił do samochodu, starając się zachować spokój, próbując zrozumieć, co się właśnie wydarzyło.

Żaden z chłopców nie chciał rozmawiać o tym, co widzieli - wózek inwalidzki E-Z w locie.

"Widziałeś to?" - szeptali za nimi inni, gdy zebrał się tłum.

"Szkoda, że nie miałam przygotowanego telefonu" - powiedziała jedna z kobiet.

Druga kobieta z mikrofonem i kamerą przepchnęła się na przód. Kiedy zmieniło się światło, przeszła przez jezdnię, a za nią para we łzach - rodzice małych dziewczynek. Za nimi był kierowca kampera.

"Dzięki Bogu, że tam byliście", płakał. "Nie widziałem jej. Jesteś bohaterem, dzieciaku. Dziękuję."

"Mamusiu!" zawołało dziecko, gdy matka wzięła je w ramiona. Ona i jej mąż przytulili ją blisko, gdy reporter wszedł do środka, a kamerzysta nagrał ten moment.

W pobliżu szlochał mężczyzna, który prawie ją uderzył. Reporter i fotograf rozmawiali z nim. "Uratował ją, ją i mnie. Chłopca, chłopca na wózku inwalidzkim".

Próbowali go znaleźć, ale zniknął. Ukrywał się jak przestępca. Czekał, aż Wujek Sam przyjdzie go uratować. Próbował zrozumieć, co się stało. Starając się nie zwariować.

Po powrocie na miejsce zdarzenia, dwa światła, jedno zielone i jedno żółte, wyczyściły umysły wszystkich w pobliżu. Następnie zniszczyły wszystkie nagrania.

"Co my tu robimy?" zapytał reporter.

"Nie mam pojęcia" - odpowiedział kamerzysta.

W drodze do domu E-Z czuł się trochę jak bohater. Ale wiedział, że prawdziwym bohaterem było krzesło; jego wózek inwalidzki, który zaczął latać.

E-Z Dickens był aniołem tatuażu.

✱✱✱

"**P**rzeleciałem Wujka Sama. Naprawdę poleciałem".

Sam wjechał na podjazd i zaparkował.

"Widziałeś to, prawda? Widziałeś, jak ratowałem tę małą dziewczynkę. Nie mogłem zdążyć na czas, a mój wózek wiedział o tym, podniósł się z ziemi i popędził w jej kierunku.

"Tak, widziałem to. To było wyjątkowe. Mam na myśli sposób, w jaki uratowałeś tę małą dziewczynkę przed krzywdą, a nawet śmiercią. Ale twoje krzesło się nie podniosło. To był pęd, który popchnął cię do przodu. Dzięki przypływowi adrenaliny i temu, jak szybko musiałeś się poruszać, aby się tam dostać, prawdopodobnie czułeś się, jakbyś leciał - ale tak nie było".

"Leciałem. Krzesło opuściło ziemię.

"Daj spokój. Ty wiesz i ja wiem, że nie było żadnego latania. Musisz to wiedzieć. Za kogo ty się uważasz? Pieprzonym aniołem?"

Sam wysiadł z samochodu, wyciągnął wózek inwalidzki z bagażnika i podszedł, by pomóc wsiąść siostrzeńcowi. Gdy to zrobił, prawe ramię E-Z otarło się o krawędź drzwi, a on krzyknął z bólu.

"Woda!" krzyknął. "Czuję się, jakbym stanął w płomieniach.

Sam pobiegł do kuchni i wrócił z butelką wody.

E-Z wylał ją na swoje ramię. Trochę mu ulżyło, ale potem poczuł, że jego drugie ramię stanęło w płomieniach. Wylał na nie resztę butelki. Sam wepchnął go do domu, podczas gdy E-Z próbował zedrzeć z niego koszulę. Sam pomógł mu ściągnąć ją przez głowę.

"O nie!" krzyknął Sam, zakrywając nos. Łopatki jego siostrzeńca wyglądały i pachniały jak zwęglone mięso z grilla. Sam pospieszył do kuchni po więcej wody.

Po drodze E-Z krzyczał i krzyczał, aż stracił przytomność.

CROZDZIAŁ PIĄTY

Było ciemno, a on był sam, tylko cień księżyca rozpościerał się nad nim na niebie.

Ręce miał skrzyżowane na klatce piersiowej, jak na pogrzebie z otwartą trumną. Potrząsnął nimi. Teraz zrelaksowany położył je na podłokietnikach swojego wózka inwalidzkiego tylko po to, by odkryć, że go w nim nie ma. Przerażony, że się przewróci, ponownie skrzyżował ręce na piersi. Ale poczekaj, nie przewrócił się, kiedy je rozprostował - zrobił to ponownie i pozostał w pozycji pionowej.

E-Z trzymał jedną rękę mocno przy piersi, a drugą, prawą, wyciągnął tak daleko, jak tylko mógł. Jego opuszki palców zetknęły się z czymś chłodnym i metalicznym. Lewą ręką zrobił to samo, ponownie natrafiając na metal. Pochylając się do przodu, dotknął ściany przed sobą i zrobił to samo za sobą. W miarę jak się poruszał, siedzenie pod nim przesuwało się niczym system zawieszenia. To właśnie ten system utrzymywał go w pozycji pionowej, a może jednak?

PFFT.

Dźwięk mgły unoszącej się w powietrzu. Ciepła, wzmocniła jego zmysł węchu, kąpiąc go w bukiecie lawendy i cytrusów.

Zapadł w głęboki sen, w którym śnił sny, które nie były snami, bo były wspomnieniami. Wypadek - wszystko działo się od nowa - zapętlone. Odrzucił głowę do tyłu i zawył.

"Chwileczkę, proszę - powiedział kobiecy głos.

Był to głos robota, taki jak na nagraniu, kiedy nie było w pobliżu człowieka.

Zbyt bojąc się ponownie zasnąć, zapytał: "Kto tam jest? Proszę. Gdzie ja jestem?"

"Jesteś tutaj - odpowiedział głos, po czym zachichotał. Śmiech odbijał się od przypominającego silos pojemnika, dudniąc mu w uszach, gdy przychodził i odchodził.

Kiedy przestał, postanowił się wyrwać. Używając całej swojej siły, wyciągnął ręce i pchnął. To było dobre uczucie. Robić coś, cokolwiek - na początku - dopóki klaustrofobia nie wzięła góry.

PFFT.

Spray, tym razem bliżej, trafił prosto w jego oczy. Kwas cytrynowy szczypał, a łzy napłynęły, jakby kroił cebulę, i wstał.

Poczekaj chwilę...

Znowu upadł. Pokręcił palcami u stóp. Zrobił to jeszcze raz. Wyciągnął prawą nogę. Potem lewą. Zadziałały. Jego nogi pracowały. Podniósł się...

Głos, tym razem męski, powiedział: "Proszę, pozostań w pozycji siedzącej".

Uszczypnął się w prawe udo, a potem w lewe. Kto wiedział, że uszczypnięcie lub dwa mogą być tak przyjemne? Nikt nie mógł go powstrzymać. Póki miał władzę w nogach, mógł ponownie wstać.

Nad nim rozległ się hałas, jakby poruszała się winda. Dźwięk stawał się coraz głośniejszy. Spojrzał w górę. Sufit silosu opadał. Coraz większy i większy. W końcu zatrzymał się.

"Usiądź - zażądał męski głos.

E-Z podniósł się, ale sufit przesuwał się w dół - aż nie mógł już stać. Usiadł cierpliwie, czekając, aż coś się wycofa jak winda wznosząca się na szczyt - ale to nie drgnęło.

PFFT.

"Wypuśćcie mnie!"

"Dodaj laudanum - powiedział kobiecy głos.

Ściany zatrzymały się, a następnie rozpyliły bardzo długą dawkę.

PPPFFFTTT.

To był ostatni dźwięk, jaki usłyszał.

✳✳✳

Z powrotem w swoim łóżku - zastanawiając się, czy stracił rozum i wyobraził sobie cały incydent z silosem, był E-Z. To było prawdziwe, to pachniało naprawdę. A dwa głosy - dlaczego się nie pokazały? Podrapał się po głowie, widząc przed oczami dwa światła. Tak jak poprzednio, jedno było zielone, a drugie żółte.

"Halo?" wyszeptał, gdy zaatakował go wysoki jęk przypominający plagę komarów. Wyciągnął prawą rękę do tyłu, uderzając potężnie. Ale zanim zdążył się połączyć, zamarł z ręką w powietrzu. Jego oczy zaszkliły się, jak u zahipnotyzowanego kurczaka.

POP.

POP.

Światła przekształciły się w dwie istoty. Każda z nich pchnęła ramię, a E-Z opadł na poduszkę, gdzie zamknął oczy i zasnął.

"Powinniśmy to zrobić teraz, beep-beep", powiedziało poprzednie żółte światło.

"Najpierw upewnijmy się, że śpi, zoom-zoom," powiedziało poprzednie zielone światło.

"Dobra, bierzmy się do roboty, beep-beep".

"Czy mamy jego zgodę, zoom-zoom?

"Powiedział, że tak, ale nie pamięta. Obawiam się, że to nie jest wiążąca umowa. Może być tylko częściowa, a sam wiesz, kto nienawidzi częściowych. Nie wspominając już o tym, że ludzkie części zostałyby złapane pomiędzy sygnałami dźwiękowymi".

"Tak, za bardzo go lubię, by pozwolić mu stać się zoom-zoomem pomiędzy.

"Lubienie nie ma z tym nic wspólnego. Nie zapominaj, co stało się z łabędziem. Nie wspominając o tym - dlaczego ludzie mówią, o czym nie wspominać, zanim wspomną o tym, czego nie chcą powiedzieć?" Nie czekając na odpowiedź. "Bylibyśmy w tarapatach, a sam-wiesz-kto byłby bardzo niezadowolony.

"Ale człowiek ma już wytatuowane skrzydła. Próby nie zaczną się, dopóki obiekt się nie zgodzi. Pstryknęła palcami i pojawiła się książka. Trzepotała skrzydłami, tworząc bryzę, która przewracała strony. "Zobacz, tu jest napisane, że skrzydła są instalowane tylko PO zatwierdzeniu obiektu. Więc kiedy się zgodził, musiało to przypieczętować umowę zoom-zoom". Podniosła ręce, a książka poleciała w górę, jakby miała uderzyć w sufit, ale zamiast tego zniknęła przez niego.

Poleciały, jedna wylądowała na ramieniu E-Z, a druga na jego głowie.

"Nie zrobiłem tego - powiedział, nie otwierając oczu.

"Śpij więcej, zoom-zoom," powiedziała dotykając jego oczu.

"Shhh, beep-beep."

"Mamo wróć. Proszę, wróć!"

"Jest bardzo niespokojny, zoom-zoom".

"On śni, beep-beep".

E-Z otworzył usta i chrapał jak mały słoń. Wiatr utrzymywał ich w powietrzu - nie musieli machać skrzydłami. Chichotali, dopóki nie zamknął ust. Wysłał ich do swobodnego spadania. Wściekle trzepocząc skrzydłami, szybko odzyskali równowagę.

"O nie, zgrzyta zębami, bip-bip".

"Ludzie mają dziwne nawyki, zoom-zoom".

"To ludzkie dziecko przeszło już wystarczająco dużo. Podając mu te prawa, będzie odczuwał mniejszy ból, beep-beep".

Pierwszy stwór wleciał na klatkę piersiową E-Z i wylądował z brodą wysuniętą do przodu i rękami na jego biodrach. Stwór obrócił się raz, zgodnie z ruchem wskazówek zegara. Obracał się szybciej, a z trzepotu jego skrzydeł wydobywała się pieśń. Był to niski jęk. Smutna pieśń z przeszłości, celebrująca życie, którego już nie ma. Stworzenie odchyliło się do tyłu, opierając głowę o klatkę piersiową E-Z. Wirowanie ustało, ale pieśń nadal grała.

Druga istota dołączyła, wykonując ten sam rytuał, obracając się w kierunku przeciwnym do ruchu wskazówek zegara. Stworzyli nową piosenkę, bez bip-bip i zoom-zooms. Kiedy śpiewali, onomatopeja nie była wymagana. Podczas gdy w codziennych rozmowach z ludźmi była. Ta piosenka nałożyła się na drugą i stała się radosną, wysoką celebracją. Odą do rzeczy, które mają nadejść, do życia, które jeszcze nie zostało przeżyte. Pieśń dla przyszłości.

Z ich złotych oczodołów buchnął diamentowy pył. Obrócili się w idealnej synchronizacji. Diamentowy pył prysnął z ich oczu na śpiące ciało E-Z. Wymiana trwała, aż pokryła go diamentowym pyłem od stóp do głów.

Nastolatek nadal spał spokojnie.   Dopóki diamentowy pył nie przebił jego ciała - wtedy otworzył usta, by krzyczeć, ale nie wydobył się z nich żaden dźwięk.

"Budzi się, bip-bip".

"Podnieś go, zoom-zoom".

Razem podnieśli go, gdy otworzył zaszklone oczy.

"Śpij więcej, beep-beep".

"Nie czuj bólu, zoom-zoom".

Przytulając jego ciało, dwie istoty przyjęły jego ból do siebie.

"Wstań, beep-beep", rozkazał.

Wózek inwalidzki podniósł się. Ustawił się pod ciałem E-Z i czekał. Kiedy spadła kropla krwi, wózek ją złapał. Wchłonęło ją. Pochłaniało ją - jakby była żywą istotą.

W miarę jak moc krzesła rosła, ono również zyskiwało na sile. Wkrótce krzesło mogło utrzymać swojego pana w powietrzu. Pozwoliło to dwóm istotom wykonać swoje zadanie. Ich zadanie polegało na połączeniu krzesła i człowieka. Związanie ich na całą wieczność mocą diamentowego pyłu, krwi i bólu.

Gdy ciało nastolatka trzęsło się, przebicia na jego skórze zagoiły się. Zadanie zostało wykonane. Diamentowy pył był częścią jego esencji. W ten sposób muzyka ucichła.

"Skończone. Teraz jest kuloodporny. I ma super siłę, beep-beep".

"Tak, i to jest dobre, zoom-zoom.

Wózek inwalidzki wrócił na podłogę, a nastolatek na łóżko.

"Nie będzie tego pamiętał, ale jego prawdziwe skrzydła zaczną działać bardzo szybko.

"A co z innymi efektami ubocznymi? Kiedy się zaczną i czy będą zauważalne zoom-zoom?"

"Tego nie wiem. Może mieć zmiany fizyczne... to ryzyko, które warto podjąć, aby zmniejszyć ból, beep-beep."

"Zgoda, zoom-zoom.

Wyczerpane, dwa stworzenia wtuliły się w klatkę piersiową E-Z i zasnęły. Nie wiedząc, że tam są, kiedy przeciągnął się rano - spadły na podłogę.

"Ups, przepraszam", powiedział do skrzydlatych stworzeń, zanim odwrócił się i wrócił do snu.

****

"O budziłeś się? zapytał Sam, zanim otworzył lekko drzwi. Jego siostrzeniec chrapał, ale jego krzesła nie było tam, gdzie je zostawił, kiedy pomógł mu położyć się do łóżka. Sam wzruszył ramionami i wrócił do swojego pokoju, gdzie przeczytał kilka rozdziałów Davida Copperfielda. Kilka godzin później wrócił do pokoju siostrzeńca.

"Puk, puk."

"Dzień dobry - powiedział E-Z.

"Pozwolisz, że wejdę?"

"Jasne."

"Dobrze spałeś?"

"Myślę, że tak. Rozciągnął się, po czym oparł się plecami o wezgłowie łóżka.

"Jak twoje krzesło się tu znalazło? Myślałem, że zaparkowałem je pod ścianą.

Wzruszył ramionami.

"I spójrz na podłokietniki - pomalowałeś je?

Pochylił się, zobaczył czerwony odcień i ponownie wzruszył ramionami. "Co mi się stało?"

"Zemdlałeś. Nie rozumiem tylko dlaczego. Powiedziałaś, że czujesz się, jakby twoje ramiona płonęły. Wyszukałem w Internecie twój opis i wyskoczyło mi homeopatyczne lekarstwo. Niesamowite, co można tam znaleźć. Zmieszałem olejek lawendowy z wodą i aloesem w butelce z rozpylaczem, a następnie wypompowałem go prosto na twoją skórę. Powiedzieli, że przyniesie ci to natychmiastową ulgę. Nie żartowali, bo zrelaksowałaś się i zasnęłaś".

"Dzięki, teraz czuję się znacznie lepiej. Próbował wstać z łóżka, ale zzzzzs latały mu po głowie, jakby był Wile E. Coyote. "Myślę, że zostanę w łóżku jeszcze przez chwilę."

"Dobry pomysł. Przynieść ci coś?

"Może tosta? Z dżemem truskawkowym?"

"Jasne, mała". Wyszedł z pokoju, mówiąc, że wkrótce wróci. Kiedy wrócił z jedzeniem na tacy, jego siostrzeniec próbował jeść, ale nie mógł nic utrzymać.

"Może trochę wody."

Sam przyniósł butelkę, z której E-Z próbował się napić, nawet jeśli nie był w stanie się powstrzymać.

"Myślę, że będę dalej odpoczywał. Jego oczy pozostały otwarte, wpatrując się w nic. "Która godzina?

"Jest 5 rano, a dziś jest sobota. Nie było cię przez prawie dwanaście godzin. Przestraszyłeś mnie.

Połączenie lawendy w obu miejscach wydało się E-Z dziwne. Czy doświadczył prawdziwego skrzyżowania?

To był zbyt duży zbieg okoliczności, jeśli silos naprawdę istniał. A może to był sen? Raczej koszmar. Ale jego nogi działały wewnątrz tego metalowego pojemnika. Wróciłby tam za chwilę - być może zaryzykowałby - by odzyskać władzę w nogach.

"E-Z?"

"Uh, co? Szczerze mówiąc, myślę, że chciałbym zamknąć oczy i trochę odpocząć.

Sam wyszedł z pokoju, zamykając za sobą drzwi.

E-Z odpływał i tracił przytomność, podczas gdy wypadek był odtwarzany w pętli. Stevie Nicks, ubrana w białe skrzydła, zapewniała towarzyszącą jej ścieżkę dźwiękową. W tle dwa światła - zielone i żółte - podskakiwały w górę i w dół.

****

Przez kilka następnych dni starał się poskładać te elementy w swoim umyśle, tworząc listę podobieństw:

Białe skrzydła - białe skrzydła wytatuowane na jego ramionach. Stevie Nicks miała białe skrzydła w jego śnie.

Lawenda - Wujek Sam używał lawendy i aloesu do łagodzenia oparzeń. W silosie lawenda spryskiwała powietrze, aby go uspokoić.

Żółte i zielone światła. Widział je po wypadku i w swoim pokoju.

Wózek inwalidzki - przyleciał, by uratować dziewczynkę. Kiedy był łapaczem, jego tyłek opuścił krzesło, aby mógł złapać piłkę.

Podłokietniki - były teraz czerwone. Żadnych podobnych incydentów. Brak wyjaśnienia.

Uczucie pieczenia na ramionach/tatuaże pojawiające się na ramionach. Brak wyjaśnienia.

Nie wierzył już w boga, nie od czasu wypadku. Żaden bóg nie pozwoliłby drzewu zmiażdżyć jego rodziców.

Byli dobrymi ludźmi, nigdy nikogo nie skrzywdzili. To, co stało się z jego nogami, nie miało znaczenia. Jakikolwiek bóg byłby cokolwiek wart, wyciągnąłby rękę i powstrzymał to, zanim to się stało.

Chyba, że gdyby istniał jakikolwiek bóg, poszedłby na lunch. No tak.

Zmiany zachodziły w jego ciele, a on chciał odpowiedzi. W głębi duszy wiedział, że jedynym sposobem, aby je uzyskać, był powrót do przeklętego silosu - jeśli takowy istniał.

ROZDZIAŁ SZÓSTY

Następnego ranka E-Z unosił się w powietrzu nad łóżkiem, odkąd wyrosły mu skrzydła. W drodze, aby spojrzeć na swoje nowe wyrostki w lustrze szafy, prawie uderzył w ścianę.

"Wszystko w porządku?" Sam zawołał ze swojego pokoju obok.

"Tak - powiedział, odlatując na boki, podziwiając swoją nowo odkrytą moc latania. Pierzaste pióropusze fascynowały go. Zwłaszcza sposób, w jaki pchały go do przodu, jakby stanowiły jedność z jego ciałem. Czując się bardziej jak ptak niż anioł, próbował przypomnieć sobie, czego nauczył się w szkole o ornitologii. Wiedział, że większość ptaków ma podstawowe pióra, prawdopodobnie dziesięć. Bez nich nie mogłyby latać. On miał więcej niż dziesięć podstawowych piór na skrzydłach, a także więcej drugorzędnych. Spróbował skręcić w lewo, potem w prawo, testując swoją zwrotność. Czując się nieważki, latał po swoim pokoju. Unosił się nad wózkiem inwalidzkim, którego już nie potrzebował. Z tymi skrzydłami mógł szybować przez świat. Kładąc ręce na biodrach, niczym Superman, skierował się w stronę drzwi. Dotarł tam, gdy Sam je otworzył.

"Przestraszyłeś mnie na śmierć! powiedział Sam, prawie wyskakując ze skóry.

Zaskoczony nastolatek próbował zapanować nad sytuacją. Zmienił kierunek, zamierzając podejść do łóżka. Przejście nie było jednak tak łatwe, jak się spodziewał i zaczął spadać.

Sam pobiegł po wózek inwalidzki, przesuwając go w przód i w tył, aby utrzymać go pod siostrzeńcem.

E-Z otrząsnął się i ponownie ruszył w górę.

"Zejdź tutaj, natychmiast!" krzyknął Sam, wymachując pięściami w powietrzu.

Poleciał w stronę łóżka i bezpiecznie wylądował. Jego skrzydła zamknęły się jak akordeon bez muzyki. "To była świetna zabawa. Nie mogę się doczekać lotu do szkoły".

Sam opadł na krzesło siostrzeńca. "O co w tym wszystkim chodziło? Naprawdę myślisz, że mógłbyś latać tym do szkoły? Byłbyś pośmiewiskiem".

"Przyzwyczailiby się do tego i zamiast nazywać mnie drzewnym chłopcem - kaleką, mogliby nazywać mnie latającym chłopcem. Tak, podoba mi się to."

"Z tego co widziałem, to była nieudolna próba. A latający chłopiec brzmi śmiesznie.

"To była moja pierwsza próba. Nabiorę wprawy."

Sam potrząsnął głową, gdy ciekawość wzięła górę nad jego emocjami. "Mogę przyjrzeć się bliżej -

zapytał. "To znaczy bez ciebie? - zapytał wstając, gdy E-Z odwrócił się w jego stronę. "Zniknęły. Całkowicie. Mam na myśli tatuaże. Zostały zastąpione prawdziwymi skrzydłami - i możesz latać. O rany!" Usiadł, zanim upadł.

"Obudziłem się, skrzydła się pojawiły i następną rzeczą, jaką wiedziałem, było latanie."

"To magia. Musi być. A może śnimy, jesteś w moim śnie lub ja w twoim i wkrótce się obudzimy i..." Sam starał się zachować spokój ze względu na siostrzeńca, ale w środku serce mu waliło.

"To nie jest sen.

"Jak oni wyskoczyli? Musiałeś coś powiedzieć? To znaczy, czy są jakieś magiczne słowa, które musisz wypowiedzieć?"

"Nie pamiętam, żebym coś mówił. Chyba jednak mógłbym spróbować." Zastanawiał się nad tym przez kilka sekund, przybierając pozę niczym Myśliciel Rodina. "Poczekaj chwilę, pozwól mi spróbować. Zamachał w powietrzu ruchem bez różdżki: "Autem!".

"Kiedy nauczyłeś się łaciny?

"Duolingo, darmowa aplikacja na moim telefonie".

"Ja też, uczę się francuskiego. Spróbuj en haut."

"En haut!" Nadal nic. "Podnieś mnie! Qui exaltas me!" Zirytowany skrzyżował ręce. "Chyba dobrze, że wszedłeś i zobaczyłeś, jak latam, bo inaczej byś mi nie uwierzył! Zastanawiał się, co porabiają PJ i Arden - nie widział ich od kilku dni. Następną rzeczą, jaką wiedział, było to, że jego skrzydła się otworzyły i unosił się nad łóżkiem.

"Ro-ro - powiedział Sam, gdy skrzydła się cofnęły, a E-Z uderzył o podłogę.

"To byłby fajny moment, gdybyś chwycił moje krzesło.

Sam uśmiechnął się. "Łatwiej powiedzieć niż zrobić. Przepraszam. Wszystko w porządku?

"Nic mi nie jest. To znaczy fizycznie, ale psychicznie, kto wie?" Roześmiał się. "Pomożesz mi wejść na krzesło?

Sam podniósł go i bezpiecznie posadził na krześle. Kiedy odchylił się do tyłu, skrzydła zamiast całkowicie się schować, wyskoczyły z pełną siłą. E-Z poszybował w górę, latając dookoła jak Dzwoneczek.

"Więc tak to jest, co?" powiedział Sam.

"Muszę to opanować - nie wiem dlaczego - ale...".

"Cóż, kiedy będziesz gotowy, zejdź na dół i pójdziemy na śniadanie. Przyniosę laptopa i możemy trochę poszukać".

"To sprytny pomysł. Moglibyśmy pójść do Ann's Cafe. I zszedłbym na dół - gdybym mógł". Skrzydła cofnęły się, gdy E-Z znalazł się bezpośrednio nad jego wózkiem inwalidzkim. "Teraz to nazywam obsługą", powiedział, gdy delikatnie opadł na krzesło.

Rozmawiali, podczas gdy on się ubierał. Następnie E-Z poszedł do łazienki, podczas gdy Sam się szykował.

Gdy wyszli z domu i skierowali się w stronę Ann's Café, E-Z był dwojakiego zdania. Po pierwsze, że tęsknił za pójściem tam, a po drugie: "Nie byłem tam od wieków. Nie od..."

"Wiem, mały. Jesteś pewien, że to nie za wcześnie?".

Śniadanie w Ann's Café było tradycją dla jego rodziny. Poza tym, że otwierano ją wcześnie o 6 rano, znajdowała się w odległości spaceru. Wewnątrz znajdowały się prywatne kabiny, obite sztuczną skórą z czerwonymi obrusami w kratkę. Jego tata zawsze mówił, że to miejsce ma "odjechany" motyw. Muzyka z lat sześćdziesiątych grała na szafach grających - mieli je ustawione, więc ludzie nie musieli płacić. Na ścianach wisiały plakaty Marilyn Monroe, Jamesa Deana i Marlona Brando. Menu było ogromne, od kanapek klubowych po cheeseburgery i fondue. Ale jego osobistymi faworytami były bardzo grube koktajle i naleśniki z jabłkami.

Gdy tylko ich zobaczyła, właścicielka Ann od razu podeszła. "Tęskniłam za tobą." Objęła go ramionami.

"To mój wujek Sam, Ann." Uścisnęli sobie dłonie. "Przy okazji, dziękuję za kartkę i kwiaty, to było bardzo miłe.

Jej oczy wypełniły się łzami. "A teraz chodź tutaj. Mam dla ciebie idealny stolik.

Był w cichym kącie, więc nie musiał się martwić, że jego krzesło będzie przeszkadzać personelowi kuchni lub klientom.

"Zaraz przygotuję twoje zwykłe danie. Wiesz, na co masz ochotę, Sam, czy mam wrócić?

"Na co masz ochotę?"

"Naleśniki z jabłkami a la mode. Są najlepsze na świecie, a Ann zawsze przynosi dodatkowy syrop i cynamon.

"Brzmi nieźle, ale myślę, że wybiorę nudny bekon i jajka z dodatkiem grzybów.

"Rozumiem - powiedziała Ann. "I wybierasz się na czekoladowego shake'a?" Przytaknął. "Kawa dla ciebie Sam? "Czarna - odpowiedział. "I dziękuję, że tak miło mnie powitałeś."

"Każdy wujek E-Z jest tu mile widziany."

Po tym jak Ann poszła po napoje, powiedział: "Wujku Samie, myślę, że zamieniam się w anioła".

"Najpierw musiałbyś umrzeć - powiedział, gdy Ann postawiła napoje na stole i wróciła do kuchni.

"Może umarłam w wypadku samochodowym. Na kilka minut. Kto wie, jak długo trwa przemiana w anioła? W filmach, jeśli dotrzesz do Perłowych Wrót, wielki człowiek może wszystko odwrócić i wysłać cię z powrotem tutaj. Jeśli wierzysz w takie rzeczy - a ja nie wierzę".

"Ja też. Nie ma czegoś takiego jak anioły. Ani diabły. Poza wnętrzem każdego z nas. Wszyscy mamy w sobie dobro i zło. To właśnie czyni nas ludźmi. Jeśli chodzi o umieranie, powiedzieliby mi, gdyby musieli cię reanimować. Nic takiego nie powiedzieli".

"Jak więc wyjaśnisz nagłe pojawienie się tatuaży, a teraz zmieniły się w prawdziwe skrzydła? Wczoraj ich nie miałem. Co więc wydarzyło się między wczoraj a dziś? Nic, co uzasadniałoby wzrost nowych przydatków".

"Nic, o czym możesz pomyśleć - powiedział Sam. Roześmiał się.

E-Z dźgnął naleśnik i wepchnął go do ust, pozwalając syropowi spłynąć mu po brodzie. Ann zrobiła się skąpa.

"Cóż, z pewnością nie wyglądasz zbyt anielsko w tej chwili - powiedział Sam, podnosząc widelec jajecznicy. "Te są naprawdę dobre. Po kilku kolejnych kęsach sięgnął do aktówki i wyciągnął laptopa. Włączył go i wpisał "define angel". Obrócił ekran, aby mogli czytać informacje podczas jedzenia.

"Posłaniec, zwłaszcza Boga" - przeczytał Sam - "osoba, która wykonuje misję Boga lub działa tak, jakby została wysłana przez Boga".

"Działa tak, jakby" - powtórzył E-Z, wpychając do ust kolejne naleśniki.

Sam przeczytał: "Nieformalna osoba, zwłaszcza kobieta, która jest miła, czysta lub piękna. Jesteś całkiem ładna, z twoimi blond włosami i niebieskimi oczami".

"Zamknij się.

"Konwencjonalna reprezentacja," przerwał. "Którejkolwiek z tych istot przedstawionych w ludzkiej postaci ze skrzydłami. Sam wziął kolejny łyk kawy, w samą porę, by Ann napełniła jego kubek.

"Dostaniecie niestrawności, czytając i jedząc w tym samym czasie.

zaśmiał się E-Z.

Sam powiedział: "Nie, jestem w IT, więc jestem całkiem dobry w wielozadaniowości."

Ann parsknęła śmiechem i odeszła.

Co mają na myśli mówiąc "te istoty"? zapytał E-Z.

"W średniowiecznej angelologii anioły były podzielone na rangi. Dziewięć porządków: serafini, cherubini, trony, dominacje (znane również jako dominia) - przerwał, wziął łyk wody. Następnie kontynuował: "Cnoty, księstwa (znane również jako księstwa), archaniołowie i aniołowie".

"Whoa! Spróbuj szybko powtórzyć to dziesięć razy. Uśmiechnął się. "Nie miałem pojęcia, że jest tyle rodzajów aniołów.

"Ja też. To jedzenie jest tak dobre, że zastanawiam się, czy ty i ja śnimy.

"Chcesz powiedzieć, że chcielibyśmy śnić, a moje skrzydła by zniknęły?"

"Mogłyby odlecieć tak szybko, jak się pojawiły. Przysunął laptopa bliżej i wpisał "Human grows angel wings". E-Z zadrwił, ale pochylił się bliżej, aby zobaczyć, co się pojawi. Sam kliknął na artykuł naukowy.

"Jak już mówiłem, nie ma dowodów na anielskie skrzydła. Nie sądziłem. Myślę, że może ten incydent, wiesz, kiedy uratowałem małą dziewczynkę, miał coś wspólnego z ich pojawieniem się. To był wyzwalacz, ponieważ spalanie zaczęło się zaraz po tym, jak wróciłem do domu, a potem, cóż, znasz resztę.

"Jak sobie tutaj radzicie? zapytała Ann.

"Zamówiłam wam jeszcze dwa naleśniki, E-Z, jak zwykle. Chyba, że możesz zjeść więcej?"

"Idealnie."

"A co z tobą, Sam?

"Tylko dolewkę - powiedział, oferując swój pusty kubek, który zabrała i wróciła z wypełnionym po brzegi. W kuchni zadzwonił dzwonek, a ona poszła po naleśniki.

E-Z polał je syropem klonowym, a następnie posmarował masłem. "Jesteś najwspanialsza - powiedział do Ann. Uśmiechnęła się i zostawiła ich, by dokończyli posiłek.

Wujek Sam uważnie obserwował swojego siostrzeńca. Żałował, że nie zamówił naleśników z jabłkami, ale był już pełny.

"Co?"

"Nie wiem, to jest tak, że kiedy spróbujesz jedzenia, twoja twarz rozjaśnia się jak anioł na choince".

E-Z odłożył widelec. "Bardzo zabawne. Jesteś prawdziwym komikiem."

Kiedy skończyli jeść, Sam zapytał: "Czy po przeczytaniu o aniołach zmieniłeś zdanie? Czy nadal myślisz, że się w niego zmienisz? A jeśli tak, to co zamierzasz z tym zrobić?".

"Co masz na myśli, zrobić? Mam skrzydła, równie dobrze mogę ich użyć".

"Widzę to tak, że jeśli ich nie użyjesz, jeśli zaprzeczysz ich istnieniu, to znikną.

E-Z potrząsnął głową. "Nie ma takiej opcji. Widziałeś, co się stało. Pojawiły się bez mojego udziału i mówiłem ci, że kiedy obudziłem się rano, latałem nad łóżkiem. Cholernie się unosiłem.

"E-Z, myślę o przyszłości. Może musisz z kimś porozmawiać, musimy z kimś o tym porozmawiać".

"Wypadek miał miejsce ponad rok temu, doradca powiedział, że nic mi nie jest. Poza tym, to wszystko jest nowe.

"To może być opóźnione. Coś mogło to wywołać".

"Przeanalizujmy fakty. Po pierwsze, miałem tatuaże, kiedy ich nie miałem. Po drugie, moje krzesło podniosło się z ziemi i uratowałem małą dziewczynkę - dodatkowo podniosłem się z siedzenia, aby złapać piłkę podczas meczu. Do niedawna temu zaprzeczałem... Po trzecie, tatuaże paliły jak diabli. Po czwarte, pojawiły się prawdziwe skrzydła. Po piąte, potrafię latać. Czy coś z tego brzmi dla ciebie znajomo? Mam na myśli inne przypadki".

"Właśnie tego nie rozumiem. Jak to się mogło stać, ale umysł jest niezwykle potężnym komputerem. To odróżnia nas od królestwa zwierząt i dlatego człowiek przetrwał tak długo. Słyszałem historie, w których osoba była w skrajnym niebezpieczeństwie i przybyła pomoc. Albo, gdy osoba była uwięziona pod pojazdem - a przechodzień był w stanie podnieść samochód, aby uratować jej życie".

"Czytałem o tym; nazywa się to histeryczną siłą - ale nigdy nie słyszałem o przypadku, w którym wyrosły skrzydła".

"Może skrzydła pojawiły się, by cię uratować".

"Przed czym? Od zbyt dużej ilości snu?" - zaśmiał się. "Przydałyby się podczas wypadku. Mógłbym polecieć mamie i tacie po pomoc, zamiast czekać tam z zakrwawioną kłodą na mnie. Przytrzymując mnie. To żaden cud. Nie wiem, co to jest, wujku Samie, wiem tylko, że tak jest".

"Rozmawiamy. Oceniamy. Wymieniamy się pomysłami. Próbujemy znaleźć odpowiedzi".

"Byłoby miło mieć odpowiedzi, ale... kto byłby ekspertem, którego moglibyśmy zapytać w tej sytuacji?".

"Co powiesz na pastora lub księdza?

E-Z potrząsnął głową. Nie był w kościele od pogrzebu rodziców.

"Co mamy do stracenia?

"Myślę, że warto spróbować, ale. Och, och.

"Co to jest?

"Czuję, jak napiera na moje łopatki. Muszę iść, a nie przyjechaliśmy tu samochodem. Przepraszam, ale muszę się pospieszyć. Do zobaczenia w domu. Wybiegł z kawiarni i leciał dalej, aż jego skrzydła wyrwały się z kaptura i oderwał się od ziemi. W domu zdał sobie sprawę, że nie ma klucza, ale nie mógł pozostać na ganku - nie z wyciągniętymi skrzydłami. Próbował łaciny, by je włożyć z powrotem, ale nic nie działało. Wzleciał więc w górę i udało mu się wejść przez okno sypialni, nie będąc przez nikogo zauważonym.

"E-Z!" zawołał Sam, gdy dotarł do domu. "E-Z!"

"Jestem tutaj."

"Wszystko w porządku? Przyjechałem tak szybko, jak mogłem.

"Wejdź, usiądź. Nie ma śladu, żeby się wycofywali - jeszcze".

Widząc otwarte okno. "Rozumiem, że tu przyleciałeś?".

"Tak, dobrze, że zapomniałem zamknąć okno zeszłej nocy. Równie dobrze możemy kontynuować naszą dyskusję, dopóki nie będę mógł ponownie wyjść".

"Znam księdza. Jeśli ktoś może ci pomóc, to on".

Dwie godziny później, przy muzyce płynącej z radia, byli w drodze do księdza. Take Me to Church Hoziera wypełniało fale radiowe. Przypadek? Myśleli, że nie i śpiewali słowa piosenki na cały głos. Na szczęście przy otwartych oknach nikt ich nie słyszał.

***

W kościele nie było podjazdów dla wózków inwalidzkich i trzeba było pokonać wiele schodów.

"Udaj się pod cień wielkiego dębu, a ja pójdę poszukać ojca Hoppera - zasugerował Sam.

"Czy to jego prawdziwe imię?" E-Z roześmiał się.

"O ile mi wiadomo. Zostań na miejscu, a ja zaraz wrócę.

"Tak zrobię.

Nastolatek wyjął swój telefon. Chociaż cieszył się z cienia zapewnianego przez drzewo - uniemożliwiało to zobaczenie ekranu. Przesunął krzesło, zwracając uwagę na niezwykły szum w powietrzu. Hałas, który wydawał się pochodzić z samego drzewa.

Spojrzał w górę, próbując rozpoznać, czy to ptak, gdy wysokość dźwięku wzrosła, a głośność wzrosła. Wyciszył swój telefon. Dźwięk się skończył i zaczął się nowy. Ten był melodyjny; hipnotyzujący, a on wpadł w senny stan.

Jego głowa przechyliła się do przodu, aż obudził go nowy dźwięk. Szepty dochodzące znad jego głowy. Głosy płynące z liści drzewa. Skrzyżował ramiona, gdy przeszedł go dreszcz, powodując uwolnienie skrzydeł. Zanim się zorientował, jego krzesło uniosło się z ziemi. Uchylił się przed gałęziami, wznosząc się do serca masywnego dębu.

"Postawcie mnie! - rozkazał.

Kontynuował wznoszenie. Gdy jego kończyny zetknęły się z drzewem, krew spłynęła mu po przedramionach i głowie.

"Przestań! Ty głupi..."

"To niezbyt miłe, beep-beep," powiedział niski, wysoki głos.

"Myślałem, że mówiłeś, że jest uroczy, kiedy nie śpi, zoom-zoom," powiedział drugi głos.

"Whoa!" powiedział E-Z, próbując wziąć się w garść i uniknąć całkowitego oszołomienia. Wziął kilka głębokich oddechów. Uspokoił się. "Kim, czym i gdzie jesteście?".

"Rzeczywiście, kim jesteśmy, beep-beep".

Po raz kolejny te same światła, zielone i jedno żółte, zatańczyły przed jego oczami.

Zaciekawiony powiedział: "Cześć".

Żółte światło zniknęło.

Krzyk.

Potem zniknęło zielone.

"Co jest? Wy dwaj, kimkolwiek jesteście, skończcie z tym. Jesteście mi winni wyjaśnienie. Wiem, że mnie prześladowaliście. Wyjdźcie mi naprzeciw!"

POP.

Malutki zielony aniołek wylądował na jego nosie. Dziwnie nieapetyczny, niemal limburgerowy smród uniósł się w jego kierunku. Zakrył swój nos.

"Dzień dobry, E-Z, beep-beep - powiedziało coś z ukłonem.

Kiedy wypowiedział swoje imię, stracił kontrolę nad skrzydłami. Chybotał się i kołysał w powietrzu jak ptak uczący się latać. Chciał, by jego skrzydła wróciły, ale one go zignorowały. Przylgnął do ramion fotela, gdy spadał.

POP!

Teraz było ich dwóch. Każdy z nich chwycił go za ucho i bezpiecznie opuścił wraz z krzesłem na ziemię.

"Auć", powiedział E-Z pocierając uszy, gdy ksiądz i jego wujek pojawili się za rogiem. "Uh, dzięki, myślę."

POP.

POP.

Dwa stworzenia zniknęły.

"E-Z, to jest ojciec Bradley Hopper i jest chętny do pomocy.

Hopper wyciągnął rękę, E-Z zrobił to samo. Gdy ich ciała się połączyły, nastolatek zniknął.

Hopper i Sam pozostali obok siebie, z zaszklonymi oczami. Oboje wpatrywali się w nicość jak dwa manekiny na wystawie sklepowej.

ROZDZIAŁ SIÓDMY

Stopy E-Z dotknęły ziemi i w pierwszej chwili oślepiła go biel. Postawił jedną stopę przed drugą, najpierw idąc, potem biegnąc, a następnie zrywając się do biegu. Rzucił się w stronę ściany, odbijając się, niczym w zamku do skakania.

POP

POP

Nie był już sam. Przed nim stały dwie wieloskrzydłe istoty w kwiatach. Jeden był zielony, drugi żółty. Gdy podszedł bliżej, ich skrzydła obróciły się jak kalejdoskop wokół złotych oczu.

Najpierw dotknął płatków zielonego kwiatu. Nigdy wcześniej nie widział w pełni zielonego kwiatu, a co dopiero takiego z oczami. Oczy, które rozpoznał po ich wcześniejszym spotkaniu. Skrzydła połaskotały jego palec, a zielony kwiat zaśmiał się. Unikał zbliżania nosa, spodziewając się tandetnego zapachu, ale tak się nie stało.

Drugi kwiat, żółty, miał więcej płatków niż tamten. Płatki reagowały na jego dotyk, niczym koralowce poruszające się w oceanie. Złote oczy tego kwiatu miały wyraźne rzęsy. Pochylił się, by przyjrzeć się bliżej.

Gdy kontynuował obserwację, powietrze wypełniło PFFT. Wraz z nim pojawił się potężny i bardzo słodki smród, który przyprawił go o mdłości. Odsunął się, zakrywając nos i przecierając oczy.

Żółty kwiat przemówił. "Nazywam się Reiki i przyprowadziliśmy cię tutaj beep-beep".

"Gdzie dokładnie jest to miejsce? I dlaczego moje nogi działają?

"Nie ma znaczenia gdzie, E-Z Dickens, ani dlaczego jesteś taki, jaki jesteś beep-beep".

Przeszedł przez pokój i podniósł żółty kwiat prawą ręką, a zielony lewą. WHOOSH! Tym razem uderzyła w niego ostra mgiełka, a on zaczął kichać i kichał dalej.

"Proszę, odłóż nas, zanim nas upuścisz, beep-beep".

"Tam jest pudełko chusteczek, tam zoom-zoom".

"Przepraszam. Odłożył je, podniósł chusteczkę - ale już jej nie potrzebował. Zachował dystans, opierając się plecami o białą ścianę.

"Sprowadziliśmy cię tu teraz, beep-beep".

"Jestem Hadz, tak przy okazji zoom-zoom.

"Ponieważ musiałeś wiedzieć, beep-beep.

"Że nie wolno ci rozmawiać z kapłanem o twoich skrzydłach zoom-zoom.

"W rzeczywistości nie wolno ci rozmawiać z nikim o niczym beep-beep.

Kładąc dłoń na ścianie, szedł, rozmyślając. "Po pierwsze, dlaczego mówisz beep-beep i zoom-zoom?

Reiki i Hadz przewrócili oczami. "Nie słyszałeś o onomatopejach?

"Oczywiście, że tak.

"Więc powinieneś wiedzieć, beep-beep.

"To dodaje emocji, akcji i zainteresowania, zoom-zoom."

"Aby upewnić się, że czytelnik usłyszy i zapamięta, beep-beep".

"Co chcesz, żeby wiedzieli, zoom-zoom".

Zaśmiał się. "To prawda, jeśli coś czytasz, ale nie jest to konieczne w rozmowie. Pamiętam, co mówi Reiki, bo on to mówi i pamiętam, co mówi Hadz, bo ona to mówi. Zakładam, że jedno z was jest dziewczyną, a drugie chłopcem - zgadza się?

"Tak - potwierdziła Hadz. "Ja jestem dziewczyną. Cieszę się, że nie muszę powtarzać "zoom-zoom".

"A ja jestem chłopcem. Będę tęsknić za mówieniem beep-beep".

"Możesz je powtarzać, jeśli chcesz, ale to trochę irytujące, a podczas rozmowy powtarzanie może być nudne".

"Nie chcemy być nudni!"

"To zniweczyłoby nasz cel sprowadzenia was tutaj".

"Dobrze - powiedział E-Z. "A teraz wróćmy do tego, co mówiliście, zanim zaczęliśmy rozmawiać o narzędziu literackim". Przytaknęli. "Jeśli nie mogę nikomu powiedzieć o tym, co się ze mną dzieje, to jestem sam w tym wszystkim - cokolwiek to jest. Uratowałem małą dziewczynkę. Zakładam, że miało to coś wspólnego z tobą?

"Tak, masz rację w tym założeniu beep, ups, przepraszam".

"Chcę wiedzieć, co to jest i dlaczego mnie to spotyka?"

"Zamknij oczy - powiedział Hadz.

"Zrobię to, ale bez żartów.

Kwiaty zachichotały.

Jego stopy opuściły ziemię i wylądował w innym pokoju. W tym pokoju, tak jak poprzednio, był początkowo oślepiony bielą. Gdy jego oczy przyzwyczaiły się do otoczenia, zauważył książki. Półki i półki zastawione tomami sięgającymi nieba.

"Nie bój się - powiedział Hadz.

Nie bał się. W rzeczywistości był zachwycony. Ponieważ w tym pokoju nie tylko mógł używać nóg, ale mógł poczuć pulsującą w nich krew. Jego zmysły wyostrzyły się; zapach starej książki unosił się w jego kierunku. Wąchał słodkie perfumy prunus dulcis (słodki migdał). W połączeniu z planifolią (wanilią) tworzyły doskonały anizol. Jego serce biło, krew pompowała - nigdy nie czuł się bardziej żywy. Chciał zostać na zawsze.

Ruch każdego palca w butach sprawiał mu przyjemność. Przypomniał sobie grę, w którą bawił się jako mały chłopiec. Zdjął buty i skarpetki i dotknął każdego palca, mówiąc rymowankę: "Ta mała świnka poszła na targ".

"Stracił rozum" - powiedziała Reiki, gdy E-Z krzyknął: "Wee!".

"Daj mu chwilę. To niesamowite miejsce.

E-Z założył z powrotem skarpetki. Ślizgał się po pokoju na białych podłogach, które lśniły jak tafla lodu. Roześmiał się, wbijając się w pierwszą, a potem drugą ścianę, odbijając się i lądując na podłodze. Nie mógł przestać się śmiać, dopóki nie zauważył, że coś dziwnego dzieje się z książkami nad nim. Potrząsnął głową, gdy jedna z nich spadła z półki i wpadła mu w ręce. Była to książka jego przodka, Charlesa Dickensa. Książka otworzyła się sama, przewertowała od początku do końca, a następnie poleciała z powrotem do miejsca, z którego pochodziła.

"Witaj w anielskiej bibliotece - powiedział Reiki.

"Wow! Po prostu wow! Więc wy dwoje jesteście aniołami?

"Masz rację - powiedział Hadz. "Jesteście tutaj, ponieważ zostaliśmy wyznaczeni na waszych mentorów.

"Wyznaczeni? Wyznaczeni przez kogo? Boga?" zadrwił.

Hadz i Reiki spojrzeli na siebie, potrząsając kwiecistymi głowami.

"Naszym celem.

"Wyjaśnić ci twoją misję.

"A także wskazać wam drogę. Pomóc wam", powiedzieli razem.

"Misję? Jaką misję? Jego umysł odpłynął. W głowie słyszał motyw z Mission Impossible. Widział Toma Cruise'a zrzucanego kablem do pokoju komputerowego. "Zaczekajcie chwilę! Byliście w moim pokoju, prawda? I śledzicie mnie od czasu wypadku".

"Czekaliśmy na odpowiedni moment, aby się przedstawić - powiedziała Reiki. "Mieliśmy nadzieję, że zrobimy to w mniej formalny sposób, ale kiedy byłeś....

"...miałeś porozmawiać z kapłanem, musieliśmy naciskać."

"Nie spieszyliście się. Myślałem, że mam halucynacje - powiedział głośniej, niż chciał.

POP.

Reiki zniknęło.

"Teraz spójrz, co zrobiłeś!" powiedział Hadz.

POP.

Zniknęli, a on nie miał pojęcia gdzie, kiedy i czy w ogóle wrócą. Mimo to nie zamierzał marnować ani minuty. Rzucił się na podłogę i zrobił dwadzieścia pompek, a następnie tyle samo skoków na skakance. Oczy bolały go od blasku i żałował, że nie ma okularów przeciwsłonecznych.

TICK-TOCK.

Para Ray Banów pojawiła się z powietrza. Założył je, podczas gdy jego żołądek warczał. Zrobił selfie, a potem sprawdził godzinę. Coś dziwnego działo się z zegarem. Zaczynał wariować. Liczby nie przestawały się zmieniać. Jego żołądek znów warknął.

TICK-TOCK.

Pojawił się cheeseburger i frytki, teraz miał pełne ręce roboty. Pomyślał o czekoladowym shake'u z wisienką maraschino na wierzchu.

TICK-TOCK.

Bardzo duży shake z wisienką na wierzchu pojawił się na białym stoliku, którego wcześniej tam nie było. A może był? Skoro zarówno stół, jak i ściana były białe?

Zanim zaczął jeść, delektował się jego zapachem, a potem z każdym kęsem smakiem. Jakby nigdy wcześniej nie jadł cheeseburgera ani frytek. A wiśnia smakowała tak słodko, podobnie jak czekolada. Pochłonął posiłek na stojąco. Jedzenie zawsze smakowało lepiej na stojąco. To zamówienie smakowało tak dobrze; to było śmieszne.

Kiedy skończył, nie podziękował nikomu za posiłek. Następnie zwrócił uwagę na bibliotekę i białą drabinę, której wcześniej nie zauważył. Samo myślenie o niej wystarczyło, aby drabina zbliżyła się do niego, jakby chciała mu się przydać. Wspiął się na nią, a ona poruszyła się jak dysk na tablicy Ouija, mijając półkę za półką z książkami. Potem się zatrzymała.

Wspinając się, czytał tytuły na grzbietach. Te bezpośrednio przed nim były autorstwa Charlesa Dickensa, a każdy tom miał własną parę skrzydeł.

Jedno z nich poleciało w jego stronę, "Opowieść wigilijna". Przewrócił kilka stron, aby pokazać mu, że było to pierwsze wydanie, opublikowane 19 grudnia 1843 roku. Gdy kontynuował przesuwanie stron, podziwiał ilustracje. Były bardzo szczegółowe i w pełnym kolorze. A w tle, za Malutkim Timem i jego rodziną na jednym z rysunków, coś się poruszyło. Oczy. Dwie pary. Hadz i Reiki! Prawie upuścił książkę. Ponieważ miała skrzydła, wróciła na swoje miejsce na półce. W międzyczasie stracił równowagę, spadł z drabiny i trzymał się jej kurczowo. Kiedy odzyskał stabilność, zszedł stopniowo i postawił stopy mocno na ziemi. Zastanawiał się, dlaczego jego skrzydła nie ruszyły mu na pomoc. Wszystko inne miało tutaj skrzydła, które działały, w rzeczywistości anioły miały wiele par skrzydeł. W tamtym świecie jego nogi nie działały, a on miał skrzydła, które działały. Tutaj, gdziekolwiek się znajdował, jego nogi działały, ale skrzydła były już nieaktywne.

Podrapał się po głowie. Gdyby tylko wujek Sam tu był. A jednak nie mógł z nim porozmawiać. To było zabronione. Ale dlaczego? Co mogli mu zrobić? Anioły prześladowały go od czasu wypadku. Zakładał, że to dobre anioły, bo jeszcze go nie skrzywdziły. Tęsknota za domem napłynęła na niego jak gigantyczna fala, grożąc, że go pochłonie.

"Chcę do domu!" krzyknął, gdy jego telefon zawibrował. Zanim zdążył go odblokować...

POP.

Reiki chwyciła go i rzuciła do...

POP.

Hadza, który rzucił nim o najdalszą białą ścianę. Odbił się, uderzył o podłogę i roztrzaskał się na kawałki.

"Wisisz mi czterysta dolców za nowy telefon! Mam nadzieję, że macie gotówkę".

Hadz sięgnął i uderzył E-Z skrzydłem w twarz. Pióra łaskotały, zamiast go zranić. "A teraz ty, E-Z Dickens, usiądź tutaj. Białe krzesło nacisnęło na tył jego nóg, zmuszając go do siedzenia.

"I przestań być kutasem - powiedziała Reiki.

"Whoa! Czy anioły mogą tak mówić? Co z ciebie za anioł? Aniołami w treningu? Czy jestem facetem, który pomoże wam zdobyć skrzydła?"

Zdał sobie sprawę, że mają już skrzydła. W rzeczywistości kilka par. Tak więc punkt, który próbował przedstawić, wydawał się nieistotny, gdy unosili się nad nim.

"Czy to ja mam ci pomóc, czy ty masz pomóc mnie? Bo jeśli tak, to odwalasz straszną robotę. W najbliższym czasie nie dam wam dobrego słowa".

"Czekamy na przeprosiny.

"Cóż, będziecie na nie czekać przez długi czas. Bo chce mi się pić".

TICK-TOCK.

Pojawił się kufel piwa korzennego w matowej szklance. Wypił go jednym haustem. "Ponieważ sprowadziłeś mnie tutaj bez mojej zgody. I..."

"ZAMKNIJ SIĘ!" powiedział donośny głos, gdy wyłoniła się z jednej z białych ścian.

Była tak wysoka jak sufit. W rzeczywistości wyższa. Była krzywa, ale ogromnych rozmiarów i postury. Jej skrzydła ocierały się o ściany i sufit. "ZATRZYMAJ SWÓJ JĘZYK! - zażądał przerośnięty anioł, wyciągając swoje skrzydła w stronę E-Z z SWOOSH, aż znalazł się tuż przed jego twarzą.

****

"E-Z Dickens, zostałeś wezwany tutaj przede mnie", powiedział ogromny anioł. "Jestem Ophaniel, władca księżyca i gwiazd. A to są moi podwładni. NIE MOŻESZ traktować ich z bezczelnością. MUSISZ traktować ich z życzliwością i szacunkiem, ponieważ są dla ciebie moimi OCZAMI i UCHAMI. Bez nich jesteś NICZYM".

Wymamrotał niezrozumiałe zdanie, walcząc z chęcią ucieczki.

"NIE przerywaj, dopóki nie skończę mówić - rozkazał Ophaniel.

Przytaknął, drżąc na ciele, zbyt przestraszony, by wypowiedzieć choćby słowo.

"E-Z - zagrzmiał jego głos. "Zostałeś ocalony. Uratowaliśmy cię w określonym celu.

Reiki i Hadz podleciały bliżej i usiadły na ramionach Ophaniela.

"Uspokójcie się - rozkazał Ophaniel.

Złożyli skrzydła, pochylając się, by nie uronić ani słowa.

E-Z zanotował w myślach, by zapytać ich, jak złożyć skrzydła tak sprawnie, jak oni to zrobili. O ile odzyska swoje skrzydła.

Ophaniel kontynuował. "Kiedy twoi rodzice umarli, E-Z Dickens, ty też powinieneś był umrzeć. To było twoje przeznaczenie. Takie, które zmieniliśmy dla naszego celu. Udało nam się przekonać cię do tego. Obiecaliśmy, że dokonasz niezwykłych rzeczy. Że pomożesz innym. Uratowaliśmy cię i zaciągnęliśmy dług. Dług, który w większości spłaciłeś, oddając swoje nogi".

Poddałeś się? To brzmiało, jakby miał wybór. Że podjął ostateczną decyzję, by już nigdy nie chodzić, co było kłamstwem. Otworzył usta, by coś powiedzieć, ale głos Ophaniela grzmiał dalej.

"Nadal masz wobec nas dług, dług, który jesteś nam winien.

E-Z wziął duży haust powietrza. Chciał coś powiedzieć, ale nie mógł. Jego usta poruszyły się, ale nie wydobył się z nich żaden dźwięk. Jak ten anioł śmie podejmować za niego decyzje i mówić mu, że ma u nas dług?

"Daliśmy ci narzędzia - potężne krzesło. Aby ci pomóc. Abyś pewnego dnia mógł być tutaj ze swoimi rodzicami i kroczyć z nami, z nimi, w wieczności". Ophaniel zawahał się na kilka sekund, by to do niego dotarło. "Możesz zadać mi dziś jedno pytanie, ale tylko jedno. Niech będzie dobre.

Zamiast zastanowić się nad pytaniem, E-Z wykrzyknął: "Kiedy znów zobaczę moich rodziców?".

"Kiedy w pełni spłacisz swój dług".

"Jeszcze jedno pytanie, proszę."

"Będzie czas na pytania i będzie czas na odpowiedzi. Na razie jesteś pod opieką moich podwładnych. Możesz zadawać im pytania, a oni mogą odpowiadać. Mogą też tego nie robić. To będzie ich wybór, czy odpowiesz "tak", czy "nie". W ten sam sposób będziesz miał wybór, czy odpowiedzieć im, gdy zadadzą ci pytania. Traktuj ich tak, jak sam chciałbyś być traktowany i nie ujawniaj szczegółów dotyczących tego miejsca lub naszego spotkania. Nie rozmawiaj o tym z żadnym człowiekiem. Powtarzam, zachowaj te sprawy tylko dla siebie.

Wciąż nie mógł mówić. Nie pytając o to, Ophaniel przystąpił do odpowiedzi na jego kolejne pytanie.

"Jeśli złamiesz tę obietnicę, twoje skrzydła będą jak makaron - słabe - i nigdy nie będziesz w stanie spłacić swojego długu.

Pomyślał o kolejnym pytaniu.

"Tak, kiedy uratowałeś tę małą dziewczynkę - spalenie - było częścią tego procesu. Twoje skrzydła muszą spłonąć, wzmocnić się, związać z tobą, abyś był przygotowany na kolejne wyzwanie".

Pomyślał, co jeśli nie chcę.

Ophaniel zaśmiała się i poleciała do najwyższej części pokoju. Potem zniknęła przez sufit.

ROZDZIAŁ ÓSMY

Następną rzeczą, jaką wiedział, był powrót na wózek inwalidzki, twarzą do księdza.

"Wujku Samie, musimy iść. TERAZ."

"Och - powiedział Sam, patrząc jak jego siostrzeniec odjeżdża. "Przepraszam za marnowanie twojego czasu, on musi wrócić do domu. Sam pospieszył, podczas gdy Hopper podążał za nim. Sam przyspieszył, dogonił siostrzeńca i przejmując kontrolę nad rączkami, pchnął wózek. Hopper biegł i wkrótce szedł obok nich, choć zdyszany.

"Widzę, że naprawdę nie masz skrzydeł E-Z.

Zerknął przez ramię, podnosząc udawaną szklankę do ust, po czym przewrócił oczami.

"Nie mam problemu z alkoholem - odparł wyzywająco Sam.

Nastolatek ponownie przewrócił oczami, gdy zbliżali się do parkingu. Ksiądz nie podążył za nimi.

Gdy dotarli do samochodu, Sam powiedział, próbując złapać oddech: "O co, do diabła, chodziło?", gdy otworzył drzwi i pomógł swojemu siostrzeńcowi wejść do środka.

"Najpierw się stąd wydostańmy." Grał na zwłokę, ponieważ nie mógł mu powiedzieć, co się stało. Musiał wymyślić przekonujące kłamstwo - a nigdy nie był dobrym kłamcą. Jego matka zawsze go przyłapywała, bo jego uszy zawsze robiły się czerwone, gdy kłamał.

"Czekam na wyjaśnienia - powiedział Sam, zaciskając mocniej uchwyt na kierownicy.

Don't Look Back zespołu Boston rozbrzmiewało w głośnikach samochodu.

"Przepraszam, musiałem iść. Nie sądzę, by Hopper mógł mi pomóc, a nie chciałem, by wiedział coś więcej, niż już mu powiedziałeś.

"Nadal nie wyjaśniłeś, dlaczego sugerowałeś, że mam problem z alkoholem.

"To. Przyszło mi to do głowy i powiedziałem to bez zastanowienia. Przepraszam.

"Jestem dumny z tego, że nie piję alkoholu. Jasne, od czasu do czasu wypiję piwo. Żeby być towarzyskim na imprezie służbowej. Ale nie jestem taki, jak inni informatycy. I nigdy nie będę".

E-Z nie myślał o tym, co mówił Wujek Sam. Zamiast tego analizował informacje, które przekazał mu Ophaniel. Był dłużnikiem aniołów za uratowanie go i wymienił swoje nogi za życie. Umowa zawarta przez anioły była dla ich własnego celu - a teraz oczekiwali, że spłaci dług - ale jak?

Wiedział tylko, że musi wygrać. Bez względu na to, jakie zadania postawią mu na drodze, musiał je pokonać. Z pomocą Reiki i Hadza - choć niewielką - spłaci to, co było mu winne. Wtedy, jeśli nic więcej, znów zobaczy swoich rodziców. Przypuszczał, że to oznacza, że umrze, a oni spotkają się w niebie, jeśli takie miejsce istnieje. Wkrótce się dowie.

ROZDZIAŁ DZIEWIĄTY

Po powrocie do domu nastolatek poszedł prosto do swojego pokoju.

"Jeśli potrzebujesz mojej pomocy" - to było wszystko, co Sam zdołał z siebie wydusić, zanim jego siostrzeniec zatrzasnął drzwi.

E-Z zakrył twarz dłońmi. To było coś, mieć znowu nogi z powrotem. Uderzył pięściami w podłokietniki, a jego skrzydła uniosły go na łóżko. "Dzięki - powiedział do nich, jakby były oddzielne i nie stanowiły jego części.

"Uważaj - powiedział Hadz, który spoczywał na poduszce. Anioł podleciał do lampy i powiedział: "Obudź się, wrócił do domu".

E-Z leżał teraz wygodnie na łóżku, z zamkniętymi oczami, prawie śpiąc.

"Dziś w nocy latasz", śpiewały anioły.

"Słuchaj, miałem wyczerpujący dzień, jak wiesz, i wszystko, co chcę zrobić, to spać".

"Możesz uciąć sobie pięciominutową drzemkę - powiedziała Reiki.

"Potem wstaniesz i zaczniesz działać!

Już prawie zasypiał, gdy do pokoju wszedł Sam. "Przepraszam, że przeszkadzam, ale PJ i Arden mówią, że próbowali cię złapać przez cały dzień. Czy twoja bateria padła?

"Nie, zgubiłem telefon - powiedział, patrząc krzywo na swoich dwóch pomocników.

"Kłamca, kłamca, spodnie w ogniu", skarcili go. Sam, biorąc pod uwagę jego brak reakcji, nie usłyszał ich wysokich głosów. E-Z odpędził ich.

"Dlatego zawsze kupuję ubezpieczenie w ramach mojego planu. Nie martw się, jutro dostaniesz zamiennik. Najwyższy czas, żebyś się zaktualizował. Możesz zachować ten sam numer telefonu. Przekażę chłopakom, że będziesz w kontakcie".

"Dzięki, wujku Samie. Dobranoc."

"Dobranoc E-Z."

ROZDZIAŁ DZIESIĄTY

We śnie był na wycieczce narciarskiej z rodzicami. W rzeczywistości było to wspomnienie, ale przeżywał je jako sen.

E-Z miał sześć lat. On i jego matka byli uczeni wszystkich ruchów przez instruktora narciarstwa. W międzyczasie jego ojciec - który nie był nowicjuszem jak oni - zjeżdżał w dół zaśnieżonego wzgórza.

Uczyli się jeździć na nartach na "baby hill" - tak nazywali skocznie testowe.

"Jesteście gotowi?" - zapytał instruktor - "na jedną z dużych skoczni?".

Odpowiedzieli, że tak. Myśleli, że tak. Ale powiedzieć i zrobić to dwie różne rzeczy.

Przy pierwszej próbie nie ujechali daleko, zanim jeden z nich upadł. To była jego mama, a kiedy upadła, usiadła na zimnym śniegu, śmiejąc się. Pomógł jej wstać i ruszyli ponownie.

Tym razem to E-Z upadł, wbijając twarz w zimną biel. Otrząsnął się, instruktor pomógł mu wstać, podczas gdy jego matka szła, rozpylając po drodze śnieg.

Potraktował to jako wyzwanie i przyspieszył, mijając ją z uśmiechem.

Następną rzeczą, jaką wiedział, było to, że jechała za nim. Uderzyła w gęsty puch - i zostawiła go w pyle - znajdując swój krok. Mimo to dał z siebie wszystko i dogonił ją. Dryfowali w dół, obok siebie, potem osobno, a potem znów razem. Cały czas śmiejąc się jak dwoje małych dzieci.

Na dole wzgórza, ubrany od stóp do głów w błękit nieba, stał jego ojciec. Wyróżniał się; skrawek błękitu otoczony dziewiczym śniegiem - z wózkiem inwalidzkim w rękach.

"Śnieg", powiedział E-Z, wdychając kolejnego marshmallow. Roztopiony smakował jeszcze lepiej. Potem poczuł lodowate zimno i obudził się otoczony lodem w wannie. Wujek Sam siedział przy nim.

"E-Z, tym razem naprawdę mnie przestraszyłeś".

"Co? Co się stało?

"Usłyszałem jakieś hałasy, więc poszedłem sprawdzić, co u ciebie. Twoje okno było szeroko otwarte, zasłony powiewały. Czułem twoje czoło i byłeś rozpalony. Bałem się, że dostaniesz ataku. Nawet twoje skrzydła wyglądały na zwiędłe.

"Rozważałem wezwanie pogotowia, ale zdecydowałem się tego nie robić. Nie mogłem zabrać cię na pogotowie, nie z tymi skrzydłami. Musiałem wsadzić cię na wózek inwalidzki, napełnić wannę lodem i sprawdzić, czy uda mi się obniżyć twoją temperaturę. Wychodziłem i kupowałem lód, prosząc o datki przyjaciół z sąsiedztwa. Byli bardzo pomocni".

"Teraz czuję się lepiej, dzięki - powiedział, próbując wstać. Nie zaszedł daleko, zanim znów upadł.

"Musisz mi powiedzieć, co się dzieje.

"Nie mogę, wujku Samie. Musisz mi zaufać.

Nastolatek ponownie próbował wstać. "Poczekaj tutaj - powiedział Sam, wychodząc z łazienki i wracając z wózkiem inwalidzkim. "Masz - włożył termometr do ust siostrzeńca. "Jeśli jest w normie, możesz wsiąść na wózek".

Było w normie, więc z owiniętym wokół siebie szlafrokiem, E-Z został podniesiony z wanny i posadzony na krześle. Jego skrzydła rozwinęły się, a następnie rozluźniły i nie czuł już, jakby płonęły.

Przechodząc przez salon, rzucił okiem na wiadomości.

"Zeszłej nocy doszło do katastrofy lotniczej" - powiedział rzecznik. "Nazywają to cudownym lądowaniem, ale oto surowe nagranie, zrobione przez jednego z naszych widzów, gdy to się stało".

Obejrzał klip, który pokazywał lądujący samolot, ale nie było nic więcej - żadnego ujęcia z nim. Poczuł ulgę i wrócił do swojego pokoju.

"Zaraz wrócę i pomogę ci się ubrać".

Tak bardzo chciał powiedzieć wujkowi o wszystkim, ale nie mógł. "Dzięki - powiedział, gdy był już ubrany.

"Zawsze mogę na ciebie liczyć".

"Odwzajemniam się - powiedział nastolatek. "Myślę, że pójdę na dół do mojego biura, żeby coś napisać".

"Dobry pomysł, mam obowiązki domowe na liście rzeczy do zrobienia, które chciałbym dziś wykonać. Zaczął wychodzić, po czym zawrócił. "Wiesz mała, nie musisz od razu pisać powieści. Możesz prowadzić pamiętnik lub dziennik. Zapisuj rzeczy, o których pewnego dnia możesz zapomnieć. Jak cenne wspomnienia".

"Pomyślałem, że coś napiszę i nazwę to Tattoo Angel".

"Podoba mi się.

Gdy znalazł się w swoim biurze, usiadł na chwilę, myśląc o samolocie - zastanawiając się, jak był w stanie zrobić to, o co go poproszono. Nie udałoby mu się to bez pomocy łabędzia i jego ptasich przyjaciół, ani bez pomocy fotela. Może nawet ci dwaj niedoszli aniołowie pomogli na swój sposób, dopingując go w tle.

Skupił się na pisaniu i wpisał tytuł: Tattoo Angel.

Jego palce chciały pisać więcej, ale jego umysł chciał wędrować. Odchylił się na krześle i wpatrywał się w pusty ekran. Potrzebował fantastycznego pierwszego zdania, takiego jak napisał jego przodek Charles Dickens - "Urodziłem się".

Kiedy jakiś czas później nie mógł już znieść widoku białego ekranu, napisał - "Chciałbym się nigdy nie urodzić".

Chciałbym się nigdy nie urodzić.

I pisał dalej.

Nie mogę już chodzić.

Nigdy nie zagram zawodowo w baseball czy hokeja ani nie dostanę stypendium sportowego.

Nie mogę biegać.

Nie mogę skakać.

Jest tyle rzeczy, których nie mogę robić.

Których nigdy nie zrobię.

Przestał pisać, widząc coś w prawym górnym rogu ekranu, co poruszało się w dół. Płynące.

Łzy. Małe łezki.

Łączące się. Coraz większe i większe.

Kaskadowo w dół ekranu.

Wydawało mu się, że coś słyszy - podkręcił głośność.

"WAH! WAH! WAH!" śpiewał wysoki głos.

Dołączył do niego drugi głos.

"WAH-WAH!

WAH-WAH!

WAH-WAH!"

E-Z wyłączył komputer.

To była tylko tyrada i poczuł się z tym lepiej. Każdy potrzebuje od czasu do czasu użalania się nad sobą. To było poza jego systemem.

Wiedział jedno na pewno - jako pisarz nie był Charlesem Dickensem.

Charles Dickens nie potrafił jednak latać.

✳✳✳

"Obudź się, czas iść!" powiedziała Reiki, lecąc do okna.

Hadz czekał przy otwartym oknie. "Gotowy?"

A więc spodziewali się, że skoczy, z trzeciego piętra swojego domu. "Nie wyjdę tam! Zobacz, jak wysoko jesteśmy".

"Zapominasz, że masz skrzydła".

"A jeśli spadniesz, zorientujesz się".

Przynajmniej wciąż był w swoim ubraniu, kiedy wsadzili go na wózek inwalidzki. Zadrżał, spoglądając w dół, zastanawiając się, jak jego skrzydła miały utrzymać zarówno jego, jak i wózek w powietrzu.

"Co z moim wózkiem?

"Pamiętasz, co powiedział Ophaniel? A teraz wylatuj!

Gdy był już na zewnątrz, jego skrzydła w pełni się rozwinęły. Ponad jego ramionami mógł zobaczyć skrzydła w akcji.

Małe, ale silne stworzenia uniosły go w górę, coraz wyżej, prowadząc nastolatka przez nocne niebo, podczas gdy jasne, gwiaździste oczy spoglądały na niego. Kiedy uznały, że jest gotowy, puściły go.

"Mogę latać", powiedział. "Naprawdę umiem latać!"

"Przestań się popisywać", powiedział Reiki, "i weź się za program".

"Zrobiłbym to, gdybym wiedział, co to jest", parsknął.

Hadz poleciał przed siebie. E-Z i Reiki przelecieli nad szkołą, obok boiska baseballowego. Dalej w kierunku centrum miasta. Światła na pasie startowym w pobliżu lotniska bezpośrednio konkurowały z gwiazdami nad nim.

"Bardzo dobrze sobie radzisz - powiedziała Reiki.

"Dziękuję.

Jego uwagę zwrócił dźwięk psującego się silnika w jumbo jecie przed nimi.

"Spójrz tam, ten samolot ma kłopoty. Szkoda, że nie mam telefonu, żeby zadzwonić po pomoc". Silnik zapiszczał i samolot nieco opadł, po czym wyrównał lot.

"Nie potrzebujesz telefonu. Witaj na drugiej próbie".

"Oczekujesz, że co? Mam nosić samolot na plecach? Nie mogę uratować samolotu, nie mam dość siły. Nie dam rady."

"Dobrze więc - powiedział Hadz, którego teraz dogonili.

"Musisz jednak wiedzieć, że jeśli ich nie uratujesz, wszyscy na pokładzie zginą".

"Wszyscy 293 pasażerowie. Mężczyźni, kobiety i dzieci.

"Plus dwa psy i jeden kot - dodała Reiki.

Jego głowę wypełniły krzyki ludzi wewnątrz samolotu. Jak on je słyszał przez grube metalowe ściany? Psy szczekały, a kot miauczał. Dziecko płakało.

"Przestańcie, wyłączcie to, a ja to zrobię".

"Nie wyłączymy tego.

"Ale to się skończy, kiedy bezpiecznie wylądujecie na lotnisku".

"Wierzymy w ciebie - powiedział Hadz.

"Ale czy oni mnie nie zobaczą? Jeśli mnie zobaczą, to będzie koniec gry, mam na myśli warunki Ophaniela - nigdy nie zobaczę moich rodziców.

"Zobaczą cię?

"To najmniejsze z twoich zmartwień!

"A teraz zmykaj - powiedział Hadz. "Aha, i możesz tego potrzebować".

Teraz miał pas bezpieczeństwa, który utrzymywał go na wózku inwalidzkim, gdy pędził po niebie w kierunku spadającego samolotu.

"Będziemy cię obserwować", zawołali.

"Pomożecie mi, jeśli będę was potrzebował?".

"To są twoje próby, przypisane tobie i tylko tobie. Jesteśmy tu, by cię dopingować. Powodzenia."

"Chwileczkę, czy nie zamierzacie udzielić mi odpowiednich lekcji? Pokażesz mi, co mam robić?"

POP.

POP.

"Dzięki za nic!" zawołał.

N a lotnisku, w wieży kontroli ruchu lotniczego, kontroler zauważył, że samolot ma kłopoty. Nie mogąc skontaktować się z pilotem, zauważył na radarze niezidentyfikowany obiekt latający.

Inspirując się Supermanem i Mighty Mouse, E-Z podniósł ręce. Ustawił się pod ciałem potężnej metalowej bestii i przywołał całą swoją siłę.

"Pomyślałem, że przyda ci się mała pomoc" - powiedział większy niż zwykle łabędź. Skinął głową, a ptaki nadleciały z wielu kierunków. Gdy jumbo jet połączył się z nim, prawdziwe ptaki ustawiły się w jednej linii. Pomagając mu utrzymać samolot stabilnie. Ustabilizować go, aby on i jego fotel mogli przyjąć cały jego ciężar.

Wewnątrz wszystko toczyło się jak kulki. Musiał się pospieszyć i żałował, że nie ma drugiego zestawu skrzydeł, albo skrzydeł o większej mocy. Gdyby tylko był w białym pokoju. Skupił się na zadaniu i mentalnie przygotował się do zejścia. Spoglądając w dół, zauważył, że jego krzesło również ma skrzydła, na podnóżkach i kółkach. "Dziękuję", szepnął do nikogo. A potem do ptaków: "Mam to teraz, dziękuję za waszą pomoc".

Gotowy, sprowadził jumbo w dół, utrzymując go stabilnie i poziomo. Dotknął przednią częścią samolotu asfaltu. Następnie, jako że podwozie nie opuściło się, musiał usunąć się z drogi. Wyciągnął prawą rękę tak daleko, jak tylko mógł i ustawił fotel z dala od środka samolotu. Opuścił środek samolotu, a następnie ogon. Udało mu się! Tak!!! Oddalił się w kierunku przerażających dźwięków syren nadjeżdżających ze wszystkich stron w postaci wozów strażackich, karetek pogotowia i samochodów policyjnych.

Zanim go zauważyli, odleciał. Wdzięczni pasażerowie w środku wiwatowali, robili zdjęcia i nagrywali go na swoich telefonach. Wkrótce wrócił z Hadziem i Reiki.

"Poszło ci bardzo dobrze. Jesteśmy z ciebie dumni, protegowany".

Uśmiechnął się, aż jego skrzydła poczuły się, jakby ktoś je podpalił. Następną rzeczą jaką wiedział było to, że płonął i bolało go to tak bardzo, że chciał umrzeć. Pragnął śmierci. Tęsknił za nią. Teraz w swobodnym spadaniu, z krzesłem skierowanym w dół, miał szeroko otwarte oczy i czekał, aż jego usta pocałują ziemię. Wtedy został porwany przez dwóch aniołów, którzy zabrali go do domu i położyli do łóżka.

Ból nie ustępował, ale E-Z wiedział, że dziś nie umrze. Będzie bezpieczny przez kolejny dzień. Kolejną próbę. Musiał tylko przetrwać tę.

****

"Kiedy diamentowy pył zacznie działać?" zapytał Hadz. "Wciąż odczuwa ogromny ból.

"To było nowe leczenie, więc nie mogę powiedzieć kiedy - ale w końcu zacznie działać".

"Mam nadzieję, że wytrzyma tak długo!"

"Z pomocą Wujka Sama przejdzie przez to. Kiedy zacznie działać, zobaczymy oznaki. Może jakieś zmiany fizyczne".

E-Z kontynuował chrapanie

POP.

POP.

I po raz kolejny zniknęli.

ROZDZIAŁ JEDENASTY

Dzień później E-Z miał już zaplanowany dzień. Najpierw musiał przygotować plecak na sobotnią wycieczkę do parku. Zjadł śniadanie, trochę pisał, a potem wyruszył. Kiedy przygotowywał plecak, usłyszał wysokie głosy Hadza i Reiki, zanim je zobaczył.

"Słyszę was", powiedział.

POP.

Hadz pojawił się pierwszy.

POP.

Potem Reiki - obie w pełni przemienione w anielską wspaniałość.

"Dzień dobry", zaśpiewały w chorobliwie słodkim unisono.

E-Z włożył notes do plecaka i kilka długopisów, ignorując je. Miał nadzieję, że w parku znajdzie coś inspirującego do napisania. Sięgnął w dół, aby zapiąć plecak, kiedy zauważył, że dwa anioły siedzą na suwaku.

"Przepraszam. Prawie cię tam nie zauważyłem".

"Było blisko - powiedziała Reiki.

Hadz drżał zbyt mocno, by wypowiedzieć choćby jedno słowo.

Poleciały na jego ramiona, gdy skierował krzesło w stronę zamkniętych drzwi.

"Musimy z tobą porozmawiać - powiedział Hadz.

"To... ważne. Zrobiliśmy coś..."

"Dla mnie?

Zawisły przed jego oczami.

"Tak. Kiedy spałeś kilka tygodni temu.

"Kilka tygodni temu! Dobra, słucham..." Prawdę mówiąc, starał się nie wybuchnąć. Myśl o tym, że mogliby mu coś zrobić. Kiedy spał. Bez jego zgody. To było straszne naruszenie zaufania. Zacisnął pięści. Cisza. Skrzyżował ręce. Nie zamierzał im tego ułatwiać.

Sam zapukał do drzwi: "Śniadanie E-Z, potrzebujesz pomocy?".

"Nie, wszystko w porządku. Będę za kilka minut. Na zewnątrz panowała cisza, a Sam wrócił do kuchni.

"Po pierwsze - powiedział Hadz - zrobiliśmy to tylko po to, by ci pomóc.

"Z próbami. Zrobiliśmy coś, aby pomóc ci osiągnąć twoje cele.

"Chcesz powiedzieć, że mogliście mi pomóc z samolotem? Na pewno przydałaby mi się wasza pomoc. Na szczęście udało nam się dzięki temu łabędziowi i ptakom".

"Uh, tak, co do tego, pomoc nie jest dozwolona - ani od przyjaciół, ani od ptactwa. Zgłosiliśmy ten incydent odpowiednim władzom".

E-Z potrząsnął głową, nie mogąc uwierzyć w to, co słyszy. "Nie mów mi, że ktoś skrzywdził łabędzia albo ptaki? Lepiej mi tego nie mów... Aha i dlaczego dokładnie ten łabędź przemówił do mnie po angielsku. Przecież wiesz."

"Ta sprawa jest poufna - powiedział Hadz, trzepocząc blisko twarzy z rękami na biodrach. Reiki przyjęła tę samą postawę, a ich skrzydła dotknęły jego powiek.

"Hej, przestańcie - powiedział głośniej, niż zamierzał.

"Wszystko w porządku?" Sam zapytał przez zamknięte drzwi.

"Wszystko w porządku - powiedział, machając ręką przed twarzą, odrzucając stworzenia na drugą stronę pokoju. Reiki uderzyła w ścianę i zsunęła się w dół. Hadz próbował złapać Reiki, ale było już za późno. Oba anioły runęły w dół i wylądowały na podłodze.

"Przepraszam - powiedział nastolatek. Przesunął swój wózek bliżej nich. Zastanawiał się, czy gwiazdy krążą im po głowach jak postacie z kreskówek. Uwielbiał, gdy zdarzało się to Wile E. Coyote'owi. Zataczali się trochę, więc położył ich na łóżku. Kiedy anioły doszły do siebie, powiedział: "Jeszcze raz przepraszam. Nie chciałem cię uderzyć. Twoje skrzydła łaskotały mnie w oczy".

"Tak, zrobiłeś to!" powiedziała Reiki.

"A my ci tego nie zapomnimy."

Czuł się źle. Były takie małe; nie zdawał sobie sprawy, że zwykłe pstryknięcie może wysłać je w taki lot. To było tak, jakby wyrzucił je z parku i ledwo je dotknął.

"Co do tego..." powiedziała Reiki.

Kiedy spałeś, przeprowadziliśmy na tobie rytuał.

E-Z ponownie zachował zimną krew, ale ledwo. "Rytuał powiadasz?" Spojrzeli na niego, winni jak grzech. "Gdybyście byli ludźmi, rzuciliby w was księgą za zrobienie mi czegokolwiek bez mojej zgody. To napaść na nieletniego. Trafilibyście do więzienia..."

Anioły zadrżały i przytuliły się do siebie.

"Nie mieliśmy wyboru.

"Zrobiliśmy to dla waszego dobra.

"Rozumiem to, ale w tej chwili wasze przeprosiny NIE są akceptowane.

"W porządku - powiedziały anioły. "Na razie." Skandowali: "Wezwaliśmy moce, wielkie i iluzoryczne moce ponad tobą i wokół ciebie. Poprosiliśmy je o pomoc poprzez zwiększenie twojej siły, odwagi i mądrości. Mówiąc prościej, wierzyliśmy, że potrzebujesz więcej, więc wyczarowaliśmy to dla ciebie".

"Rozumiem. Przeprosiny nadal NIE zostały przyjęte.

"Zrobiliśmy to z jak najmniejszym dyskomfortem dla ciebie", powiedział Hadz.

E-Z rozważył tę ostatnią informację. Jednocześnie przyglądał się swojemu wózkowi inwalidzkiemu. Wydawał się teraz inny, poza oczywistą zmianą koloru podłokietników.

"Co się ostatnio dzieje z moim wózkiem?" zapytał. "Jakby miał własny umysł".

Anioły znów zadrżały.

"Co zrobiłeś? Dokładnie? Bo podejrzewam, że nie tylko mnie zaatakowałeś, ale także moje krzesło".

W końcu anioły wyjaśniły wszystko na temat diamentowego pyłu i krwi. O mocach, którymi został obdarzony on i krzesło. "Wraz ze wzrostem trudności zadania, będziesz musiał przyspieszyć."

"Już wiem, dlatego moje skrzydła płonęły. Temperatura wzrasta po każdym zadaniu. Ale powtarzam sobie, że będzie warto, gdy znów zobaczę rodziców.

"Jeśli ukończysz testy w wyznaczonym czasie. I postępuj zgodnie z wytycznymi", powiedział Hadz.

"Poczekaj chwilę - powiedział E-Z, opierając ręce na podłokietnikach. "Nikt nie powiedział, że jest jakiś termin. Nie w Białym Pokoju. Ani w żadnym innym momencie. A jeśli jest jakiś regulamin, którego mam przestrzegać, to podaj mi go, żebym mógł go przeczytać. Poza tym nie było żadnych zobowiązań po żadnej ze stron. Nikt nie powiedział, ile ukończonych prób jest wymaganych do przypieczętowania umowy. Może powinniśmy napisać wszystko na piśmie? Czy istnieje coś takiego jak Anielski Prawnik lub jeszcze lepiej Anielska Pomoc Prawna?"

Hadz roześmiała się. "Oczywiście, mamy Anielskich Prawników, ale musisz być Aniołem, aby się do nich zakwalifikować".

Reiki powiedziała: "Wykonałaś pierwsze zadanie bez niczyjej pomocy. Uratowałaś życie tej małej dziewczynki dzięki inicjatywie swojego krzesła, sile woli i szczęściu. Te trzy rzeczy mogą zaprowadzić cię tylko tak daleko, więc daliśmy ci więcej siły ognia. To wszystko, o co mogliśmy cię prosić.

"To najwięcej, co mogliśmy zaryzykować."

"Hej, co masz na myśli mówiąc ryzyko? Chcesz powiedzieć, że ten rytuał może mi zaszkodzić?"

"Wyświadczyliśmy ci przysługę. Naraziliśmy się, by ci pomóc. Jeśli nie możesz nam teraz wybaczyć, to pewnego dnia to zrobisz".

"Mówisz o unikaniu mojego pytania! Czy kiedykolwiek myślałeś o wejściu do anielskiej polityki - jeśli coś takiego istnieje?"

powiedział Hadz. "Ludzie wokół ciebie mogą zauważyć pewne zmiany w twoim wyglądzie fizycznym.

"Tak, mogą - powiedziała Reiki z uśmiechem.

"Co masz na myśli mówiąc o zmianach fizycznych?" krzyknął.

POP.

POP.

I już ich nie było.

E-Z znów był sam. Idąc w stronę drzwi, zastanawiał się, o co im chodzi. Cokolwiek to było, wkrótce się dowie. W międzyczasie myślał o tym, że jego krzesło ma teraz jego krew. Krzesło było przedłużeniem jego samego. Udał się do kuchni, gdzie czekał wujek Sam.

✳✳✳

"Cóż, nie wyszło dokładnie tak, jak planowaliśmy" - powiedziała Reiki. "Był na nas bardzo zły. Nie sądzę, by kiedykolwiek nam jeszcze zaufał.

"On potrzebuje nas bardziej niż my jego.

"Moglibyśmy wyczyścić jego umysł, tak jak zrobiliśmy to z innymi.

"Jeśli nam nie wybaczy, nic na to nie poradzimy. Wymazanie jego umysłu nie wchodzi w grę. Bez jego zgody i gdyby się dowiedział, zrazilibyśmy go do siebie na zawsze. A wiesz, komu by się to nie spodobało.

"Jak zwykle masz rację - powiedziała Hadz.

"Myślisz, że ktoś zauważy dzisiejsze zmiany w jego wyglądzie?

"Zauważyliśmy, prawda?

"Może powinniśmy byli mu powiedzieć, przynajmniej o jego włosach. Może to by go do nas przyciągnęło. Gdybyśmy wyjaśnili."

"Myślę, że zmiany byłyby lepsze, gdyby pochodziły od kogoś innego niż my.

"Ludzie są bardzo dziwni - powiedziała Reiki.

"To prawda. Ale praca z nimi to jedyny sposób, w jaki możemy być promowani jako prawdziwe anioły.

"Na szczęście dla nas, on jest całkiem miły."

ROZDZIAŁ DWUNASTY

E-Z wbił widelec w talerz wypełniony naleśnikami. Umierał z głodu, jakby nie jadł od kilku dni. I spragniony. Wypijał szklankę po szklance soku pomarańczowego. Ponownie napełnił talerz naleśnikami i jadł tak długo, aż wszystkie zniknęły.

Sam roześmiał się, gdy zobaczył swojego siostrzeńca, po czym kontynuował zanurzanie kromki posmarowanego masłem tosta w swojej kawie.

"Co cię tak śmieszy?" zapytał E-Z.

"Chyba nic.

Jedynymi dźwiękami w kuchni było siorbanie, krojenie i żucie. Poza tykaniem zegara na ścianie za nimi.

"Co?" zażądał E-Z, zauważając, że jego wujek uśmiecha się i chowa za dłonią.

"Jest coś innego w twoim, no wiesz, dzisiejszym poranku. Chcesz mi coś powiedzieć? Na przykład dlaczego?"

Dwie istoty podskoczyły i każda usiadła na jednym z ramion E-Z. Podsłuchiwały, a jemu wcale nie podobało się ich nieproszone wtargnięcie, więc odepchnął je.

POP.

POP.

Zniknęli.

"Nie jestem pewien, co masz na myśli.

Sam nalał sobie kolejną filiżankę kawy. "Czy to dla dziewczyny? Ponieważ każda dziewczyna powinna zaakceptować cię takim, jakim jesteś".

E-Z roześmiał się. "Żadna dziewczyna. Jesteś daleko od bazy."

Oboje milczeli przez kilka chwil, a zegar tykał.

"Spakowałem torbę i idę do parku, jak tylko trochę napiszę tego ranka. Biorę notatnik i kilka długopisów na wypadek, gdyby park mnie zainspirował.

"Brzmi jak plan, ale najpierw pomożesz mi posprzątać - powiedział Sam wstając od stołu.

Nastolatek odsunął swoje krzesło i razem szybko posprzątali. E-Z poszedł do swojego biura i zamknął za sobą drzwi, gdy rozległ się dzwonek do drzwi wejściowych.

Sam wpuścił Ardena i PJ. "Jest w swoim biurze i pracuje. Spodziewa się was? Jeśli tak, to nic mi o tym nie mówił.

"Wysłałem mu SMS-a, ale nie odpowiedział - powiedział PJ.

"Więc pomyśleliśmy, że wpadniemy i zabierzemy go dzisiaj. Upewnij się, że miał trochę zabawy. Ten facet za dużo pracuje. Mama powiedziała, że nas tam zawiezie. Muszę tylko sprawdzić z E-Z, a potem do niej zadzwonić".

"Mój siostrzeniec jest zainteresowany książką, którą pisze. Może się sprzeciwić".

"Tak czy inaczej zabierzemy go stąd dzisiaj - powiedziała PJ.

"Planował pójść do parku, po tym jak trochę napisze. Ale zejdź na dół, może spotka się tam z tobą później? Sam wrócił do kuchni, wyjmując trochę mielonej wołowiny z zamrażarki. Sprawdził szafkę w poszukiwaniu sosu, spaghetti, jajek, cebuli, bułki tartej i szpinaku. Miał wszystko, czego potrzebował do zrobienia spaghetti i klopsików.

Obaj chłopcy ruszyli korytarzem po odwieszeniu kurtek.

Sam wzruszył ramionami. Od jakiegoś czasu odkładał skoszenie trawnika. Dzisiaj miał się tym zająć.

E-Z próbował pisać, ale kreatywność mu nie wychodziła. Kiedy przyjechali jego przyjaciele, ucieszył się z przerwy. Otworzył Facebooka, udając, że sprawdza aktualizacje. "Cześć chłopaki." Odwrócił krzesło w ich stronę.

"Człowieku, co do cholery stało się z twoimi włosami? Byłeś w salonie piękności bez nas?".

"Czy pokazałeś im zdjęcie i poprosiłeś o odwrócony wygląd Pepe Le Pew?

"I twoje brwi też! Nawet nie wiedziałem, że można je farbować?"

E-Z przeczesał palcami włosy, nie mając pojęcia, o czym rozmawiają. Chwileczkę - czy to było to, o czym mówił Sam?

"Jego oczy też są inne.

Arden pochylił się, "Tak, mają w sobie złote cętki. Niesamowite!"

"Hej stary, odwal się - powiedział E-Z. "Wy dwoje mnie przerażacie. Naruszanie mojej przestrzeni nie jest fajne.

"Przynajmniej nie śmierdzi jak Pepe - powiedział Arden, wycofując się. PJ dołączył do niego po drugiej stronie pokoju, gdzie szeptali między sobą.

"Pozwolisz, że zrobimy zdjęcie?"

E-Z uśmiechnął się i powiedział: "Mozzarella".

PJ pokazał Ardenowi zdjęcie, które zrobił. "Zobacz!" powiedzieli, dokonując wielkiego ujawnienia.

E-Z nie mógł uwierzyć w to, co widzi. Jego blond włosy miały czarną smugę biegnącą przez środek i szare plamki na skroniach. Szary! Zrobił zbliżenie, mieli rację, jego oczy miały złote plamki. Jego umysł powrócił do diamentowego pyłu, czy tak wyglądał diamentowy pył? Te dwa idiotyczne anioły to zrobiły! I lepiej, żeby wiedzieli, jak to naprawić! Następnym razem, gdy ich zobaczy, każe im zapłacić. W międzyczasie próbował załagodzić sytuację.

"Wielka mi rzecz. Miałem ciężką noc."

Arden zapytał: "Czego nam nie mówisz?".

PJ dodał: "Twoje włosy siwieją, a ty wciąż jesteś w liceum. Myślisz, że to normalne?"

"Myślę, że on ma rację; robimy wielkie halo z niczego. Co powiedział o tym twój wujek?

"Nie zauważył - a jeśli tak, to nic nie powiedział".

"Chcesz mi powiedzieć, że Sam nawet tego nie zauważył?

"Czy miał otwarte oczy?"

E-Z próbował sobie przypomnieć. Najpierw wujek Sam zapytał, czy ma mu coś do powiedzenia. Czy o to mu chodziło?

"Chwileczkę - powiedział E-Z, idąc do łazienki. Użył dziesięciokrotnego powiększenia lustra, aby przyjrzeć mu się bliżej. Sapnął. Gwiazdki lub plamki w jego oczach były całkiem miłe. Nie były szkodliwe, w rzeczywistości sprawiały, że wyglądał raczej fajnie. Przyjrzał się siwym włosom wzdłuż skroni.

I co z tego? Dużo przeszedł po śmierci rodziców. Plus codzienna presja liceum. I przyzwyczajenie się do wózka inwalidzkiego. Nie wspominając o radzeniu sobie z archaniołami i próbami.

Jego przedwcześnie siwiejące włosy nie stanowiły problemu. Przesunął lustro, przeczesując włosy palcami. Tekstura była inna, gdy dotknął czarnego pasemka. Były szorstkie, prawie jak włosie. Żaden problem, nałoży na nie trochę żelu i...

Na zewnątrz kosiarka wrzuciła bieg. Sam w końcu wykonywał tę straszną pracę. Przed wypadkiem koszenie trawnika było najbardziej znienawidzonym obowiązkiem E-Z.

"YEOW!" krzyknął Sam, gdy kosiarka zatrzymała się.

Krzesło E-Z podskoczyło w kierunku drzwi wejściowych, które same się otworzyły. Wystartował, omijając schody i lądując na trawniku za Samem.

"Cholera!" wykrzyknął Sam. Uderzył kosiarką w kamień, który poleciał w górę i uderzył go w oko. Kropelki krwi spłynęły mu po policzku i zebrały się na trawie.

Wózek inwalidzki podjechał do miejsca, w którym znajdowała się krew, siorbiąc ją kołami.

"Nic ci nie jest?

"Nic mi nie jest - odpowiedział Sam. Sięgnął do kieszeni, wyciągnął chusteczkę i przyłożył ją do rany.

Przyjechali Arden i PJ. "Słyszeliśmy krzyk.

"Nic mi nie jest, naprawdę - powiedział Sam. "Mały wypadek. Nie musisz się martwić. Wracajmy do środka.

Złapał za rączki wózka i pchnął go. Manewrowanie nim na trawie było niezwykle trudne.

W międzyczasie Arden przyniósł kosiarkę i schował ją do szopy.

"Przytyłeś?" zapytał PJ, zauważając trudności, jakie miał Sam.

"Zjadłem dziś rano około dwudziestu naleśników".

"Może czarne pasemka są cięższe niż twoje normalne włosy? powiedział Arden, dołączając do nich z uśmiechem.

"Och, zauważyli - powiedział Sam.

"Tak, drwili ze mnie, odkąd przyjechali. Dlaczego nic nie powiedziałeś?

Teraz w środku, E-Z wyjął bandaż i założył go na ranę wujka.

"To była subtelna zmiana - powiedział Sam. "Nie! - uśmiechnął się. "Och, a czy kiedykolwiek rozważałeś podjęcie pracy w zawodzie pielęgniarki? Masz delikatny dotyk".

PJ i Arden szydzili.

ROZDZIAŁ TRZYNASTY

E-Z i jego przyjaciele wrócili do biura. Postanowił trzymać się blisko domu na wypadek, gdyby Sam go potrzebował. Sam był zbyt zajęty gotowaniem obiadu, aby myśleć o tym, co mogło się stać z kosiarką.

"Kolacja gotowa", zawołał kilka godzin później. "Chodź po nią.

E-Z poprowadził ich, "Pachnie przepysznie!".

Usiedli i podali sobie jedzenie i przyprawy.

"Masz już całkiem niezłą goliznę", powiedział Arden do Sama.

Sam, który do tej pory nie wiedział, że ma widoczną ranę, teraz nosił ją z dumą. Wbił nóż w kolejnego klopsa i położył go na talerzu.

"Co się tam w ogóle stało," zapytał PJ.

"To był kamień. Wpadł w kosiarkę i mnie uderzył. Kontynuował przesuwanie jedzenia po talerzu. "Jak idzie pisanie?" zapytał siostrzeńca odwracając uwagę od siebie.

"Nie miałem czasu, aby zająć się tym dziś rano."

Sam zmienił temat i zapytał, czy coś się dzieje w szkole lub w drużynie.

"Mamy trening dziś wieczorem - powiedział PJ.

"Mamy nadzieję, że E-Z weźmie udział w jutrzejszym meczu.

E-Z potrząsnął głową na zdecydowane "nie" i kontynuował jedzenie.

"Jedna runda, tylko jedna i jeśli nie chcesz dalej grać, to nie ma sprawy" - powiedział Arden.

"Świetny pomysł," powiedział Wujek Sam. "Zanurz palec w grze. Jeśli nie poczujesz się dobrze, wyjdź. Co masz do stracenia?"

PJ otworzył usta, by coś powiedzieć, ale zdecydował się tego nie robić. Wbił sobie klopsa do ust. Przeżuł, napił się. "Kiedy tam jesteś, E-Z, podnosisz morale wszystkich. Chłopaki dużo o tobie myślą. Zawsze tak było i będzie.

"Ok," powiedział E-Z. "Usiądę na ławce, jeśli uważasz, że to pomoże. Po kolacji chodźmy do parku trochę poćwiczyć. Zobaczymy, jak ci pójdzie.

"W porządku - powiedział PJ.

Podziękowali Samowi za wspaniałą kolację.

"Ty gotowałeś, więc my posprzątamy - zaproponował Arden.

E-Z i PJ wymienili spojrzenia.

Kiedy Sam był już poza zasięgiem słuchu, PJ powiedziała: "Ale się podlizujesz".

Arden chlusnęła wodą w kierunku PJ, ale E-Z złapał większość wody w twarz.

PJ odwzajemniła się pluskiem, który rozprysnął się po podłodze w kuchni, uderzając w buty Sama.

"Mop i wiadro są w szafie - powiedział, chwytając po drodze płaszcz.

Skończyli sprzątać, do tego czasu byli w większości suchi, poza E-Z, który zmienił koszulę. W końcu dotarli na boisko baseballowe, które było już zajęte.

"Świetnie - powiedział E-Z. "Chodźmy."

Na linii bocznej stało kilka dziewczyn z drużyny cheerleaderek przeciwnej drużyny. Jedna z nich, rudowłosa dziewczyna, spojrzała w kierunku E-Z. Wykonała salto i wylądowała z łatwością.

"Chyba możemy trochę zostać - powiedział E-Z.

Przeszli przez boisko do ławek. Musieli się przynajmniej przywitać, inaczej wyszliby na kretynów.

Rudowłosa dziewczynka szepnęła coś do swojej przyjaciółki, a one zachichotały.

E-Z był pewien, że śmieją się z niego.

"Mamy towarzystwo - powiedziała rudowłosa dziewczyna.

"Tak, koleś na wózku inwalidzkim z włosami zebry i dwóch kujonów - krzyknął trzeci bazowy. Spodziewał się, że wszyscy będą się śmiać z jego kiepskiego żartu, ale nikt tego nie zrobił.

"Nie przejmuj się nim - powiedziała przyjaciółka rudowłosej dziewczyny. "Jest żałosny".

"Odwal się - krzyknął zawodnik lewego pola. "Nie ma tu miejsca dla kaleki".

E-Z zignorował wszystkie komentarze. Jego krzesło jednak nie. Napierało, kręciło się jak byk próbujący wydostać się z zagrody. "Whoa!" powiedział, gdy krzesło zachwiało się jak dziki koń.

Arden chwycił za rączki krzesła i wróciło ono do swojej normalnej funkcji.

Za tablicą łapacz upuścił muchę i pomylił boisko. "Widzę, że potrzebujecie porządnego łapacza - powiedział E-Z.

Cheerleaderki zachichotały.

"Dajcie mi pięć minut za tablicą, tylko pięć. Jeśli będę w stanie złapać każde boisko, które wyślesz w moim kierunku, wyświadczymy ci przysługę i zostaniemy".

"A jeśli ci się nie uda? - zapytał miotacz.

Łapacz zdjął maskę. "Kupisz nam hamburgery i frytki".

"I koktajle - dodał pierwszy bazowy.

"Zgoda - powiedział E-Z, gdy jego krzesło przesunęło się do przodu.

Siedział cierpliwie, podczas gdy Arden zapinał nakolanniki. PJ naciągnął ochraniacz na głowę i nałożył maskę łapacza na twarz. E-Z wcisnął pięść w rękawicę łapacza.

"Rzuć mi piłkę - rozkazał E-Z.

"Mam nadzieję, że wiesz, co robisz, kolego - powiedzieli Arden i PJ.

"Zaufaj mi - powiedział E-Z. Ustawił się na pozycji za talerzem. "Batter up!"

Miotacz skinął na Ardena, by uderzył. Wybrał kij i podszedł do talerza.

E-Z zasygnalizował miotaczowi, aby rzucił szybką piłkę. Zamiast tego miotacz rzucił podkręconą piłkę, która była dokładnie w strefie. Arden nie trafił w piłkę, ale nie do końca, ponieważ złapał ją w kleszczach i odbiła się. E-Z podniósł się na krześle i chwycił piłkę.

"Whoa!" krzyknął miotacz. "Niezły ratunek".

"Szczęściarz" - powiedział pierwszy bazowy.

Cheerleaderki podeszły bliżej.

Drugie boisko do Ardena, wyskoczył na prawe pole.

PJ podszedł do pałki i wybił. E-Z z łatwością złapał wszystkie piłki, ale ostatnie boisko było dzikie i prawie je stracił. PJ skierował się na pierwsze pole, ale E-Z odbił piłkę i został wyeliminowany.

Grali tak długo, aż zrobiło się zbyt ciemno, by zobaczyć piłkę.

Po meczu uznali, że jest remis. Poszli do pobliskiej restauracji i każdy zapłacił za swoje jedzenie.

"Zabijemy was w jutrzejszym meczu" - chwalił się Brad Whipper, kapitan drużyny.

"Grasz w E-Z?" zapytał Larry Fox, pierwszy bazowy.

"Zdecydowanie gra", odpowiedzieli Arden i PJ.

"Zdecydowanie."

Rudowłosa dziewczyna była Sally Swoon i szepnęła coś do Ardena, który potrząsnął głową. "Sama go zapytaj - powiedział.

"O co?

Jej policzki się zarumieniły.

"Chcesz wiedzieć, co się stało, prawda?

Przytaknęła. "Poprosiłaś o to fryzjera, czy..."

"Pomyliłaś się?" - powiedział.

Przytaknęła.

"Obudziłam się rano i wyglądało to tak. Koniec historii."

"Wyciągnij drugą", powiedział jeden z graczy. "A teraz powiedz nam, dlaczego jeździsz na wózku inwalidzkim".

E-Z opowiedział swoją historię. Gdy to robił, wszyscy siedzieli cicho. Nikt nie jadł ani nie pił. Kiedy skończył, martwił się, że wszyscy potraktują go inaczej, ale tak się nie stało.

Rozmawiali o zbliżających się mistrzostwach świata w piłce nożnej i innych tematach związanych ze sportem.

Później, gdy jego przyjaciele odprowadzili go do domu, wszyscy byli cicho. Pożegnał się z chłopakami i wrócił do swojego pokoju. Próbował oglądać telewizję, trochę pisać, ale bez względu na to, co robił, wciąż myślał o wszystkim, co stracił. Położył się z powrotem na łóżku i wpatrywał się w sufit, aż w końcu zasnął.

ROZDZIAŁ CZTERNASTY

E-Z spał, śnił.

"Obudź się E-Z! Obudź się!" powiedziała Reiki, podskakując na jego klatce piersiowej.

"Przestańcie!" krzyknął.

Hadz spryskał jego twarz wodą.

Otrząsnął się. "Macie sobie trochę do wyjaśnienia i naprawienia. Przywróćcie moje włosy do poprzedniego stanu. I oczy też!

"Nie ma czasu!" powiedzieli, gdy jego krzesło się przewróciło, wrzuciło go do niego, a następnie wyleciało przez już otwarte okno.

"Nie jestem nawet ubrany!" wykrzyknął E-Z.

Reiki i Hadz zachichotały i powiedziały E-Z, żeby zażyczył sobie, co chce założyć. Kiedy ponownie spojrzał w dół, miał na sobie dżinsy, pasek i koszulkę. Spojrzał na swoje stopy, gdzie jego buty do biegania wiązały własne sznurówki. Gdy wzbili się w niebo, E-Z podziękował im.

"Więc, wybaczasz nam?" zapytał Hadz.

"Dajcie sobie czas - powiedziała Reiki.

E-Z skinął głową, a jego krzesło unosiło się coraz wyżej. Nad samolotem, mijając samolot. Oczywiście nie był to ich cel. Lecieli dalej, aż jego wózek inwalidzki zatrzymał się, po czym skierował się w dół.

"Tam jest - powiedziała Reiki.

Poniżej, grupa ludzi stała przed wysokim biurowcem w skupisku.

"Czujesz to?" zapytał E-Z, zauważając, że powietrze otaczające incydent było inne. Wibrowało energią.

"Tak - odpowiedział Hadz.

"Dobrze, że tym razem to zauważyłeś - powiedziała Reiki.

"Masz na myśli, że inne razy były wibracje?"

"Tak, ale wraz ze wzrostem twoich mocy będziesz w stanie wyzerować lokalizacje.

"I nie tylko ty, twoje krzesło też może je odbierać.

"Chcesz powiedzieć, że mam super-duper mądre krzesło? Wiedziałem, że jest zmodyfikowane, ale to jest niesamowite!"

Aniołowie roześmiali się.

Krzesło pędziło dalej, podczas gdy pod nimi rozległy się strzały. Widzieli ludzi biegających, krzyczących, upadających.

W stronę chaosu poleciał E-Z i jego krzesło, w stronę nadlatujących pocisków. Wzdrygnął się, gdy wózek inwalidzki je odbił. Zastanawiał się, co się stanie, jeśli wózek nie trafi.

"Jesteśmy prawie pewni, że jesteś kuloodporny" - powiedziała Reiki bez jego pytania. "To była część rytuału.

"A diamentowy pył powinien zadziałać.

"Całkiem pewni?" powiedział, mając nadzieję, że mają rację. "Jeśli to zadziała, to będzie to dobry kompromis dla mojej sytuacji z włosami!"

Aniołowie roześmiali się.

ROZDZIAŁ PIĘTNASTY

Jego wózek inwalidzki zjechał w dół, celując w mężczyznę na dachu budynku. Strzelał do tłumu poniżej i do nich, gdy się do niego zbliżali. Wózek podskoczył do przodu, E-Z usłyszał dziwny dźwięk, jakby samolot wypuszczał podwozie. Dochodził z wózka inwalidzkiego, gdy metalowa skrzynia spadła i wylądowała na nim. Broń wyleciała mu z ręki i przeleciała przez dach, zanim urządzenie ją chwyciło. Mężczyzna próbował zrzucić E-Z i wózek z pleców, ale nic z tego nie wyszło.

Syrena rozbrzmiała w oddali, a potem stawała się coraz głośniejsza, w miarę jak zmniejszała dystans.

"Jeśli cię wypuszczę", zapytał E-Z, "będziesz się zachowywał?".

Chociaż mężczyzna skinął głową, wózek inwalidzki nie chciał się ruszyć.

E-Z musiał wyłączyć broń i wydostać się stamtąd, zanim przyjedzie policja. Zastanawiał się, czy ktoś poniżej został ranny. Spodziewał się, że karetki są już w drodze. Jednak on i jego krzesło mogliby znacznie szybciej przetransportować ciężko rannych do szpitala.

Wpatrywał się w pistolet po drugiej stronie dachu. Skoncentrował się, po czym wyciągnął rękę. Jakby jego ręka była magnesem, pistolet wleciał w nią i unieruchomił go, wiążąc go w węzeł. E-Z odpiął pas i użył go do związania rąk strzelca za jego plecami.

Krzesło uniosło się i odleciało jak rakieta, a drzwi na dachu otworzyły się. Zmodyfikowane urządzenie uniosło się, zawieszone w powietrzu, podczas gdy E-Z obserwował, jak oddział SWAT rusza na strzelca i zabiera go do aresztu. Wyraz twarzy funkcjonariusza, który znalazł pistolet zawiązany na supeł, był bezcenny.

Przez sekundę lub dwie wahał się, zastanawiając się nad swoim mandatem, ale na dole byli ranni ludzie, a on mógł im pomóc szybciej niż ktokolwiek inny i właśnie to zrobił. Konsekwencjami martwił się później i miał nadzieję, że zrozumieją.

E-Z wylądował blisko tłumu. Zebrał czterech najpoważniej rannych, a ponieważ byli nieprzytomni, użył części swojego skrzydła, aby utrzymać ich bezpiecznie na krześle, gdy lecieli przez niebo.

Krzesło wchłonęło krew rannych pasażerów, która kapała z ich ran. Ich krew została połączona z krwią E-Z i Sama Dickensa. To połączenie wypchnęło kule z ich ciał, a rany zaczęły się goić.

Dotarcie do szpitala zajęło im kilka minut. Kiedy dotarli na miejsce, wszyscy pacjenci byli wyleczeni, jakby ich rany nigdy się nie wydarzyły. Objęli E-Z ramionami i podziękowali mu.

Na parkingu przy szpitalu każdy z nich zeskoczył z wózka inwalidzkiego.

Asystenci stali przy wejściu z noszami w pogotowiu.

E-Z spojrzał w ich kierunku. Pomachał, po czym odleciał w niebo. Pod nim ci, których uratował, odwzajemnili jego machanie. Miał nadzieję, że oczekujący będą zbyt zirytowani tym, że nie są potrzebni.

"Dziękuję - krzyknął młody mężczyzna, machając.

"Mam nadzieję, że jeszcze cię zobaczę" - wykrzyknęła kobieta w średnim wieku.

"Jesteś prawdziwym bohaterem!" - powiedział mężczyzna, który przypominał mu Wujka Sama.

"Przypominasz mi mojego wnuka - z wyjątkiem dziwnego pasemka we włosach!" - powiedziała starsza kobieta.

Obsługa podeszła do czwórki, pytając: "Czy ktoś potrzebuje pomocy?".

Młody mężczyzna powiedział: "Nie uwierzysz, ale zostałem postrzelony - dwa razy jakiś czas temu. Chyba zemdlałem. Kiedy się obudziłem", podciągnął przód koszuli, która była poplamiona krwią, "rany zniknęły".

Starsza kobieta, której sukienka była poplamiona krwią, wyjaśniła, że została postrzelona blisko serca.

"Byłabym trupem, gdyby ten chłopak na wózku inwalidzkim nie uratował mi życia".

Pozostali dwaj pacjenci mieli podobne historie do opowiedzenia. Chwalili E-Z i dziękowali mu ponownie. Mimo że nie było go już z nimi.

"Myślę, że wszyscy powinniście nadal przychodzić do szpitala" - powiedział pierwszy opiekun.

Drugi pracownik odpowiedział: "Tak, przeszliście przez traumatyczne doświadczenie. Powinieneś zobaczyć się z lekarzem i uzyskać zgodę".

Wszyscy czterej byli ranni obywatele pozwolili obsłudze pomóc im wejść do środka. Próbowali oni przenieść najstarszego z nich na nosze.

"Jestem zdrowa jak ryba!" - wykrzyknęła starsza kobieta.

Poszli za nią do szpitala.

****

"Lepiej zróbmy to teraz - powiedziała Reiki.

"To trochę smutne. Dokonał tak niezwykłych rzeczy, a teraz nikt nie będzie o tym pamiętał".

Wymazali umysły wszystkich w pobliżu.

"Wykonał niesamowitą pracę.

"Tak, został dobrze wybrany - powiedział Hadz.

E-Z wrócił do domu, lecąc tam tak szybko, jak tylko mógł. Wiedział, że ból nadejdzie, ale nie wiedział, jak silny będzie tym razem. Ledwo przedostał się przez okno i położył na łóżku, zanim jego ramiona stanęły w płomieniach, powodując, że zemdlał.

Anioły powróciły, szepcząc kojące słowa, gdy płakał przez sen. Kiedy ból stał się zbyt wielki, złagodzili go, biorąc go na siebie.

"Próba numer trzy zakończona" - powiedziała Reiki. "Przechodzi przez nie z łatwością."

"To prawda, ale musimy się upewnić, że nie zostanie zidentyfikowany. Można go zobaczyć, ale musimy wymazać wspomnienia. Martwię się jednak, że możemy kogoś przeoczyć.

"Jeśli wyczyścimy umysły wszystkich w pobliżu, wszystko powinno być dobrze.

ROZDZIAŁ SZESNASTY

Następnego ranka E-Z jadł płatki śniadaniowe, gdy Sam wszedł do kuchni.

"Kawa na pewno ładnie pachnie - powiedział Sam.

Nastolatek nalał wujkowi pełen kubek. "Co?" zapytał z poczuciem deja vu.

"Co, co?" zapytał Sam, dodając odrobinę śmietanki do kubka.

"Gapisz się na mnie - powiedział E-Z. Sam potrząsnął głową. Czy był w Dniu Świstaka? Film o powtarzającym się w kółko dniu z Billem Murrayem?

"A, to. Czy jest coś, co chciałbyś mi powiedzieć? Wrzucił kostkę cukru do kawy.

Ignorując wujka, wsypał do ust płatki kukurydziane. "Nie jestem pewien, co masz na myśli.

Sam poczekał, aż jego siostrzeniec skończy jeść śniadanie. "Zajrzałem do ciebie zeszłej nocy i twoje łóżko było puste, a okno otwarte. Jak wydostałeś się z krzesłem, nie wiem. W każdym razie, jeśli wychodzisz, powinieneś mi powiedzieć. Jestem odpowiedzialny za ciebie i twoje miejsce pobytu. Następnym razem obiecaj, że dasz mi znać, dokąd idziesz i kiedy wrócisz. To zwykła uprzejmość".

"I..."

POP.

POP.

Pojawili się Hadz i Reiki. Reiki podleciała do Sama, trzepocząc mu przed oczami. Przez kilka sekund Sam wyglądał jak zombie. Potem wznowił popijanie kawy. Podnosisz szklankę, popijasz, odkładasz. Powtórz.

E-Z przypomniała się zabawka dla ptaków, w której ptak zanurza głowę w szklance i pije. Jak to się w ogóle nazywało?

"Dippy bird", powiedział Sam. Spojrzał na zegarek.

Co do cholery? Czy jego wujek mógł teraz czytać w jego myślach?

"Kto nie potrafi czytać w myślach?" powiedział Hadz z uśmiechem.

Sam wstał i z zaszklonymi oczami i ruchami robota podszedł do zlewu, opłukał kubek i włożył go do zmywarki. Następnie chwycił kluczyki do samochodu i wyszedł bez słowa.

Usta E-Z były otwarte, gdy przetwarzał informacje, a następnie zażądał: "Dobra, wy dwaj. Co zrobiliście mojemu wujkowi Samowi? Nie mieliście prawa... robić tego, co zrobiliście". Był tak zdenerwowany, że jego twarz była czerwona, a pięści zaciśnięte.

POP.

POP.

Nienawidził tego. Za każdym razem, gdy zrobili coś złego, znikali, a on musiał ich przepraszać, aby wrócili, kiedy nie zrobił nic złego.

"Przepraszam", powiedział. "Proszę, wróćcie".

POP

POP.

"Co się stało, to się nie odstanie" - powiedział spokojnie. "Czy on naprawdę czytał w moich myślach?"

Reiki odpowiedziała: "Tak, ale to był odosobniony incydent".

"To dobrze. Nigdy nie byłbym w stanie uciec od czegokolwiek.

"Jesteśmy twoim wsparciem podczas prób. Do nas należy ochrona ciebie i twoich przyjaciół, w tym Wujka Sama".

"Co mu zrobiłeś? - zapytał ponownie, gdy zadzwonił dzwonek do drzwi. Nie poruszył się, czekał, aż odpowiedzą na jego pytanie. Dzwonek zadzwonił ponownie. "Chwileczkę," powiedział. "Powiedz mi, co mu zrobiłaś. TERAZ!"

"Wymazałem mu umysł - wyszeptał Reiki.

"Co zrobiłeś!"

"Musieliśmy, aby chronić ciebie i twoją misję - dodał Hadz.

PJ i Arden weszli do kuchni. "Drzwi były otwarte - powiedział Arden.

"Tak, powiedzieliśmy wczoraj Samowi, że odbierzemy cię dziś rano.

"Wam również dzień dobry. Sam odepchnął się od stołu.

"Musimy porozmawiać. Ale spieszymy się.

Chwycił swój plecak i lunch. Poszli do drzwi wejściowych. Na szczycie schodów krzesło podskoczyło do przodu - jakby chciało lecieć w dół. Poprosił przyjaciół, by pomogli mu zejść po rampie. Arden i PJ pomogli mu wsiąść na tylne siedzenie samochodu. Arden schował wózek do bagażnika.

"Dzień dobry, pani Lester - powiedział E-Z, gdy trzej chłopcy wsiedli na tylne siedzenie samochodu.

"Dzień dobry - powiedziała, po czym włączyła radio. Spiker mówił o nowym przepisie.

"Gdy już byli w drodze, PJ szepnął: "Co robiliście wczoraj wieczorem?".

"Nic wielkiego. Jadłem. Spałem. To co zwykle."

"Pokaż mu.

PJ podał swój telefon i nacisnął play.

To był film na YouTube. Jego na wózku inwalidzkim lecącego po niebie, przewożącego rannych ludzi. Jego wózek był krwistoczerwony, poruszał się tak szybko, jakby płonął. Jego białe skrzydła były widoczne. Kontrast czarnego paska na jego blond włosach podkreślał jego wygląd.

"Nie rozumiem", powiedział E-Z, drapiąc się po głowie bez żadnego wyjaśnienia. Czekał na przybycie aniołów i wymazanie umysłów swoich przyjaciół - nie przybyli. Czekał, aż świat całkowicie się zatrzyma - tak się nie stało. Zastanawiał się, czy kiedykolwiek jeszcze zobaczy swoich rodziców? Czy to był test? Zamknął telefon i zwrócił słuchawkę.

"Stary - powiedział Arden, gdy jego matka wjechała na miejsce parkingowe.

"Pospiesz się, bo się spóźnisz - powiedziała otwierając bagażnik.

"Do zobaczenia później - powiedział Arden, gdy jego matka odjechała.

Trójka przyjaciół dotarła do szkoły bez słowa. Ostatni dzwonek ostrzegawczy miał zadzwonić w każdej chwili.

E-Z szedł korytarzem, uśmiechając się do siebie, jednocześnie martwiąc się o to, kto jeszcze zobaczy klip. Chociaż niesamowicie było zobaczyć siebie w akcji. Jak fajniejszy Superman. Prawdziwy bohater. Ratował ludzi. Ratował życie. On i jego wózek byli niepokonani. Stanowili dynamiczny duet. Zastanawiał się, czy w ogóle potrzebowali pomocy dwóch niedoszłych aniołów. To było dobre uczucie. Każda pojedyncza chwila. Ratowanie. Ratowanie. Pomyślne zakończenie kolejnej próby. Niesamowite. Gdyby tylko mógł wtajemniczyć swoich najlepszych przyjaciół w swój sekret.

"E-Z Dickens!" zawołała pani Klaus, jego nauczycielka.

"Tak, proszę pani", powiedział E-Z, przewracając stronę, aby przeczytać lekcję. Zastanawiał się, dlaczego marnuje czas w szkole. Już go nie potrzebował.

****

S tarał się nie zasnąć podczas zajęć. Pani Klaus miała na niego oko, bardziej niż zwykle. Za każdym razem, gdy odpływał, podnosiła głos. Budził się, nie mając pojęcia, o czym mówiła.

Gdy zadzwonił dzwonek i zajęcia dobiegły końca, uczniowie rozeszli się, pozwalając mu wyjść jako pierwszemu. Zerknął na kilku kolegów z klasy, aby podziękować. Niewielu nawiązało kontakt wzrokowy. Większość odwróciła wzrok. Nie byli jeszcze przyzwyczajeni do jego nowego statusu.

Na korytarzu czekał tłum uczniów i wielbicieli. Błyskały flesze, a aparaty i telefony robiły zdjęcia. Miał nadzieję, że będzie tam szkolna gazeta. Może nawet napiszą o nim artykuł. Poczekaj chwilę. Nigdy więcej nie zobaczy swoich rodziców - nie, jeśli wszyscy się dowiedzą! Jak to się stało!? Przepchnął się do przodu. Wciąż bili brawo, z czasem coraz głośniej. Kilku zawołało: "Mowa!".

PJ podszedł i zapytał: "Widziałeś ostatnio Facebooka?".

E-Z wzruszył ramionami.

"Spójrz na najnowsze", powiedział PJ, pokazując swojemu przyjacielowi nagłówki.

"Lokalny bohater na wózku inwalidzkim". Przestał się ruszać i kliknął na klip. Lokalny bohater uczęszczał do Lincoln High w Hartford Connecticut. E-Z szybko zdał sobie sprawę, że uczniowie uważali go za bohatera - był nim - ale nie mogli o tym wiedzieć. Nie mieli o tym wiedzieć. Mieli mieć wymazane umysły, tak jak zrobili to z Wujkiem Samem. Ale to nie miało znaczenia - nie mieszkał w Hartford Connecticut. Mylili się. Dlaczego więc jego koledzy z klasy bili brawo?

Przepchnął się, a oni zeszli mu z drogi. Wyszedł prosto w strugach deszczu. E-Z zastanawiał się, czy mógłby wykorzystać nowo odkryte moce swojego krzesła dla własnych korzyści. Nawet jeśli nie było kryzysu ani próby, czy mógłby magią lub rytuałem wrócić do domu? Myślał o tym, tocząc się po chodniku. Jego krzesło pomogło mu kiedyś uratować małą dziewczynkę, zanim jeszcze miało jakiekolwiek specjalne moce.

Myślał o magicznych słowach, takich jak bibbidi-bobbidi-boo i expelliarmus. Wypróbował oba na swoim wózku inwalidzkim, ale żadne z nich nic nie zrobiło. Zerknął przez ramię, słysząc kroki zbliżające się za nim. Spodziewał się jednego ze swoich przyjaciół - zamiast tego był to młodszy uczeń, który zapytał: "Gdzie są twoje skrzydła?".

E-Z zaśmiał się: "Nie mam skrzydeł". Jak na zawołanie jego skrzydła wysunęły się i uniosły go w przestworza. Na początku pomyślał o nie, ale zdecydował się to zrobić i pomachał do dzieciaka, który wrócił na chodnik. Dzieciak był tak podekscytowany, że nawet nie pomyślał o wyjęciu telefonu, by uwiecznić ten moment. "Do domu!" - rozkazał. Błysk czerwonego światła poniósł go po niebie, tuż obok jego domu, ponieważ krzesło miało dla nich inne miejsce.

Lecieli dalej, aż znaleźli się bezpośrednio nad centrum handlowym. Czuł, jak powietrze wibruje, przyciągając go bliżej miejsca, w którym był potrzebny. Krzesło skierowało się w dół, zrzucając go do banku, a następnie zatrzymując w powietrzu. Klienci poniżej nadal się kręcili - był poza zasięgiem ich wzroku. Wciąż nie miał pojęcia, dlaczego się tu znalazł.

Czy to kolejna próba? zapytał. Czekał, ale nie doczekał się odpowiedzi. Jeśli to była kolejna próba, to czas między nimi stawał się coraz krótszy. Gdzie byli ci dwaj aniołowie - czy nie mieli go wspierać? Pomyślał o innych próbach. Większość z nich miała miejsce w nocy. W ciemności. Może niedoszłe anioły nie mogły wyjść na światło dzienne, tak jak wampiry? Zaśmiał się z tego dziwnego skojarzenia i miał nadzieję, że to prawda. Jakoś nie przeszkadzało mu, że tym razem był tylko on i jego krzesło. E-Z wrócił do chwili obecnej. Klienci krzyczeli wewnątrz centrum handlowego. Wyleciał do przodu, z banku do pobliskiego domu towarowego. Miejsce to było praktycznie pozbawione ludzi.

Po wylądowaniu koła same się obróciły, prowadząc go za sobą. E-Z próbował przejąć kontrolę. Ale jego wózek też chciał mieć kontrolę. Przyspieszył, coraz szybciej i szybciej. W końcu pozwolił mu dominować, bojąc się, że jego palce zostaną poharatane.

Krzesło zatrzymało się, gdy na ziemi około 4 stóp przed nimi rozłożyli się klienci. Większość z nich leżała na podłodze twarzą w dół. Niektórzy trzymali ręce z tyłu głowy, inni za plecami.

W różnych pozycjach zauważył kamery bezpieczeństwa wyświetlające tylko statyczny obraz. Nie był to dobry znak.

Wózek ponownie szarpnął do przodu w kierunku młodej kobiety. Była ubrana w kamuflaż i miała kapelusz nasunięty na oczy. Miała jasne rysy twarzy, prawdopodobnie była blondynką o niebieskich oczach, typ modelki. W jednej ręce trzymała karabin, a w drugiej nóż myśliwski. Jej spokój we władaniu bronią zaniepokoił go. To i jej nadmierne używanie czerwonej szminki. Była rozmazana, zmieniając przerażający uśmiech w groźny grymas.

E-Z zastanowił się nad zagrożonymi na podłodze. Jak długo tam byli? Na co ona czekała? Czy żądała pieniędzy? Kto poza sklepem wiedział, że rozgrywała się scena z zakładnikami, skoro kamery nie działały?

Jeden z facetów na podłodze przykuł jego uwagę. E-Z przyłożył palec do ust. Facet odwrócił się w drugą stronę i wtedy zauważył na podłodze telefon z pulsującym czerwonym światłem. Nagrywał dźwięk. Miał nadzieję, że dziewczyna tego nie zauważyła - wyglądała, jakby w każdej chwili mogła stracić panowanie nad sobą.

Krzesło E-Z wystartowało jak wystrzelone z armaty i wkrótce znalazło się przy dziewczynie. Jej pistolet poleciał w jedną stronę, a nóż w drugą. Metalowa obudowa krzesła opadła.

"Wezwijcie pogotowie - krzyknął E-Z. A do klientów na podłodze: "Uciekajcie stąd!". Pobiegli, nie oglądając się za siebie. Teraz był sam na sam z szaloną dziewczyną. "Dlaczego to zrobiłaś?" zapytał.

Wyśpiewała słowa piosenki, którą słyszał wcześniej: "Nie lubię poniedziałków", po czym uśmiechnęła się, przewróciła oczami i powiedziała: "Poza tym, to tylko gra". Wróciła do nucenia piosenki przez kilka sekund z zamkniętymi oczami. Następnie otworzyła je i z dzikimi oczami i śmiechem powiedziała: "Och, a jeśli potrzebujesz profesjonalisty, który odpowiednio zafarbuje twoje włosy, znam kogoś".

"Dzięki - powiedział, przeczesując palcami włosy.

Przypomniał sobie piosenkę, którą śpiewała jego mama. Prawdziwa historia, o strzelaninie. Nazwa zespołu pochodziła od myszy lub szczurów.

Potrząsnął głową. Dziewczyna przed nim przypominała postać z gry, w którą grał kilka razy. Nawet z rozmazaną szminką. Nie mógł sobie przypomnieć, w którą, ale był pewien, że naśladowała gracza. "Granie w grę to jedno - nikomu nie dzieje się krzywda. To jest prawdziwe życie. Jeśli czegoś nie lubisz - przestań to robić! Nie krzywdź innych".

"Odwal się", odpowiedziała, "jakbym miała jakikolwiek wybór w tej sprawie".

Policja wkroczyła do akcji i musiał odejść.

Znaleźli dziewczynę zabezpieczoną z bronią związaną w węzły w przejściu bezpieczeństwa przy konsoli do gier.

Skierował się do domu, czekając, aż dopadnie go przerażające pieczenie skrzydeł. Przebył całą drogę, jak dotąd dobrze. Ale był tak głodny, że nie mógł się doczekać, by zjeść cokolwiek, co wpadnie mu w ręce.

W lodówce czekała na niego połówka kurczaka, którą zjadł, czekając, aż ser rozpuści się na patelni. Zjadł grillowany ser. Następnie przygotował kolejny, przegryzając jabłko. Kiedy skończył jabłko, wziął łyżkę lodów z pojemnika. Ból nigdy nie nadszedł, ale miałby poważny problem z wagą, gdyby nadal jadł w ten sposób.

"Wujek Sam?" zawołał, sprawdzając, czy jest gdzieś w domu - nie było go. Poszedł do swojego biura i odrobił pracę domową, a następnie zagrał w kilka gier. Wciąż nie było śladu Sama. Żadnych SMS-ów. Żadnych połączeń ani wiadomości głosowych. Sam zawsze dawał mu znać, kiedy wracał późno do domu. Dziwne. Gdzie on był?

ROZDZIAŁ SIEDEMNASTY

Było już po północy, a po Wujku Samie wciąż nie było śladu. To był pierwszy raz, kiedy opuścił kolację, nie mówiąc już o tym, że nie powiedział E-Z, gdzie jest. Wiedział, jak niespokojny stawał się jego siostrzeniec, gdy sprawy wymykały mu się spod kontroli. W takich chwilach skóra nastolatka swędziała, jakby jego krew wrzała pod powierzchnią.

Siedząc na wózku inwalidzkim, wykonał odpowiednik chodzenia. Przesuwał krzesło w górę korytarza i z powrotem w dół. Najtrudniejszą częścią było odwrócenie się, co zrobił w swoim biurze. W drodze powrotnej do kuchni włączył telewizor, aby stworzyć biały szum. Zatrzymał się, aby obejrzeć go przed powrotem na korytarz i ogarnęło go doświadczenie poza ciałem.

Znajdował się w salonie na swoim wózku inwalidzkim, oglądając siebie w telewizorze na wózku inwalidzkim. E-Z potrząsnął głową, próbując to zrozumieć. Dlaczego Hadz i Reiki nie wymazali swoich wspomnień? Wtedy to się stało - reporter wypowiedział jego imię i nazwisko oraz rzeczywisty adres wraz z przedmieściami. Tym razem wszystko się zgadzało - i na tym nie poprzestał.

"Trzynastoletni E-Z Dickens chciał zostać zawodowym baseballistą. Miał do tego predyspozycje. Potem wypadek odebrał mu rodziców - i nogi. Sierota - zamieniony w superbohatera - mieszka teraz ze swoim jedynym krewnym, Samuelem Dickensem".

Miał ochotę kopnąć w ekran telewizora. Powiedzieli to, tak po prostu. Jakby wszyscy superbohaterowie musieli być sierotami. Jakby to był warunek konieczny. Kiedy zadzwonił jego telefon, miał nadzieję, że to Sam - to był Arden.

"Oglądasz to?" zapytał. "Powiedzieli WSZYSTKIM, gdzie mieszkasz!"

"Wiem - powiedział E-Z. "Najgorsze jest to, że wujek Sam jest nieobecny. Zawsze do mnie dzwoni, bez względu na wszystko".

Arden zamienił słowo z ojcem. "Zostań tam, tata i ja zaraz przyjedziemy. Możesz zostać z nami, dopóki ty i Sam nie wymyślicie, co robić. Zostaw dla niego wiadomość.

"Dzięki, ale poradzę sobie tutaj.

"Tata mówi, że nie ma mowy. Mówi, że reporterzy będą na tobie jak na ryżu - cokolwiek to znaczy".

"Nie pomyślałem o reporterach, którzy tu przyjdą. Dobrze, przygotuję się.

Poszedł do swojego pokoju, spakował torbę na noc, a następnie do kuchni, aby napisać notatkę i umieścić ją na lodówce. Na zewnątrz nagle zatrzymał się pojazd, piszcząc oponami. Trzasnęły drzwi, po czym rozległy się strzały i odłamki szkła wyleciały przez okna. Drzwi frontowe wyleciały z zawiasów, gdy jego krzesło ruszyło w kierunku strzelca, który prowadził ogień, gdy się zbliżali.

"To tylko dzieciak - powiedział E-Z, wykorzystując jego wahanie. Chwycił pistolet, zawiązał go na supeł i rzucił przez trawnik.

Chłopiec, który był młodszy od E-Z, wykorzystał sekundy, w których rzucał pistoletem, by powalić go na ziemię.

"Nie fajnie" - powiedział E-Z, gdy jego krzesło odepchnęło go i zrzuciło metalową klatkę na dzieciaka, który szlochał i prosił o mamę. "Odsuń się - powiedział E-Z do krzesła.

Dziecko było zwinięte w pozycji płodu, trzęsło się i płakało. Krzesło cofnęło klatkę: chłopiec się nie poruszył.

E-Z wrócił na swój wózek inwalidzki i zapytał: "Kto cię tu przywiózł? I po co ta cała strzelanina?"

"To nic osobistego", wyjaśnił chłopak. "Musiałem to zrobić. Głos w mojej głowie powiedział mi, że muszę to zrobić. Albo zabiją mnie i moją rodzinę. Dlatego ukradłem kluczyki taty i nauczyłem się jeździć - szybko".

"Nigdy wcześniej nie prowadziłeś?"

"Tylko w grach.

Znowu gry. "Kogo masz na myśli? Jak się nazywają?"

"Nie wiem. Gram w kilka gier online. Kobieta wchodziła do gry i mówiła, że zabije moją siostrę. Przełączałem się na inną grę; inna kobieta mówiła, że zabije moich rodziców. W grze, w którą grałem dzisiaj, trzecia kobieta powiedziała mi, że jeśli nie zabiję dzieciaka, który mieszkał pod tym adresem, spotkają mnie straszne konsekwencje". Dzieciak rzucił się na E-Z, ale nie uciekł daleko. Krzesło popchnęło go i opuściło wysięgnik.

"Zabierzcie mnie stąd!" - zażądał dzieciak.

E-Z roześmiał się; dzieciak miał jaja. "Stój", powiedział do krzesła i pomógł dzieciakowi stanąć na nogi. Dzieciak podziękował mu plując mu w twarz. E-Z zacisnął pięści i rozważał urwanie dzieciakowi głowy, ale tego nie zrobił. Zamiast tego przytulił go. Dzieciak znów zaczął płakać, a jego łzy spadały na ramiona i skrzydła E-Z.

"Dziękuję, Koleś" - powiedział dzieciak. Odsunął się, położył rękę na sercu i zniknął.

Kiedy w końcu przyjechała policja, E-Z siedział na swoim krześle przy krawężniku. A potem już nie. Znów był wewnątrz silosu, czując klaustrofobię w całkowitej ciemności.

***

Wcześniej, gdy przebywał w metalowym kontenerze, był w stanie się poruszać. Teraz siedział na wózku inwalidzkim i ledwo mógł się poruszać. Próbował poruszać palcami u stóp w butach - nie czuł ich. Jeśli jego nogi tutaj nie działały, to cieszył się, że jest na wózku inwalidzkim. W końcu stanowili zespół: jak Batman i Batmobil. W odpowiedzi na jego myśli wózek inwalidzki ruszył do przodu jak mastif na smyczy.

"Zabierz nas stąd - rozkazał E-Z.

Poczuł ruch nad sobą. Światło przesuwało się po niebie niczym chmura. Gdyby tylko mógł wzlecieć w górę i uciec przez dach, ale jego skrzydła nie miały miejsca, by się rozwinąć.

Skóra zaczęła go piec i swędzieć. Gdzie był teraz ten kojący lawendowy spray?

PFFT.

"Dziękuję - powiedział. Nawet to coś mogło teraz czytać w jego myślach.

Jego ramiona rozluźniły się, a on sformułował listę żądań:

Numer jeden. Chciał powiedzieć Wujowi Samowi wszystko. I miał na myśli wszystko. Nic nie pominąć.

Po drugie. Chciał, żeby PJ i Arden wiedzieli. Nie wszystko, tak jak zrobiłby to Wujek Sam. Ale wystarczająco, by zrozumieli presję, pod jaką się znajdował. Wystarczająco, by mogli go wspierać i zachęcać. Nienawidził ich okłamywać. Chciał, żeby wiedzieli o próbach. Dlaczego je przeprowadzał. Jakby miał jakikolwiek wybór w tej sprawie.

Numer trzy. Chciał, żeby poprosili go o pozwolenie, zanim go porwą. W ten sposób wiedziałby, czego się spodziewać. Nienawidził być w to wrzucany.

Numer cztery. Chciał wiedzieć, gdzie jest. Dlaczego zawsze był wrzucany do tego samego pojemnika. Dlaczego czasami jego nogi działały, a czasami nie. Dlaczego czasami jego krzesło było z nim, a czasami nie.

"Czas oczekiwania wynosi dwanaście minut" - powiedział kobiecy głos. "Chcesz coś do picia?"

"Wodę - powiedział, gdy metal na prawo od niego wypluł półkę ze szklanką wody. "Dzięki." Rzucił ją z powrotem. Szklanka znów wypełniła się po brzegi. Odstawił ją na później.

Teraz był bardziej zrelaksowany, a w jego głowie pojawiła się piosenka. Jego tata ją uwielbiał. Wózek inwalidzki kołysał się w przód i w tył, gdy śpiewał słowa piosenki. Krzesło nabierało rozpędu - jakby próbowało się uwolnić.

Kilka sekund później był z powrotem w domu, w swojej sypialni, gdzie wszędzie było potłuczone szkło. Niebieskie i czerwone światła pulsowały na ścianach. Teraz wyjrzał przez rozbite okno.

"On tam jest!" krzyknął reporter.

***

"Nie znowu!" zawołał, teraz z powrotem w metalowym pojemniku. "Zabierzcie mnie stąd!" Kopnął nogą w ścianę silosu. "Auć!" zawołał. Potem uśmiechnął się, szczęśliwy, że znów czuje nogi i wstał. Uniósł pięść w powietrze: "Myślisz, że kim jesteś sprowadzając mnie tutaj, na każdy twój kaprys!".

"Czas oczekiwania wynosi teraz sześć minut, proszę pozostańcie na miejscach."

Ze ścian przed nim, za nim i po obu jego stronach wysunęły się pasy. Był związany w miejscu. Walczył, by się uwolnić, ale skórzane pasy tylko się zaciskały. Wkrótce mógł poruszać tylko głową i szyją.

PFFT.

"Ach, lawenda", powiedział. Pod nim jego wózek inwalidzki zaczął się trząść i drżeć. "Wszystko będzie dobrze." "Czy wy tchórze boicie się zejść tutaj i stawić mi czoła?

PFFT.

PFFT.

Wyłączył się.

***

Spał spokojnie, dopóki dach silosu nie otworzył się jak w Houston Astrodome. Coś pochłonęło światło. Czuł to, zanim to zobaczył. Zabierając światło z jego świata. Pod nim wózek inwalidzki zadrżał, gdy coś nad nim zaczęło spadać.

Zatrzymał się jak pająk na końcu swojej uwięzi.

Lucyfer?

Szatan?

Czekał, bojąc się odezwać.

"Witaj - o - o - o - o - ryknął skrzydlaty stwór, jego głos odbijał się od ścian.

Tak bardzo chciał zakryć uszy.

Stwór szczerzył zęby jak brzytwy, wydzielając przy tym cuchnący smród.

Zakrztusił się, zakaszlał i zapragnął zakryć nos.

Bestia zaśmiała się rykiem, który grzmiał w górę i w dół jego metalowego więzienia, jakby popcorn pękał. Pochylił się bliżej twarzy nastolatka, wypluwając z siebie: "Czy ja nie mówię w twoim języku, sir?".

E-Z nie odpowiedział. Nie mógł. Czuł się bardzo nieheroicznie. Fakt, że jego wózek inwalidzki zdawał się drżeć pod nim, nie dodawał mu pewności siebie.

"NIE ROZUMIESZ MNIE?" - ryknęło coś, wstrząsając metalowym więzieniem do samych fundamentów. Zbliżyła się jeszcze bardziej, "CZY. NIE. NIE. SŁYSZYSZ. MNIE?"

To było jak gadająca chmura z głową pośrodku, przygotowująca się do zrzucenia na niego deszczu grzmotów i błyskawic. Wbijając paznokcie w podłokietniki, odważył się powiedzieć: "Tak". Przeanalizował w głowie swoją listę żądań.

Bestia ryknęła, a z jej pyska wyleciał ogień. Na szczęście dla E-Z, ciepło rośnie. Nagle poczuł wielki głód bekonu.

"Lubię bekon", wyznał stwór.

E-Z zastanawiał się, czy powiedział coś o bekonie na głos. Nawet biorąc pod uwagę jego przyspieszony poziom strachu, wiedział, że tego nie powiedział. Oznaczało to jedno, wszyscy mogli czytać w jego myślach! Wyprostował się i próbował chronić się, zamykając umysł. Jego myśli biegły do jedzenia, naleśników w Ann's Café, gęstego koktajlu czekoladowego, syropu maślanego. Cokolwiek, co powstrzyma strach i zmniejszy niepokój. To była tortura, to coś mogło czytać w jego myślach i uwięzić go na zawsze. Czy był jakiś Związek Superbohaterów, do którego mógłby dołączyć?

"Bah, ha, ha!" to coś ryknęło śmiechem.

E-Z tak bardzo pragnął dosięgnąć jego uszu, ale ponieważ nie mógł, pocieszał się, że przynajmniej ma poczucie humoru. "Dlaczego tu jestem?"

Obiekt nie odpowiedział od razu, więc spróbował zmylić go spojrzeniem. Było to szczególnie trudne, ponieważ krzesło próbowało go z niego wyrzucić. Zacisnął pięści w pięści, pobierając krew.

Stwór poruszał się z wężową zwinnością, a jego spieniony język poruszał się tam i z powrotem, liżąc pięści E-Z.

"Ewww!" krzyknął. "To takie obrzydliwe!"

"Więcej, proszę!" - zażądała rzecz, a krew na jej języku mieniła się jak krople deszczu.

E-Z był przestraszony już wcześniej, ale teraz nie był już tak przerażony. Bardziej jak skamieniały - ale był superbohaterem. Musiał skądś czerpać siłę - nawet jeśli krzesło było bezużyteczne.

"Nah, nah, nah, nah, nah", śpiewało coś, zbliżając się, potem oddalając, a potem znów zbliżając. Odbijało się od ścian.

Po kilku chwilach stwór się uspokoił. Skrzyżował nogi w powietrzu. Następnie położył swój długi kościsty palec na jego policzku. Wyglądało na to, że spodziewał się przyjacielskiej pogawędki.

"Hadz i Reiki zostali usunięci z twojej sprawy - szepnął stwór. "Ci dwaj byli imbecylami. Mniej niż bezużyteczni. Jestem twoim nowym mentorem.

Ciemna istota rozprostowała się. Podleciał wyżej, wykonał półukłon z rozmachem i wzniósł się wyżej w kontenerze.

E-Z zastanawiał się przez kilka sekund, zanim odpowiedział. Te dwa stworzenia były mu lojalne. Pomagały mu i opiekowały się nim - a co najważniejsze, nie piły ludzkiej krwi.

"Czy możemy o tym porozmawiać? zapytał E-Z. Próbował się uśmiechnąć. Nie wiedział, jak to wygląda po drugiej stronie.

"NIE!" - powiedziało coś, zbliżając się do wyjścia.

E-Z patrzył, jak dryfuje w górę. Bezradny. Beznadziejnie.

"Zaczekajcie!" krzyknął, rzecz była w połowie w kontenerze, a w połowie poza nim. "Rozkazuję ci czekać!" powiedział E-Z, gdy dach zaczął się zamykać, a wtedy coś błyskawicznie znalazło się przed jego twarzą.

"Y-E-S?" zapytało.

"Chcę porozmawiać z twoim szefem o odzyskaniu Reiki i Hadza. Są bardziej odpowiedni do moich prób. Do powodzenia prób."

"Nie lubisz mnie? - wrzasnął stwór głosem przypominającym paznokcie na tablicy.

"Przestańcie! Proszę!"

"Sprowadzenie z powrotem tych dwóch idiotów nie wchodzi w rachubę. - Stwór kręcił się jak chomik w kole.

"Przestańcie! Kręci mi się w głowie! Zabierzcie mnie stąd!"

"W porządku - powiedział, krzyżując ramiona i mrugając jak kobieta w starym programie telewizyjnym I Dream of Jeannie.

Silos zniknął, a E-Z i jego krzesło spadli na ziemię.

"Ahhhh!" zawołał.

Potem jego wózek inwalidzki zniknął.

Gdy spadał dalej, potrząsnął pięściami w stronę istoty nad nim. Przygotował się na upadek.

"Przy okazji, nazywam się Eriel".

"Arrggghhhh!" wykrzyknął.

Po chwili znów siedział na wózku inwalidzkim i trzymał się kurczowo życia. Wciąż spadali.

ROZDZIAŁ OSIEMNASTY

CRASH!

Prosto przez dach jego domu. Jego wózek inwalidzki przechylił się do przodu i zrzucił go na łóżko. Następnie stoczył się na podłogę. Obojgu nic się nie stało. Nie ucierpieli.

Nad nim dziura, którą zrobili, naprawiła się sama.

"O, tu jesteś!" powiedział Sam. "Witaj w domu.

E-Z nawet go nie zauważył. Spał spokojnie na krześle w rogu.

Sam przeciągnął się i ziewnął. Następnie przeszedł przez pokój, gdzie czekał dzbanek z wodą. Wypił szklankę, po czym podał kubek siostrzeńcowi.

"A co z tą nikczemną kreaturą Eriel? powiedział Sam.

E-Z prawie wypluł wodę.

"Kto? CO?"

Sam kontynuował. "Ta Eriel jest najohydniejszym, najbardziej obrzydliwym przerośniętym latającym stworzeniem, jakiego nigdy nie miałbym nadziei spotkać!". Zacisnął pięści. "Mam nadzieję, że mnie słyszysz, gdziekolwiek jesteś! Nie boję się ciebie!"

Szczęka E-Z prawie opadła na podłogę.

Sam kontynuował. "To coś zamknęło mnie w metalowym pojemniku. Teraz wiem, dlaczego miałeś zły sen. To naprawdę było jak silos. Powiedział mi, że muszę przekazać mu twoją opiekę, w przeciwnym razie zostaniesz zastrzelony.

"Och, to," powiedział E-Z. "Spodziewam się, że widziałeś całe rozbite szkło. To był dzieciak, próbował mnie zabić".

"Wiem o tym. Obserwowałem wszystko z wnętrza silosu. Czy wiesz, że był tam duży telewizor? I całkiem niezłe nagłośnienie.

"Co? Właśnie tam byłem i Eriel nic mi nie mówiła o tobie ani o przejęciu opieki. Przeszedł przez pokój i spojrzał w sufit: - Czy to test Eriel? Jeśli coś powiem, wycofasz ofertę? Daj mi jakiś znak.

"Do kogo mówisz? Eriel tu nie ma. Gdyby był, wyczulibyśmy jego smród na milę. Nie, jesteśmy sami - mimo że podniosłam do niego pięści. Nie spodziewałam się, że mnie usłyszy.

"Pewnie ma oczy i uszy wszędzie.

"Mówią, że bóg ma oczy i uszy wszędzie. Jeśli istnieje."

"Co jeszcze ci o mnie powiedział?

"Powiedział mi, że miałeś umrzeć ze swoimi rodzicami. On i jego koledzy uratowali cię - a teraz musisz ukończyć zestaw prób".

"Zgadza się. Zostałem zaprzysiężony do zachowania tajemnicy, więc zastanawiam się, dlaczego ujawnił ci te informacje.

"Na początku próbował mnie zastraszyć, ale wydostałeś się z tego kłopotu z dzieciakiem. Podrzucił mnie z powrotem do domu i nigdzie nie mogłem cię znaleźć."

"Tak, bo miał mnie w kontenerze".

"Kilka razy wrzucał mnie i wyrzucał, ale odmówiłem oddania twojej opieki. Po drugim czy trzecim razie powiedział, że zażądałeś, abym o wszystkim wiedziała i..."

"Wymyśliłam plan, by go o to zapytać. Nie powiedziałem mu, co to było - ale on, jak większość innych ostatnio, potrafi czytać w moich myślach.

"Co masz na myśli, wszyscy inni?"

"Przed Eriel były dwa niedoszłe anioły o imionach Hadz i Reiki.

"Wspomniał o dwóch imbecylach. Powiedział, że zostali zdegradowani do pracy w kopalniach diamentów.

"Niebo ma kopalnie?"

"Wątpię, żeby to coś było z nieba - jeśli coś takiego w ogóle istnieje.

"Pozwolisz, że pójdziemy do kuchni coś przekąsić? zapytał E-Z. Poszli korytarzem, Sam włączył grilla i przygotował chleb z serem i masłem. "Kiedy spałeś, poszukałem trochę informacji o Erielu. Znalezienie go wymagało trochę kopania, ale kiedy zawęziłem obszar poszukiwań, trafiłem na złoto. Nałożył kanapki na talerze i zaniósł je do stołu.

"Dzięki, nie mogę się doczekać, aż o tym usłyszysz. Pozwolisz, że od razu się zagłębię?

"Nie, śmiało. Sam patrzył, jak jego siostrzeniec bierze cztery kęsy, po czym kanapka zniknęła. Podał mu swoją, nie czując się głodny. "Zacząłem szukać wpisując Eriel. Nic się nie pojawiło. Więc wpisałem Archanioły i imię Uriel było na samej górze strony.

"Myślisz, że to to samo? Wziął kolejny kęs.

"Tak myślałem na początku. Potem znalazłem listę Archaniołów i imię Radueriel w mitologii żydowskiej. Kiedy sprawdziłem jego opis, było tam napisane, że może tworzyć pomniejsze anioły za pomocą zwykłej wypowiedzi.

"Masz na myśli Hadza i Reiki? Chwileczkę, jeśli je stworzył, to prawdopodobnie dlatego był w stanie wysłać je do kopalni.

"Dokładnie tak myślę. Myślę, że na podstawie tych informacji wiemy, że Eriel, alias Radueriel, jest archaniołem.

E-Z skinął głową.

"Więc kontynuowałem kopanie i znalazłem to. "Książę, który spogląda w sekretne miejsca i tajemnice. Również wielki i święty anioł światła i chwały".

"Wow, jest totalnym twardzielem!

"Potrafi też stworzyć coś z niczego, manifestując to z powietrza.

"Wnioskuję z tego, że potrafi zmieniać swój wygląd, a także wygląd innych.

"Zgadza się. I zapisałem kilka słów. Przesunął kartkę papieru na drugą stronę stołu. "Nie wypowiadaj ich jednak na głos. Jeśli to zrobisz, przywołasz go. Słowa na kartce brzmiały:

Rosh-Ah-Or.A.Ra-Du,EE,El.

"Zapamiętaj słowa na tym kawałku papieru, na wypadek gdybyś kiedykolwiek musiał go przywołać."

"Skąd mamy wiedzieć, że zadziałają?

"Używaj ich tylko wtedy, gdy musisz. Nie warto wzywać go tutaj - chyba że w ostateczności".

"Zgoda. Powtarzając je w myślach, poczuł komfort, wiedząc, że archanioł nie czyta mu w myślach.

"Eriel powiedziała, że powinienem pomóc ci w próbach. Zgaduję, że uratowanie tej małej dziewczynki było pierwszą próbą, którą musiałeś wykonać?

"Do tej pory wykonałem ich kilka. Pierwsza, tak, mała dziewczynka. W drugiej uratowałem samolot przed katastrofą".

"Wow! Chciałbym dowiedzieć się więcej o tym, jak to zrobiłeś. Dziwię się, że nie było cię w wiadomościach".

"Byłem, ale nie mogłeś powiedzieć, że to ja. Po trzecie, powstrzymałem strzelca na dachu budynku w centrum miasta. Po czwarte, kolejny strzelec w centrum handlowym z zakładnikami i po piąte, dzieciak na zewnątrz próbujący mnie zabić".

Sam podniósł talerze i zaniósł je do zmywarki. "Nie potrafię wyrazić, jak bardzo jestem z ciebie dumny. To wszystko się dzieje, a ja nie mam o niczym pojęcia.

"Zostałem zaprzysiężony do zachowania tajemnicy. Gdybym komukolwiek powiedziała, to..."

"Upewnij się, że nigdy więcej nie zobaczysz swoich rodziców - tak mi powiedział. Dla mnie to brzmi trochę podejrzanie. Eriel nie jest typem sentymentalnym, był jak wielka kula gniewu czekająca na cel.

"Zraniłem jego uczucia, kiedy myślał, że go nie lubię.

Sam zadrwił. "Wyobraź sobie, że to coś ma uczucia. Wstał. "Masz ochotę na kawę?

"Wolałbym kakao. Ziewnął. "To był naprawdę długi dzień.

"Możemy porozmawiać o tym rano, ale jak się czujesz z terminem? Ukończyłeś pięć prób w ciągu ilu dni?

"Były przypadkowe. Nie wiem nic o konkretnym terminie.

"Eriel powiedziała mi, że musisz ukończyć dwanaście prób w ciągu trzydziestu dni. Jeśli jesteś już po dwóch tygodniach, to będą musieli znacznie przyspieszyć".

"Pierwszy raz o tym słyszę.

"Powiedział, że jeśli nie ukończysz ich na czas - umrzesz".

"Co?"

"A także, że wszyscy, których uratowałeś, zginą. Sam zatrzymał się, myśląc o utracie go teraz, kiedy dopiero co zaczęli. Jego życie znów byłoby puste, tylko praca, dom, praca, dom. E-Z wpatrywał się w niego, czekając. "Przepraszam, właśnie myślałem o tym, ile dla mnie znaczysz. Ale powiedział mi coś jeszcze: że umrzesz razem z rodzicami. To oznaczałoby, że wszystko, co zrobiliśmy, cały czas, który spędziliśmy razem, zniknie. I nie mówię, że mógłbym lub kiedykolwiek zająłbym miejsce twoich rodziców, ale wiesz o co mi chodzi, prawda? Kocham cię, mała".

"Odwzajemniam twoje uczucia - powiedział E-Z. Chciał przytulić Sama, a Sam chciał przytulić jego, mógł to powiedzieć, a jednak się poruszyli. Wziął głęboki oddech: - To ostre. Brzmi bardziej jak Eriel.

"Jeszcze jedno, powiedział, że za każdym razem, gdy ukończysz próbę, twoja dusza wzrasta. Zanim osiągniesz dwanaście, jej wartość będzie optymalna. Waluta duszy, której możesz użyć, aby ponownie zobaczyć i porozmawiać z rodzicami.

Krzesło E-Z odsunęło się od stołu, gdy drzwi frontowe wyleciały z zawiasów, a on wystrzelił w niebo.

"Arrgghhhhh!" krzyknął zza niego Sam. Trzymał się krzesła i skrzydeł siostrzeńca jak zbłąkany latawiec.

"Trzymaj się!" powiedział E-Z. "Myślę, że Eriel cię woła."

Polecieli dalej.

ROZDZIAŁ DZIEWIĘTNASTY

"Trzymaj się - będziemy lądować". Jego wózek inwalidzki skierował się w dół.

"Też chciałbym mieć pasy!" wykrzyknął Sam, owijając ramiona wokół szyi siostrzeńca.

"Nie martw się, to będzie bezpieczne lądowanie.

"Jeśli wcześniej się nie uwolnię! Arrgghhh!"

Gdy schodzili w dół, E-Z zauważył krąg posągów. Nie mając nic innego do roboty, policzył je - było ich sto z czymś pośrodku. Dziwne, był w centrum miasta wiele razy, ale nie pamiętał tej grupy betonowych bloków. Kółka krzesła dotknęły ziemi, ale Sam wciąż trzymał się kurczowo.

"Już dobrze - powiedział E-Z. "Możesz otworzyć oczy.

Sam to zrobił. "Zabiję tego Eriela następnym razem, gdy go zobaczę!

"Cicho. To może być szybciej, niż myślisz". Rzeczą, którą zauważył w centrum posągów, był Eriel w ludzkiej postaci, w cechach fizycznych, ale nie w rozmiarze. Co więcej, siedział na wózku inwalidzkim, który unosił się jak magiczny tron.

Jego włosy były kruczoczarne i spływały na ramiona aż do pasa. Jego oczy były jak węgiel, a cera jak alabaster. Jego podbródek był pokryty zarostem, jak cień godziny szóstej, mimo że było bliżej południa. Jego usta były bardzo czerwone, jakby pomalował je świeżą szminką. Jego nos wyglądał jak nos futbolisty, który miał go złamany więcej niż raz. Jeśli chodzi o ubranie, miał na sobie białą koszulkę, czarne dżinsy, a na nogach parę sandałów Jezusa.

E-Z obrócił się w kółko, ponownie spoglądając na stu dziesięciu mężczyzn. Wszyscy byli ubrani nowocześnie. Większość nosiła okulary i garnitury. Wtedy poznał prawdę: Eriel zmieniła stu dziesięciu żywych, oddychających ludzi w posągi.

I to nie było wszystko. Zdał sobie sprawę, że chociaż znajdowali się w centralnej dzielnicy biznesowej, nie było żadnych zwykłych dźwięków. W normalny dzień samochody stojące w korku trąbiłyby klaksonami, a spaliny wypełniałyby powietrze.

Cisza była niepokojąca, ale świeże, czyste powietrze sprawiło, że odetchnął głębiej. To go uspokajało. Wiedział, że to cisza przed burzą.

Spojrzał w niebo. Samolot pasażerski zatrzymał się w powietrzu. Obok niego znajdowały się ptaki, które przestały latać. Za tło służyły chmury. Nieruchome. Nieruchome.

Potem wszystko nad nim zmieniło kolor z niebieskiego na czarny.

Niegdyś niesamowita cisza została przerwana.

Zastąpiły ją jęki. Jęki. Korzenie drzew zostały wyrwane z ziemi. Powietrze zgęstniało i owinęło się wokół ich gardeł. Kradnąc ich oddech.

A pod ich stopami ziemia zaczęła drżeć. Rozwarła się szeroko. Trzęsienie ziemi. Rozdzierające. Rozdzierające.

Słońce, księżyc i gwiazdy świeciły razem, ale tylko przez sekundę. Potem rozpadły się na milion kawałków.

"Dlaczego zamieniłaś ludzi w posągi? I dlaczego próbujesz zniszczyć świat?" zapytał E-Z. "I dlaczego unosisz się tam na wózku inwalidzkim?

"O nie - krzyknął Sam, wymachując pięściami w powietrzu.

Eriel roześmiała się: "Najwyższy czas, żebyś tu przyszedł protegowany. Jak śmiesz do mnie mówić, zadawać mi pytania. Jestem wielka i potężna, ale jestem prawdziwa, nie fałszywa jak Czarnoksiężnik z krainy Oz. Istniejesz tylko dlatego, że postanowiłem cię ocalić".

"Kiedy Ophaniel rozmawiała ze mną w Bibliotece Aniołów, nawet o tobie nie wspomniała.

Eriel roześmiała się i wskazała kościstym palcem, który rozciągnął się w dół i dotknął nosa E-Z. "Twoja sprawa została mi powierzona po tym, jak ci dwaj idioci Hadz i Reiki nie wywiązali się ze swoich obowiązków.

"Nie dotykaj mnie! Palec się cofnął. "Pytam ponownie, co robisz na moim terenie i dlaczego jesteś na wózku inwalidzkim?

"Wszystko zostanie wyjaśnione - powiedział Eriel. Podniósł stopy i uśmiechnął się do nich. "Podobają mi się te buty, są bardzo wygodne.

"To nie buty, to sandały - powiedział Sam, podchodząc bliżej do unoszącego się krzesła.

"Zaczekaj, wujku Samie, stań za mną.

Eriel odrzucił głowę do tyłu i roześmiał się. "Prawda jest psu na budę" - to cytat z Szekspira oznaczający, że twój wujek powinien zostać okiełznany.

"Dlaczego ty!" krzyknął Sam, unosząc pięść w powietrze.

" Trudno jest pokonać osobę, która nigdy się nie poddaje" - to cytat z Babe Rutha, jednego z najsłynniejszych baseballistów w historii". Krzesło E-Z podniosło się z ziemi i podleciało bliżej Eriel.

"Baseball to gra równowagi" - powiedziała Eriel. "To cytat z autora Stephena Kinga. Zawahał się, po czym uśmiechnął się tak wielkim uśmiechem, że wydawało się, że jego policzki mogą się zapaść, gdy krzesło E-Z spadło, jakby było zrobione z ołowiu. "Ups - powiedział Eriel, rycząc ze śmiechu.

Nie minęło wiele czasu, a E-Z odzyskał kontrolę nad swoim krzesłem i podniósł się jak winda. Próbował zapanować nad sytuacją za pomocą skrzydeł. Ale nie było na to czasu, ponieważ zamienił się w wirujący top i kręcił się w kółko.

"Arrgghhhhh!" krzyknął, wbijając paznokcie w podłokietniki krzesła. Wirowanie ustało, krzesło znów opadło jak ołowiany balon, po czym się zatrzymało.

Ponownie spróbował uruchomić skrzydła. Nie chciały współpracować i następną rzeczą, jaką wiedział, było to, że znów się kręcił. Ale tym razem w kierunku przeciwnym do ruchu wskazówek zegara.

"Hhhhgggggrrraaa!" krzyknął.

Eriel zaśmiała się tak głośno, że zatrzęsła się ziemia.

Poniżej, Sam podniósł kamienie z chodnika i rzucił nimi w Eriel, która zrobiła unik i uchyliła się przed większością z nich. Jeden duży kamień trafił jednak w nos stwora. "Wyżyj się na kimś w swoim wieku!" krzyknął Sam.

Gdy krew spływała mu po twarzy, Eriel postawiła wujka E-Z na jego miejscu.

"Nieeee!" krzyknął E-Z, nie przestając się obracać. Kiedy zatrzymał się, odwrócony do góry nogami, nie mógł się pomylić. Wujek Sam był teraz jednym z posągów w kręgu: stało tam stu jedenastu mężczyzn. Był tak oszołomiony, że mimo to przyszedł mu do głowy cytat, a ponieważ był wszystkim, co miał, wykrzyczał go tak głośno, jak tylko mógł: "To nie koniec, dopóki się nie skończy!".

POP.

POP.

Hadz usiadł na jednym z ramion nastolatka, Reiki na drugim.

"To cytat z Yogi Berry, a to jest ode mnie i Wujka Sama!"

W dłoniach trzymał teraz największy kij na świecie, replikę 54-uncera Babe Rutha, olśniewającą diamentowym pyłem. Nie miał pojęcia, jak ciężki był ten kij, gdy zamachnął się na Eriela na jego tronie na wózku inwalidzkim i posłał go w powietrze. Zaśpiewał: "Pozdrów człowieka z księżyca, gdy go spotkasz!".

W oddali odbijający się echem głos Eriel powiedział: "Próba zakończona!".

Hadz i Reiki zaczęli bić brawo. Podobnie jak stu jedenastu mężczyzn, którzy powrócili do swoich ludzkich postaci, w tym Wujek Sam.

"Oczywiście wiesz, że on wróci - powiedział Hadz. "I będzie bardzo wściekły!

"Dzięki za twoją pomoc! powiedział E-Z, gdy on i Sam odlecieli do domu.

Reiki i Hadz wymazali umysły stu dziesięciu, po czym wznowili pracę w kopalniach i mieli nadzieję, że nikt nie zauważył, że wymyślili sposób na ucieczkę.

Eriel kontynuował wymykanie się spod kontroli, opracowując plan zemsty.

EPILOG

Po kilku pracowitych dniach E-Z w końcu dobrze się wyspał. Śnił o grze w baseball, a następnego dnia Arden i PJ przyszli zabrać go na mecz. "Nie chce mi się dzisiaj grać, ale pójdę z wami dla podniesienia morale" - powiedział.

"Jasne", odpowiedzieli jego przyjaciele.

Kiedy już zabrali E-Z na boisko, nalegali, by zagrał. Potrzebowali go do łapania, a on się zgodził. Kiedy po raz pierwszy stanął przy kiju, chciał sam uderzyć. Chwycił swój ulubiony kij i podszedł do talerza. Pierwsze uderzenie było wysokie, a on spudłował. Jego strefa miotania była naprawdę skondensowana, ponieważ siedział.

"Strike one", zawołał sędzia.

E-Z odsunął się od boiska. Wziął jeszcze kilka próbnych zamachów, po czym wrócił. Przy następnym uderzeniu trafił w piłkę, która się wyleciała.

"Drugie uderzenie", zawołał sędzia.

"Nie ma pałkarza, nie ma pałkarza", paplali chłopaki na boisku.

Miotacz rzucił podkręconą piłkę, a E-Z pochylił się do niej i uderzył. Piłka poleciała poza boisko. Nad ogrodzeniem. Poza park.

"Weź bazy", powiedział sędzia. "Zasłużyłeś na to, dzieciaku".

E-Z obrócił się wokół bazy, powstrzymując swoje krzesło przed odlotem. Kiedy jego krzesło dotknęło linii bazy, koledzy z drużyny zebrali się wokół niego, wiwatując. Cieszył się tym, dopóki to trwało.

Dopóki nie wylądował z powrotem w metalowym pojemniku - tylko tym razem był zwinięty w kulkę - i był bez krzesła. Niczym noworodek oddychał głęboko, bo to była jedyna rzecz, jaką mógł zrobić. Poczekaj, dzieci mogą się przewrócić. Wszystko, co musiał zrobić, to skoncentrować się, skupić.

Tak, zrobił to. Jedynym problemem było to, że wcale nie było mu lepiej. Wciąż był zwinięty w kłębek, w ciemności. Zamknięty w przestrzeni bez światła i możliwości poruszania się. W rzeczywistości kształt metalowego pojemnika był tym razem inny. Był smuklejszy na jednym końcu, w kształcie kuli.

Świadomość tego nie pomogła, ponieważ jego klaustrofobia i niepokój wskoczyły na wysokie obroty. Zastanawiał się, jak długo będzie w stanie oddychać w tak ograniczonej przestrzeni. Nie na długo. Zaraz zabraknie mu powietrza i umrze. Wziął głęboki wdech, starając się utrzymać poziom niepokoju na niskim poziomie.

Jedno było pewne, nie było szans, by Eriel zmieściła się w tym czymś razem z nim. Chyba, że rozwaliłby ściany - co mogłoby nie być takim złym pomysłem.

E-Z zapukał w ściany i sufit. Krzyczał. Krzyczał. Przypomniał sobie o telefonie. Czy mógł go dosięgnąć? Nie było go tam. Włożył go do torby sportowej, aby przestrzegać zasady zakazu używania telefonów na boisku.

Poza kontenerem słychać było niepokojące dźwięki. Drapanie. Szczury? Nie, nie szczury. Potrafił poradzić sobie z wieloma rzeczami, ale nie ze szczurami. "Wypuśćcie mnie!" krzyknął.

Uruchomił się silnik. Starszy pojazd, jak ciężarówka. Podłoga pod nim zaczęła się trząść i grzechotać, gdy kula potoczyła się do przodu i odbiła.

Na zewnątrz kontener odbijał się od ścian. Wewnątrz znajdował się w tak ograniczonej przestrzeni, że nie było zbyt wiele ruchu. Była to jedna z zalet bycia uwięzionym w kuli.

Pojazd uderzył w coś, a głowa E-Z zetknęła się z górną częścią tego czegoś. Krzyknął, ale dźwięk ucichł. Metalowy kontener znów się poruszył, w bok. Uderzył w coś, po czym wrócił do pierwotnej pozycji. Jego ramię bolało od uderzenia.

E-Z zastanawiał się, czy to zadanie Eriel, ale zdecydował, że to niemożliwe. Zaczął dochodzić do wniosku, że został porwany i jest przetrzymywany. Ale dlaczego teraz?

"Hej!" krzyknął, gdy metalowy przedmiot potoczył się i wylądował na płaskim dnie - tam, gdzie była jego pupa. Teraz ciężar był rozłożony bardziej równomiernie. Było mu wygodnie. Albo tak wygodnie, jak tylko mógł w tych okolicznościach. Pozostał więc bardzo nieruchomy, dopóki pojazd nie zatrzymał się całkowicie, a on nie przewrócił się na bok.

Wziął głęboki oddech, wyciszył się i wypowiedział na głos słowa,

"Roch-Ah-Or, A, Ra-Du, EE, El."

Kiedy czekał, zapytał: "Gdzie jesteś Eriel?

Roch-Ah-Or, A, Ra-Du, EE, El?".

"Wezwałeś mnie?" odpowiedział Eriel. Jego głos był wyraźny i czysty, ale nie było go widać.

"Tak, Eriel, myślę, że zostałem porwany. Jestem w kontenerze. Możesz mi pomóc?"

"Zawsze wiem, gdzie jesteś - powiedziała Eriel. "Pytanie, które powinnaś sobie zadać brzmi: CZY BĘDĘ W STANIE CI POMÓC?".

"Nie wiedziałem, że masz mnie pod obserwacją 24/7! wykrzyknął E-Z, z każdą chwilą coraz bardziej wściekły. Wziął kilka głębokich oddechów i uspokoił się. Potrzebował pomocy Eriel, a archanioł nie zamierzał mu tego ułatwiać. "Nie widzę kierowcy tego czegoś i nie mogę rozłożyć skrzydeł. I gdzie jest moje krzesło? Kończy mi się tu powietrze. Jeśli chcesz, żebym dokończył dla ciebie te próby, to lepiej szybko mnie stąd zabierz.

"Najpierw mnie obrażasz, pytając, czy jestem aniołem, czy nie, a potem błagasz, bym ci pomogła. Ludzie to naprawdę bardzo kapryśne stworzenia.

"Wiem. Przepraszam. Proszę, pomóż mi.

"Czy zastanawiałeś się - zasugerowała Eriel. "Że to JEST próba? Coś, co musisz przezwyciężyć sama?

"Chcesz mi powiedzieć, że to na pewno jest próba?

"Nie mówię, że tak jest. A ja nie mówię, że nie jest - powiedziała Eriel z chichotem.

E-Z był wściekły. Tak bardzo tęsknił za Hadz i Reiki.

"To smutne, że wciąż myślisz o tych dwóch idiotach. E-Z, gdyby to była próba, to jak byś się z niej wydostał?

"Po pierwsze, pomogli mi, kiedy prawie zabiłeś Ziemię. Po drugie, to nie może być próba, ponieważ nie ma nikogo, komu mógłbym pomóc."

Eriel roześmiała się. "Uważasz się za nikogo? Eriel przerwała. "Dzisiaj ratujesz siebie i tylko siebie. Użyj narzędzi, które masz do dyspozycji. Zawahał się, po czym znów się roześmiał. "Myśl poza metalowym pojemnikiem." Jego śmiech był tak głośny wewnątrz metalowej kuli, że bolały E-Z uszy. Zakrył je. Potem nie słyszał już Eriel.

E-Z zamknął oczy i skoncentrował się. Postanowił zacisnąć pięści i spróbować rozepchnąć ściany. Bez względu na to, jak bardzo się starał, ściany ani drgnęły. Planem B było przywołanie swojego krzesła, co też zrobił. Wyobraził sobie, że nie jest daleko. Być może unosiło się nad nim i czekało, aż E-Z je przywoła. Tak bardzo koncentrował się na przywoływaniu swojego krzesła, że nie zdawał sobie sprawy, że ktoś idzie na zewnątrz. Kroki na chodniku. Jeden mężczyzna, stukające buty. Mężczyzna szedł w kierunku tyłu pojazdu. Włożył kluczyk. Drzwi się uchyliły.

"On się tu kręci", powiedział mężczyzna.

Roześmiał się. Nie śmiech Eriel. Śmiech innego mężczyzny.

Potem krzyk.

Potem więcej krzyków.

Potem ucieczka. Ucieczka.

Więcej krzyków.

Potem ruch. Kontener w ruchu. Podniesienie na wózek inwalidzki.

Potem w górę, wyżej i wyżej. W bezpieczne miejsce.

"Dziękuję", powiedział E-Z do swojego krzesła. "Teraz zabierz mnie do domu, do Wujka Sama".

E-Z wiedział, że Wujek Sam będzie w stanie wydostać go z kontenera. Potrzebował gigantycznego otwieracza do puszek, ale jeśli taki istniał, Wujek Sam by go znalazł.

Jego wózek inwalidzki odjechał w przeciwnym kierunku.

KSIĘGA DRUGA

TRÓJKA

ROZDZIAŁ PIERWSZY

Daleko, daleko od miejsca, w którym mieszkał E-Z Dickens, tańczyła mała dziewczynka. Jej lekcje baletu odbywały się w małym studiu w centralnej dzielnicy biznesowej Holandii.

Była ładnym dzieckiem o złocistych włosach i linii piegów ciągnących się przez jej nos i policzki. Jej najbardziej zapadającymi w pamięć cechami były orzechowozielone oczy. Miała dokładnie taki sam kolor jak jej babcia. Jej marzeniem było zostać pewnego dnia najsłynniejszą baletnicą w Holandii.

Jej różowa tutu była wykonana z tiulu. Była to lekka tkanina przypominająca siatkę, używana przez projektantów dla profesjonalnych tancerzy. Jej tutu zostało zaprojektowane i uszyte dla niej przez jej nianię. Kostium baletnicy - dzieło sztuki samo w sobie - tak bardzo, że każde dziecko w klasie chciało taki mieć.

Hannah, niania Lii, otrzymała wiele próśb od innych rodziców, aby ich córki miały takie same tutu. Stanowczo powiedziała dzieciom, ich rodzicom, nauczycielom i wielu innym osobom, że nie ma czasu na dodatkową pracę. Chociaż mogła wykorzystać te pieniądze.

Wszystko, co robiła Hannah, robiła, ponieważ kochała swoją podopieczną, Lię. Lię, którą nazywała kleintje, co w tłumaczeniu oznacza małą.

Gdy zajęcia baletowe dobiegły końca, Lia spakowała buty. Potarła obolałe stopy.

Wszystkie baletdanserki (w tłumaczeniu: tancerki baletowe) - nawet siedmiolatki takie jak Lia - musiały trenować minimum dwadzieścia godzin tygodniowo.

Ta dodatkowa praca, oprócz pełnego programu szkolnego, wymagała poświęcenia i zaangażowania. Dzieciom, które nie nadążały, natychmiast pokazywano drzwi. Bez względu na to, ile pieniędzy zaoferowali ich rodzice, by zatrzymać je w programie.

Lia miała nadzieję, że pewnego dnia spotka swoją idolkę Igone de Jongh, najsłynniejszą holenderską baletnicę wszech czasów. Odkąd jej idolka przeszła na emeryturę, Lia oglądała jej występy w telewizji.

Hannah opiekowała się Lią w dni powszednie. Matka Lii, Samantha, podróżowała w interesach w ciągu tygodnia.

Przed studiem tanecznym Hannah i Lia wsiadły do Volkswagena Golfa. Wkrótce będą w domu.

"Masz jakąś pracę domową?" zapytała Hannah.

Lia skinęła głową.

"Goed", przetłumaczone jako dobrze. "Idź i zacznij, kiedy przygotuję kolację - powiedziała Hannah.

"Oke", przetłumaczone jako dobrze, odpowiedziała Lia.

Lia natychmiast poszła do swojego pokoju, gdzie powiesiła swój strój baletowy, a następnie zabrała się do pracy przy biurku.

W szkole uczyli się o legendzie Drzewa Czarownic. Ich zadaniem było narysowanie drzewa i stworzenie czegoś magicznego. Zamierzała narysować kontur kredą. Następnie użyć czyścików do rur do korzeni i brokatu na liściach, aby uzyskać magiczny element.

Chociaż miała naturalny talent do sztuki, nie lubiła jej tworzyć. Preferowała taniec. Nie narzekała i nie odrzucała zadań, których nie lubiła. Nie leżało w jej naturze bycie nieposłuszną czy uciążliwą.

Chociaż Lia mieszkała w Zumbert w Holandii, uczęszczała do międzynarodowej szkoły. Jej angielski był doskonały. Samo Zumbert było znane na całym świecie jako miejsce narodzin Vincenta Van Gogha. Lia wiedziała wszystko o Van Goghu, ponieważ w jej i jego żyłach płynęła ta sama krew.

Po odrobieniu pracy domowej otworzyła komputer. Włączyła i zagrała w grę. Osiągnięcie następnego poziomu zajęłoby tylko kilka chwil. Hannah wkrótce zawoła ją na avondeten (obiad).

Nikt nigdy nie musi się dowiedzieć, powiedział maleńki głos z tyłu jej umysłu. Lia posłuchała tego głosu, ale aby upewnić się, że nikt się nie dowie, zamknęła drzwi do sypialni.

Gdy jej palce klikały po klawiaturze, żarówka nad biurkiem zgasła z trzaskiem. Zamknęła laptopa i ponownie otworzyła drzwi. Spojrzała w dół korytarza, gdzie znajdowały się zapasowe żarówki halogenowe. Niania trzymała zapas w szafce na bieliznę na szczycie schodów. Lia musiała tylko wyjść, przynieść jedną, wrócić i sama wymienić żarówkę. Wtedy miałaby więcej czasu na grę.

Po powrocie do pokoju oceniła sytuację. Musiała stanąć na krześle przy biurku, które było na kółkach. Przycisnęła je mocno do łóżka, aby je zabezpieczyć. Tak, to zadziała.

Zabezpieczyła krzesło pod oprawą oświetleniową i wspięła się na nie. Trzymając nową żarówkę pod brodą, odkręciła starą. Przepaloną żarówkę rzuciła na łóżko. Biorąc drugą żarówkę spod brody, wkręciła ją.

CRACK!

Nowa żarówka eksplodowała.

Odłamki szkła, w większości niewielkich rozmiarów, posypały się z niej. W twarz i oczy dziewczynki.

Lia nie krzyknęła od razu, ponieważ niebieskie światło wypełniło pokój, sprawiając, że czas stanął w miejscu. Światło otoczyło dziewczynkę i zrównało się z jej twarzą.

SWISH!

Pojawiła się maleńka anielska istota, która zbadała oczy dziewczynki. Następnie zdecydowała, że są one uszkodzone nie do naprawienia i wyszeptała: "Czy będziesz jedną z trzech?".

"Ja", przetłumaczone jako "tak", powiedziała Lia, a czas się zatrzymał.

Przybył anioł, który nazywał się Haniel. Zaśpiewała Lii kojącą kołysankę, jednocześnie usuwając szybę.

Po angielsku słowa piosenki brzmiały:

"Smutna, smutna dziewczynka usiadła

Na brzegu rzeki.

Dziewczynka płakała z żalu

Ponieważ oboje jej rodzice nie żyją".

W języku holenderskim słowa piosenki brzmiały:

"Asn d'oever van de snelle vliet

Eeen treurig meisje zat.

Het meisje huilde van verdriet

Omdat zij geen ouders meer had."

Na szczęście mała Lia spała, więc nie przestraszyły jej słowa kołysanki.

Kiedy Haniel skończyła zajmować się najgorszą częścią ran Lii, położyła ręce na biodrach i przestała śpiewać. Zadanie prawie wykonane, teraz musiała tylko położyć podwaliny pod nowe oczy swojej podopiecznej.

Dwie małe rączki Lii były zwinięte w kulki. Zaciśnięte małe pięści. Haniel pozwoliła swoim skrzydłom delikatnie pieścić zamknięte palce, zachęcając je do otwarcia.

Kiedy dłonie Lii były otwarte, anioł Haniel, używając palca wskazującego, nakreśliła kształt oka na obu dłoniach. Na palcach narysowała pojedynczą linię, prowadzącą od dłoni do końca palca. Po wykonaniu zadania, anielica Haniel, delikatnie pocałowała Lię w czoło, a następnie z

SWISH!

i zniknęła.

Czas zaczął płynąć od nowa, a nasza dzielna mała Lia nadal nie krzyczała. Szok działa na twoje ciało jak mechanizm obronny, a zatrzymując czas, zatrzymał się również ból. Kiedy Lia w końcu krzyknęła, nie mogła przestać. Nie wtedy, gdy przyjechała karetka. Ani kiedy została przeniesiona na noszach do pojazdu z syreną dołączającą do jej chóru krzyków. Ani kiedy wepchnięto ją na noszach do szpitala. Nie wtedy, gdy świecili jej w twarz wielkim światłem, które czuła, ale nie widziała.

Przestała krzyczeć, gdy ją uspokoili. Następnie użyli najnowszej technologii, aby usunąć pozostałe szkło. Jednak każdy kawałek szkła został już usunięty. Chirurdzy zabandażowali jej oczy, a następnie zabrali ją do pokoju, aby mogła dojść do siebie.

Po operacji przyjechała matka Lii, Samantha. Przyleciała z Londynu samolotem linii Red Eye. Spotkała się z chirurgiem, podczas gdy jej córka spała dalej.

"Przykro mi, ale ona już nigdy nie zobaczy" - powiedział.

Matka Lii przycisnęła pięść do ust, walcząc z chęcią zawodzenia.

Lekarz powiedział: "Może nauczyć się alfabetu Braille'a i uczęszczać do szkoły dla niedowidzących.

Jest w doskonałym wieku do nauki i będzie chłonąć wiedzę. W krótkim czasie podpisywanie stanie się dla niej drugą naturą".

"Ale moja córka chce być baletnicą. Czy kiedykolwiek widziałeś lub słyszałeś o niewidomej profesjonalnej tancerce?".

"Alicia Alonso była częściowo niewidoma. Nie pozwoliła, by to ją powstrzymało".

Matka Lii poklepała śpiącą córkę po ręce. "Dziękuję, poszukam szczegółów na jej temat w Internecie. Siedem lat to o wiele za mało, by być zmuszonym do porzucenia marzeń".

"Zgadzam się. Teraz ty też odpocznij. Lia powinna się wkrótce obudzić i będzie potrzebowała, żebyś był dla niej silny. Kiedy jej to powiesz. Jeśli chcesz, żebym też tu był, daj mi znać.

"Dziękuję, doktorze, ale najpierw spróbuję poradzić sobie sama.

Gdy drzwi się zamknęły, matka Lii dotknęła śladów na twarzy córki. Pozostawione ślady wyglądały jak gniewne krople deszczu. Potem spojrzała na śpiącą nianię Lii, Hannah. Przechodząc obok niej po wodę, celowo kopnęła ją w lewy but, aby ją obudzić. "Na zewnątrz! - powiedziała, gdy Hannah ziewnęła.

Na korytarzu matka Lii, Samantha, dała upust swoim emocjom, nie powstrzymując się. "Jak mogłaś pozwolić, żeby to stało się mojemu dziecku? Jak mogłaś!? W jednej chwili byłam na spotkaniu biznesowym, a w następnej musiałam skrócić podróż służbową i złapać pierwszy lot z Londynu! Co się stało? Jak to się stało?"

"Właśnie wróciliśmy z zajęć baletowych. Przygotowywałem kolację, a Lia kończyła odrabiać lekcje. Żarówka musiała się przepalić. Wzięła inną z szafy w przedpokoju i próbowała ją wymienić, ale wybuchła. Kiedy krzyknęła, byłem tam w kilka sekund, a ziekenwagen (karetka pogotowia) przyjechała w mgnieniu oka. Modliłem się, żeby jej oczy wyzdrowiały, żeby wyzdrowiała".

"Modlisz się we śnie, prawda?" zapytała Samanta, nie czekając na odpowiedź. "Artsen (lekarze) mówią, że już nigdy nie będzie widzieć" - powiedziała Samanta z niemiłym jadem w głosie.

W międzyczasie Lia śniła, lecąc z aniołem. Objęła go za szyję i wtuliła się w jego klatkę piersiową. Ruch wózka inwalidzkiego w powietrzu kołysał ją i pocieszał.

Potem jej umysł przewrócił się i patrzyła z góry na metalowy pojemnik. Kontener siedział na siedzeniu wózka inwalidzkiego ze skrzydłami. Był transportowany do miejsca, którego nie znała.

Uniosła prawą rękę, a potem lewą i zobaczyła, że w środku jest uwięziony anioł/chłopiec. Miał miłą twarz, oczy bardziej niebieskie niż niebo z drobinkami złota, które sprawiały, że błyszczały, mimo że był w ciemności. Jego włosy były w większości blond, z wyjątkiem siwizny na skroniach. Ale najdziwniejszą rzeczą była czarna smuga pośrodku. To sprawiało, że chłopak wydawał się starszy.

Anioł/chłopiec w pojemniku jadący na siedzeniu wózka inwalidzkiego podleciał bliżej małej dziewczynki w jej śnie. Dotknęła pojemnika, a kiedy to zrobiła, mogła poczuć i usłyszeć bicie serca anioła/chłopca w środku. Nie tylko to, ale mogła również odczytać jego myśli i emocje.

Lia obudziła się i zawołała: "Mamo! Hannah! Przyjdź szybko!"

"Jestem tutaj, kochanie", powiedziała jej matka, wracając do łóżka córki.

Hannah przetarła oczy i ponownie weszła do pokoju.

"Nie ma czasu, byś obwiniała Hannę. To był wypadek. Poza tym potrzebna jest nasza pomoc. Proszę, znajdź mi papier i ołówki - TERAZ."

"Ona majaczy! wykrzyknęła Samanta. Sprawdziła temperaturę na czole córki. Wydawało się w porządku.

Hannah wyjęła z torby potrzebne przedmioty i włożyła je w ręce Lii.

Bez wahania Lia zaczęła rysować. Skrobała po papierze jak natchniona artystka. Samantha i Hannah przyglądały się z zaciekawieniem.

Pierwszy obrazek, który narysowała, przedstawiał chłopca wewnątrz metalowego pojemnika w kształcie kuli. Pojemnik spoczywał na siedzeniu wózka inwalidzkiego, a wózek miał skrzydła. Anielskie skrzydła. Lia odwróciła stronę i narysowała drugi obrazek przedstawiający chłopca/anioła pod każdym kątem. Ze wszystkich stron. Po pierwszym obrazku maniakalnie narysowała wiele innych, a potem wyrzuciła je w powietrze.

Obrazki, jakby porwał je podmuch wiatru, zatańczyły po pokoju, unosząc się w górę, potem w dół, a potem dookoła. Jakby były pod wpływem magicznego zaklęcia. Jedno ze zdjęć goniło nianię, więc ta wybiegła z pokoju z krzykiem.

Lia zacisnęła mocno pięści, a potem mamrotała jakieś niesłyszalne słowa.

"Powinnam zadzwonić po doktora?" zapytała jej rozhisteryzowana matka. "Moje dziecko, o nie, moje biedne dziecko!

Hannah wróciła, drżąc, gdy patrzyła, jak Lia ponownie zasypia.

Obie kobiety usiadły przy łóżku dziecka. Patrzyły, jak śpi spokojnie, aż w końcu same zasnęły.

Lia nie widziała oczami koloru orzecha laskowego, z którymi się urodziła. Zostały one zastąpione oczami na dłoniach.

Jej nowe oczy umieszczone na dłoniach zawierały każdą normalną część oka. Takie jak źrenica, tęczówka, twardówka, rogówka i kanalik łzowy. Każde oko na dłoni miało powiekę. Górna zaczynała się tam, gdzie kończyły się palce. Dolna kończyła się tam, gdzie zaczynał się nadgarstek.

Jeśli chodzi o rzęsy, każdy palec miał wytatuowaną linię włosów. Od czubka powieki do miejsca, w którym zaczynał się paznokieć, podobnie jak kciuk.

Co było dobrą rzeczą, ponieważ żadna młoda dziewczyna nie chciałaby mieć palców z rosnącymi na nich włosami.

Zwłaszcza taka mała dziewczynka jak Lia, która miała nadzieję, że pewnego dnia zostanie wielką baletnicą.

ROZDZIAŁ DRUGI

Kiedy się obudziła, jej dłonie bardzo swędziały. W rzeczywistości swędziały bardziej niż kiedykolwiek wcześniej. To przypomniało jej o czymś, co kiedyś powiedziała jej babcia. Babcia mówiła, że kiedy swędzi cię prawa ręka, oznacza to, że dostaniesz pieniądze i to w dużych ilościach. Jeśli swędziała cię lewa ręka, oznaczało to, że tracisz pieniądze. Nigdy nie powiedziała, co by się stało, gdyby obie dłonie swędziały w tym samym czasie.

Przebłysk anioła/chłopca uwięzionego w kontenerze przywrócił ją do rzeczywistości. Otworzyła dłonie, przygotowując się do drapania. Zamiast tego była zszokowana, widząc siebie odbijającą się w nich. Uśmiechnęła się, jakby pozowała do selfie.

Wciąż nie mając stuprocentowej pewności, czy śni, odwróciła obie dłonie od siebie. Jej zamiarem było zrobienie panoramicznego widoku na pokój.

Był urządzony tak, jakby pływała w akwarium. Błazenki i złote rybki były zajęte gonieniem się za ogonami. Kontynuowała przesuwanie rąk po pokoju, aż znalazła Hannah. Potem znalazła swoją matkę. Piszczała z zachwytu.

Matka Lii, Samantha podskoczyła, podobnie jak Hannah.

"O co chodzi, kochanie?"

"Mamusiu? Widzę cię."

"Oczywiście, że możesz, kochanie".

"Wierzysz mi?"

"Tak, oczywiście, że ci wierzę. Ale powiedz mi coś wcześniej, dlaczego narysowałaś wózek inwalidzki ze skrzydłami? Wózki inwalidzkie nie mają skrzydeł".

Ona nie widzi moich nowych oczu, pomyślała Lia. "Kocham cię, mamusiu, ale niektóre wózki inwalidzkie mają skrzydła, a niektóre anioły latają na wózkach inwalidzkich ze skrzydłami".

"Też cię kocham, kochanie - odpowiedziała. "Jaki chłopiec/anioł? Miałeś sen?"

"Jest chłopiec anioł" - powiedziała Lia.

"Chłopiec/anioł? Gdzie kochanie?"

Lia otworzyła dłonie i pomyślała o chłopcu-aniołku. Myślała tak intensywnie, że mogła go zobaczyć, usłyszeć, poczuć jego obecność w swoim umyśle. "Anioł/chłopiec przychodzi się ze mną zobaczyć" - powiedziała.

"Tutaj kochanie?" zapytała jej matka, spoglądając w kierunku niani, która wzruszyła ramionami.

"Tak, aniołek potrzebuje mojej pomocy. Przyjechał do mnie aż z Ameryki Północnej.

"Kiedy rysowałaś obrazki," zapytała Hannah, "czy rysowałaś ze wspomnienia anioła/chłopca?"

"Albo ze snu?" - zapytała jej matka.

"Zaczęło się od snu, ale teraz widzę go także, gdy nie śpię".

"Jeśli mnie widzisz, to co mam na sobie?".

"Widzę cię mamusiu, ale nie moimi starymi oczami. Ale moimi nowymi. Masz na sobie czerwoną sukienkę z perłami na szyi".

Starszy pacjent przechodzący obok jej pokoju zatrzymał się, gdy zobaczył dziecko trzymające przed sobą otwarte dłonie. To ona, pomyślał, a żeby to potwierdzić, nie musiał długo czekać. Lia, wyczuwając obecność innej osoby, odwróciła lewą dłoń w kierunku drzwi. Starzec zobaczył, jak jej dłoń mrugnęła, po czym zszedł jej z oczu.

"Ona zgaduje - zasugerowała Hannah, odwracając uwagę Lii od drzwi.

Pojawiła się pielęgniarka i Lia, która nigdy wcześniej jej nie widziała, powiedziała: "Witam, siostro Vinke".

"Spotkałyśmy się już wcześniej? zapytała pielęgniarka Heidi Vinke.

Lia zachichotała. "Nie, ale mogę przeczytać twoją plakietkę".

"Mówi, że widzi swoimi nowymi oczami" - powiedziała matka Lii.

"Tam, tam - odpowiedziała pielęgniarka Vinke, zajmując się matką zamiast małą dziewczynką. Dziecko nie miało nic przeciwko, gdy pielęgniarka

Vinke zabrała matkę na zewnątrz, aby porozmawiać z nią na osobności.

"To normalne, że twoja córka używa wyobraźni w tych okolicznościach, straciła wzrok. Jest szczęśliwa, mimo że przydarzyła jej się straszna rzecz".

Samanta skinęła głową i obie wróciły do Lii.

"Musisz być zmęczona, dziecko - powiedziała pielęgniarka Vinke, mierząc puls dziewczynki.

"Nie jestem - odpowiedziała Lia. "Właśnie się obudziłam i nie chcę znowu zasypiać. Jeśli teraz zasnę, mogę za nim tęsknić.

"Za kim? zapytał Vinke, usypiając dziewczynkę.

"Chłopca/anioła - odpowiedziała Lia. "Jest już coraz bliżej. Już prawie tu jest i potrzebuje mojej pomocy. Nie mogę się doczekać spotkania z nim. Przebył długą, długą drogę tylko po to, by mnie zobaczyć.

"Tam, tam, dziecko - gruchnęła Vinke. Wbiła w ramię Lii igłę z lekiem wywołującym sen.

Lia zaprotestowała, ale natychmiast zasnęła.

"Dobranoc, kochanie" - gruchała jej matka.

$$***$$

Starszy mężczyzna wrócił do swojego pokoju, natychmiast podniósł słuchawkę i poprosił o linię zewnętrzną.

"Ona tu jest", wyszeptał do słuchawki. "Widziałem ją na własne oczy - tutaj, w szpitalu, korytarz od mojego pokoju".

Zapadła cisza, a potem kliknięcie na drugim końcu. Starzec położył się do łóżka. Włączył telewizor za pomocą pilota.

Jego ulubiony program: Now or Neverland (znany również jako Fear Factor) właśnie się zaczynał. Chciał zobaczyć,

co ci szaleni głupcy będą robić w tym tygodniu.

ROZDZIAŁ TRZECI

Wciąż ciasny wewnątrz srebrnej kuli, E-Z nie czuł się już tak samotny. W swoim umyśle rozmawiał z małą dziewczynką.

Pojawiła się w jego umyśle wraz z błyskiem światła i krzykiem. Była ranna. Patrzył, jak anioł Haniel jej pomaga. Słuchał, jak Haniel śpiewa dziewczynce piosenkę, podczas gdy ona usuwała szkło.

To, co nastąpiło później, było nieoczekiwane. Anioł Haniel narysował linie na dłoni i palcach dziewczynki. Haniel podarował dziecku nowy rodzaj wzroku. I oczy dłoni.

Od razu wiedział, że los dziewczynki jest powiązany z jego losem.

Na początku, chociaż widział ją w swoim umyśle, nie był w stanie się z nią komunikować. To było tak, jakby oglądał program telewizyjny w swoim umyśle bez dźwięku. Potem, gdy dziecko śniło, przyszła do niego i położyła ręce na kuli, w której był uwięziony. Wtedy on wiedział, co ona wie, a ona wiedziała, co on wie, i byli ze sobą połączeni.

Pierwsze słowa, jakie do niego wypowiedziała, brzmiały: "Nie lubię ciemności".

E-Z odpowiedział: "Nie bój się. Jestem tutaj. Nazywam się E-Z. A jak ty się nazywasz?

"Mam na imię Cecilia", odpowiedziało dziecko. "Ale moi przyjaciele nazywają mnie Lia. Możesz mi mówić Lia. Mam siedem lat. Ile masz lat?"

E-Z myślał, że dziecko jest młodsze. "Mam trzynaście lat - powiedział. "Pochodzę z Ameryki Północnej.

"Mieszkam w Holandii - powiedziała Lia.

Oboje zamilkli, gdy Lia spojrzała na niego oczami dłoni, które znajdowały się wewnątrz stalowej kuli.

"Co tam robisz? - zapytała.

E-Z zastanowił się, zanim odpowiedział. Nie chciał straszyć dziecka prawdziwą historią o tym, że został porwany na próbę przez archanioła. Chciał powiedzieć jej prawdę, ale nie był pewien, czy sobie z tym poradzi, ponieważ była tak młoda.

Powiedział: "Nie jestem do końca pewien, dlaczego zostałem tu umieszczony, ale myślę, że zostałem tu umieszczony, aby cię poznać". Zawahał się, podrapał po głowie i zapytał: "Znasz Eriel?".

Lii schlebiało, że przyszedł się z nią zobaczyć, ale martwiła się, że został przetransportowany w taki sposób dla jej korzyści. "Bardzo mi przykro, jeśli jesteś zmuszony wbrew swojej woli podróżować tędy, by się ze mną spotkać. I nie, to imię nie jest mi znane".

E-Z był bardzo ciekawy Lii. Ponieważ powiedziała, że jest Holenderką, był pod ogromnym wrażeniem, jak doskonały był jej angielski.

"Czułam cię, ale nie mogłam cię zobaczyć, dopóki nie wyrosły mi oczy. Wcześniej mogłam czytać w twoich myślach. Mógłbyś odczytać moje? Aha, i dziękuję za mój angielski".

"Widziałem, co ci się stało, ten wypadek. Bardzo mi przykro, że zostałeś ranny. Nie byłem w stanie ci pomóc z powodu tego czegoś". Walił pięściami w ściany. Zakrył uszy, gdy rozległ się dudniący hałas. "Kiedy śniłaś, byłaś ze mną. Wewnątrz mojej głowy.

Lia zamknęła prawą pięść, pozostawiając lewą otwartą i dotykając zewnętrznej ściany. Jej dłoń zamrugała, otworzyła się i zamknęła, otworzyła i zamknęła. Nic nie mówiła, tylko patrzyła przed siebie jak w transie.

W tym momencie E-Z postanowił opowiedzieć jej swoją historię.

"Moi rodzice zginęli w wypadku samochodowym. A ja straciłem władzę w nogach".

Zatrzymał się w tym miejscu. Zastanawiał się, ile powinien jej powiedzieć.

To wahanie sprawiło, że podjął decyzję za niego.

Była pogrążona we śnie.

ROZDZIAŁ CZWARTY

W szpitalu dyżur pełnił nowy lekarz. Spojrzał krótko na kartę Lii. Widząc, że Cecelia wciąż śpi, szepnął do jej matki.

"Musimy zabrać twoją córkę na drugie piętro, na kolejny skan".

"Czy to pilne?" zapytała matka Lii. "Śpi tak spokojnie, że szkoda byłoby ją budzić.

Lekarz, którego plakietka była zakryta przez kołnierz jego lekarskiej kurtki, uśmiechnął się. "Nie musisz jej budzić. Możemy wsunąć ją do maszyny, gdy śpi. Niektórzy pacjenci, zwłaszcza ci młodsi, wolą to w ten sposób".

Samanta spojrzała na zegarek. "Jasne, zejdę z nią na dół".

"Nie ma potrzeby - powiedział lekarz. "Za chwilę przyjdą asystenci. Wykorzystaj ten czas, aby kupić sobie kanapkę lub filiżankę herbaty rumiankowej - moja żona przysięga na ten napój. Pomaga jej się zrelaksować i zasnąć".

"Dziękuję - powiedziała Samantha, gdy pojawiło się dwóch asystentów. Dwóch krzepkich mężczyzn ubranych w uliczne ciuchy podniosło Lię z łóżka i umieściło ją na noszach na kółkach. Lekarz wyciągnął koc spod noszy i położył go na Lii. "Utrzymamy ją w cieple i zaraz wrócimy. Nie zapomnij wykorzystać tego czasu na herbatę lub kawę".

Podczas gdy Hannah spała dalej, Samanta obserwowała personel i lekarza. Popychali jej córkę wzdłuż korytarza. Obserwowała ich, gdy czekali na windę. Kiedy winda z jej córką zamknęła drzwi, wyszła z pokoju. Czując głód, poczekała na drugą windę i zeszła do stołówki.

Stołówka była zajęta. Głównie z członkami personelu ubranymi w fartuchy. Obserwowała lekarzy, asystentów i innych poruszających się po sali.

Kiedy popijała herbatę, przyszło jej do głowy, że nikt z personelu nie nosił odzieży ulicznej.

"Przepraszam", powiedziała do jednego z lekarzy. "Co jest na drugim piętrze? Czy to tam robione są prześwietlenia i skany ciała?".

Potrząsnął głową: "Drugie piętro to oddział położniczy".

Samantha podniosła się z krzesła, przewracając gorącą herbatę i rozlewając ją na kolana. Pomocnicy nadbiegli ze wszystkich stron, gdy krzyknęła.

"Moja córka!" zawołała. "Lekarz z dwoma asystentami właśnie zabrali moją córkę Lię na noszach. Powiedzieli, że zabierają ją na drugie piętro na badania. Jeśli drugie piętro jest przeznaczone dla położnic, to dlaczego ją zabrali?

Jej wybuch przyciągał zbyt wiele uwagi. Lekarz, do którego zwróciła się w pierwszej kolejności, wyprowadził ją na zewnątrz.

Wróciły do pokoju Lii. Samantha wyjaśniła wszystko bardziej szczegółowo. Dobrze, że spojrzała na zegarek, aby móc powiedzieć im dokładny czas, kiedy to wszystko się wydarzyło.

"To poważna sprawa - powiedział doktor Brown. "Zostaw to ze mną. Mamy kamery bezpieczeństwa w całym szpitalu. Może źle usłyszałaś o drugim piętrze? Być może jest teraz na siódmym piętrze, gdzie jest skanowana. Zostaw to mnie. Siedź tu cicho, a ja wrócę do ciebie tak szybko, jak to możliwe".

Samantha usiadła i wyjaśniła wszystko Hannah. Podzieliły się kanapką z tuńczykiem i starały się nie martwić.

$$***$$

Podczas gdy Lia spała, mężczyzna, który tak naprawdę nie był lekarzem i stażyści, którzy nie byli stażystami, opuścili budynek. Poszli do czekającego samochodu. Zostawili nosze na parkingu.

Doktor Brown zwołał spotkanie z administratorem. Korzystając z monitoringu wizyjnego, byli świadkami porwania Lii. Zaalarmowali policję, podając opis pojazdu. Niestety, kamery nie zarejestrowały szczegółów tablicy rejestracyjnej.

"Poczekajmy trochę" - powiedziała Helen Mitchell, administrator szpitala. Za kilka dni przechodziła na emeryturę. "Zanim poinformujemy matkę dziewczynki. Nie chcemy jej martwić".

"Nie mogę tego zrobić - powiedział doktor Brown.

"Policja może sprowadzić dziecko z powrotem w mgnieniu oka.

"Mam nadzieję, że masz rację. Mimo wszystko to zmartwienie. Miejmy nadzieję, że nie zajdą daleko".

Zadzwonił telefon, to była policja. Wydali biuletyn wszystkich punktów (APB) na temat małej dziewczynki. Poprosili o jej aktualne zdjęcie.

"Chcą mieć aktualne zdjęcie" - powiedziała Helen Mitchell.

"Jedynym sposobem, aby je zdobyć, jest poproszenie jej matki" - powiedział doktor Brown.

Helen skinęła głową, a Brown odwrócił się, by wyjść.

"Powiedz im, że przefaksujemy je jak najszybciej.

"Przyślę kogoś z zespołu urazowego - powiedziała Helen. Potem do policjantów przy telefonie: "Jest niewidoma i ma tylko siedem lat. Dlaczego, u licha, ci trzej mężczyźni zadali sobie tyle trudu, by zabrać ją ze szpitala w taki sposób?".

"Nie mogę powiedzieć" - powiedział policjant po drugiej stronie.

ROZDZIAŁ PIĄTY

E-Z od razu wiedział, że coś jest nie tak z jego nową przyjaciółką Lią. Miała spać w swoim szpitalnym łóżku, ale jej łóżko było w ruchu. Co się stało?

Rozważał obudzenie jej, ale co mogła zrobić, nawet jeśli się obudziła? Nie, najlepiej, żeby spała dalej - dopóki jej nie znajdzie i nie uratuje. W tej chwili śniła o sobie wykonującej taniec baletowy. Nigdy wcześniej nie zwracał uwagi na balet, ale wydawało mu się, że ta mała dziewczynka była utalentowana. I tańczyła, używając oczu w dłoniach, gdy poruszała się po scenie.

E-Z bez większego wysiłku przeniósł się w myślach do miejsca, w którym się znajdowała. Była tam, szybko śpiąca na tylnym siedzeniu jadącego pojazdu. Wyglądała tak spokojnie, ponieważ była daleko w swoim umyśle, robiąc coś, co kochała - tańcząc.

Rozszerzył swój widok i zobaczył trzy głowy. Ten, który prowadził, był normalnego wzrostu i postury. Natomiast pozostali dwaj mężczyźni wyglądali jak piłkarze.

"Przyspiesz!" E-Z rozkazał swojemu fotelowi, ale ten już to zrobił.

Jak miał jej pomóc, skoro wciąż był uwięziony wewnątrz srebrnej kuli? Musiał rozbić ją na kawałki - i to raczej wcześniej niż później. Jak dotąd wszelkie próby jej rozbicia nie przyniosły rezultatu.

Zastanawiał się, dlaczego mężczyźni ją porwali. Czy wiedzieli o jej mocach? Skąd mogli to wiedzieć? Większość szpitali miała monitoring, czy mogli ją obserwować? Nie miało to jednak żadnego sensu. Była siedmioletnią niewidomą dziewczynką. Czego od niej chcieli?

Gdy E-Z pędził po niebie, nie mógł przestać się zastanawiać, dlaczego ją porwali. Może chcieli zażądać pieniędzy, zanim ją oddadzą?

W każdym razie, jeśli o to im chodziło, miało to dla niego więcej sensu. Lepsze to, niż gdyby wiedzieli, że widziała. W dodatku ze specjalnymi mocami. Mimo to jego priorytetem numer jeden było wydostanie się spod kuli.

Krzyknął. Tak jak robił to wiele razy wcześniej: "POMOCY!".

POP.

"Witaj - powiedział Hadz, siadając na ramieniu E-Z. "Co ty tu do cholery robisz? To miejsce jest dla ciebie za małe. Hadz przewróciła oczami.

E-Z był bardziej niż trochę podekscytowany widokiem Hadz. Chwycił małą istotkę i przytulił ją mocno do swojej piersi.

"Uważaj na skrzydła - powiedziała Hadz.

E-Z puścił stworzenie. "Dziękuję, że przyszłaś i odpowiedziałaś na moje wezwanie. Musisz mi pomóc wymyślić, jak się z tego wydostać. Wiem, że zostałeś odsunięty od mojej sprawy, ale jest mała dziewczynka o imieniu Lia, która jest w niebezpieczeństwie i mnie potrzebuje. Po prostu musisz pomóc. Jestem pewna, że Eriel to zrozumie.

"Więc nie chcesz brać w tym udziału? zapytała Hadz.

"Nie, nie chcę tu być. Chcę się wydostać, ale jak?

"Po prostu to zrób - powiedział Hadz.

"Próbowałem już wszystkiego. Boki ani drgnęły. Wezwałam Eriela, by mi pomógł, ale powiedział, że w tym przypadku jestem zdana na siebie.

"Nie spodobałoby mu się to. Nie powinienem ci pomagać, ale jedno mogę ci powiedzieć: uważaj na otoczenie".

"To żadna pomoc - powiedział E-Z, starając się nie stracić panowania nad sobą. "Poprosiłem krzesło, by zabrało mnie do Wujka Sama. On na pewno by mnie z tego wyciągnął. Ale krzesło zignorowało moje prośby. Teraz mała dziewczynka ma kłopoty i potrzebuje mojej pomocy. Jeśli nie mogę się wydostać, to nie mogę pomóc sobie, a jeśli nie mogę pomóc sobie, to nie mogę pomóc jej. Proszę. Powiedz mi, jak się stąd wydostać. Zabij mnie czy coś."

Istota potrząsnęła głową, po czym podleciała do czubka kuli. Dotknęła czubka. "Weź pod uwagę fizykę. Jeśli znajdujesz się wewnątrz pocisku, a to właśnie przypomina tę rzecz, to musisz zostać wystrzelony. Wystrzelony. Zgadzasz się?"

E-Z rozważył swoje opcje. Mógł powiedzieć krzesłu, aby go upuściło, wystrzeliwując go w kierunku ziemi. Ziemia przerwałaby jego upadek. Czy rozerwałaby kulę na strzępy? Zdecydował, że warto zaryzykować. "Dobra," powiedział E-Z, "muszę sprawić, by krzesło mnie zrzuciło, prawda?".

Stwór roześmiał się. "Jesteś zabawny, E-Z. Gdybyś spadł z tej wysokości, ta rzecz byłaby wbita w ziemię. Pod warunkiem, że nie eksplodowałoby przy uderzeniu. I z tobą w środku." Roześmiała się ponownie. "Albo nie zginąłeś podczas upadku. Gdybyś zginął, nie mógłbyś uratować dziewczynki. O jakiej dziewczynce w ogóle mówisz?

"Ma na imię Cecelia, Lia i jest w Holandii, niedaleko miejsca, w którym teraz jesteśmy.

Hadz poczuł czubek pojemnika, którego E-Z nie widział, ani nie mógł dosięgnąć. Stworzenie pchnęło go. Cylinder puścił i otworzył się jak tulipan. Hadz pomógł E-Z wydostać się z kuli i wkrótce siedział na swoim krześle, trzymając stwora na kolanach. Skrzydła E-Z otworzyły się. Dobrze było je rozprostować.

E-Z wzbił się w niebo, niosąc cylinder, który wrzucił do Morza Północnego.

Trio, E-Z, krzesło i Hadz, leciało z dużą prędkością w kierunku Holandii Północnej, gdzie pędził samochód.

"Dzięki", powiedział E-Z.

"Nie ma za co", odpowiedział Hadz. "Zostanę w pobliżu, gdybyś mnie potrzebował".
"Super!"

"Nie ma za co", odpowiedział Hadz. "Zostanę w pobliżu, gdybyś mnie potrzebował".
"Super!"

ROZDZIAŁ SZÓSTY

E-Z doganiał samochód, który zbliżał się do Zaandam. Sprawdził, czy Lia wciąż śpi na tylnym siedzeniu. Nie śniła już jednak, więc obawiał się, że wkrótce się obudzi.

Jego wózek inwalidzki zmienił kurs, przyspieszył i wyzerował samochód, a następnie zawisł nad nim. Fałszywy lekarz, który prowadził, zauważył wózek inwalidzki za nimi w bocznym lusterku.

"Co to jest ten vliegende contraptie?" zapytał. (Tłumaczenie: Co to za latające urządzenie?".

Dwaj bandyci odwrócili głowy.

Jeden powiedział: "Ik weet het niet, maar versnel het!" (Tłumaczenie: Nie wiem, ale przyspiesz to!".

Drugi bandyta roześmiał się, po czym wyjął pistolet z deski rozdzielczej. (Sprawdził, czy nie ma w nim naboi. Zatrzasnął go i odblokował zatrzask.

Wózek inwalidzki E-Z wylądował z hukiem na dachu samochodu.

Kierowca mocno zahamował, powodując, że wózek przesunął się do przodu. Zsunął się po przedniej szybie do przodu, a następnie po masce.

E-Z podniósł się, zawisł i odwrócił w ich stronę.

"Co się stało?", krzyknął kierowca, tracąc kontrolę nad samochodem, powodując poślizg i zygzak.

E-Z i wózek inwalidzki podnieśli się, cofając i chwytając zderzak samochodu, powodując jego całkowite zatrzymanie.

Natychmiast pasażer został otwarty i padły strzały.

Na tylnym siedzeniu chrapała Lia.

Bandyta z bronią wytoczył się przez drzwi, po czym na kolanach przygotował się do oddania strzału w kierunku E-Z.

Hadz pojawiła się znikąd i wytrąciła mu broń z ręki. Następnie związała mu ręce i nogi za plecami, jakby był cielakiem na rodeo.

Drugi bandyta ruszył prosto na E-Z, która złapała go na lasso za pomocą pasa. Bandyta przewrócił się, więc E-Z mógł z łatwością owinąć pas wokół jego nóg.

Facet próbował odskoczyć, ale nie uciekł zbyt daleko. Teraz, gdy został zatrzymany, ruszyli na lekarza, używając mechanizmu klatkowego krzesła. Lekarz został złapany i unieruchomiony.

Lia przespała wszystko, nawet gdy Hadz wyciągnął ją z pojazdu i przeniósł w bezpieczne miejsce.

E-Z umieścił trójkę mężczyzn obok siebie na tylnym siedzeniu samochodu.

"Dla kogo pracujecie? - zażądał.

Hadz rzuciła: "Oni nie rozumieją angielskiego". Przetłumaczyła mężczyznom pytanie E-Z. Gdy fałszywy lekarz odpowiedział, Hadz przetłumaczyła. "Mówi, że nie wiedzą, dla kogo pracują".

"To niedorzeczne. Porwali dziecko ze szpitala. Zapytaj ich, dokąd ją zabrali? I skąd się o niej dowiedzieli?"

przetłumaczył Hadz. Fałszywy lekarz ponownie odpowiedział: "Powiedziano nam, żeby zabrać ją do doku, a ktoś będzie tam na nią czekał. To wszystko, co wiemy."

E-Z nie uwierzył im, ale Hadz potwierdził, że rzeczywiście mówili prawdę. "Co chcecie z nimi zrobić? - zapytała.

"Czy możecie wymazać ich umysły? I umysły tych, z którymi są połączeni? Ta trójka to trybiki w maszynie. Chcemy wymazać umysł osoby w dokach. Żeby wszyscy o niej zapomnieli - na zawsze".

"Zrobione - powiedziała.

"Wow, jesteś szybka!"

E-Z i Hadz na krześle wrócili do szpitala, gdy Lia zaczęła się budzić. Poruszyła głową, poczuła wiatr rozwiewający jej włosy i wtuliła się w klatkę piersiową E-Z. Otworzyła prawą dłoń i spojrzała na swojego przyjaciela, chłopca/anioła. Zaśmiała się i przytuliła go mocno. Kiedy zauważyła małą, podobną do wróżki istotkę na ramieniu E-Z, użyła oczu dłoni, by na nią spojrzeć.

"Jesteś taka mała i urocza - powiedziała.

"Miło mi cię poznać - odpowiedział Hadz. "I dziękuję.
Poleciały w stronę szpitala.

"Jesteś już bezpieczna - powiedziała E-Z.

"I nie jesteś już w tym czymś - powiedziała Lia.

"Hadz pomógł mi się wydostać - powiedział E-Z,
machając skrzydłami.

"Skąd je masz? zapytała Lia. "Mogę trochę?

E-Z uśmiechnął się. Nie był pewien, ile powinien jej
powiedzieć. Martwił się, co powie Eriel, jeśli zdradzi
zbyt wiele. "Dostałem je po śmierci moich rodziców.

"Ale dlaczego?" zapytała mała Lia.

"Zacząłem ratować ludzi - powiedział E-Z.

"To znaczy, że nie jestem pierwszą osobą, którą
uratowałeś?

"Nie, nie jesteś.

Hadz odchrząknęła, co było sygnałem dla E-Z, by
przestał mówić.

Lecieli dalej w ciszy. Mała dziewczynka przytuliła się
do piersi E-Z. Wózek wiedział, dokąd ma jechać. Hadz
znów czuła się potrzebna.

E-Z był zagubiony w swoich myślach. Zastanawiał
się, czy uratowanie Lii było główną próbą. Czy może
wydostanie się z kuli zakończyło zadanie. A może
wykonał dwa zadania jednocześnie? Ile by ich było?
Musiał je zapisywać, by mieć kontrolę. To właśnie robił
w swoim dzienniku, ale ostatnio nie miał zbyt wiele
czasu na zapisywanie rzeczy.

"Słyszę, jak myślisz - powiedziała Lia. Obie dłonie
miała otwarte. Obserwowała E-Z na zewnątrz,

jednocześnie słuchając tego, co myślał w środku. "Chcę wiedzieć więcej o tych próbach. I chcę wiedzieć, dlaczego widzę dłońmi, a nie oczami. Myślisz, że ten Eriel będzie wiedział?".

POP

Hadz nie czekała na odpowiedź.

"Szpital jest na dole - powiedział E-Z.

Krzesło powoli opuściło się i weszli do szpitala. E-Z i skrzydła fotela zniknęły. Ruszył korytarzem i znalazł pokój Lii. Jej matka już tam czekała.

"Aresztujcie tego chłopca - krzyknęła matka Lii.

E-Z był zdumiony. Dlaczego chciała go aresztować? Przecież właśnie uratował jej córkę.

"Ale mamusiu - zaczęła Lia.

Weszła policja. Sięgnęli za E-Z i założyli mu kajdanki na ręce.

Zanim je zamknęli, Lia krzyknęła. Następnie otworzyła dłonie i wyciągnęła je przed siebie. Z jej oczu wydobyło się oślepiające białe światło, które sprawiło, że wszyscy w pokoju oprócz niej i E-Z zatrzymali się w czasie. Mała Lia zatrzymała czas.

"Super! Jak to zrobiłaś?" E-Z wykrzyknął, gdy kajdanki spadły na podłogę z brzękiem.

"Nie wiem. Chciałam cię chronić. Ocalić cię." Zatrzymała się, nasłuchiwała. "Ktoś nadchodzi, musisz się stąd wydostać. Czuję, że ktoś jeszcze nadchodzi, a ty musisz odejść.

"Ktoś?" zapytała E-Z. "Wiesz kto?"

"Nie wiem. Wiem tylko, że ktoś inny nadchodzi i musisz odejść - natychmiast.

"Czy wszystko będzie dobrze? Czy zamierzają cię skrzywdzić?

"Nic mi nie będzie - oni idą po ciebie, nie po mnie. Wynoś się stąd, natychmiast".

"Kiedy znów cię zobaczę? zapytał E-Z, rozbijając szpitalne okno, wylatując i czekając na jej odpowiedź.

"Zawsze będziesz mnie widzieć, E-Z. Jesteśmy ze sobą połączeni. Jesteśmy przyjaciółmi. Wyjdź stąd, a ja zajmę się resztą." Dała mu buziaka.

Lia położyła się do łóżka, naciągnęła kołdrę na szyję i udawała, że śpi, zanim ponownie wprawiła świat w ruch.

"Co się stało? - zapytała jej matka.

Wszystko znów było w porządku. Lia leżała w łóżku bez szwanku.

Świat toczył się dalej tak jak wcześniej, podczas gdy E-Z wracał skrzydłami do domu.

"Dzięki, Hadz za pomoc", powiedział E-Z, mimo że ona odeszła. W jakiś sposób wiedział, że gdziekolwiek jest, słyszy go.

ROZDZIAŁ SIÓDMY

Gdy E-Z leciał po niebie, zdał sobie sprawę, że umiera z głodu. Pod nim znajdował się Big Ben. Postanowił wylądować i kupić sobie angielską rybę z frytkami.

Gdy krzesło opadło, zauważył białą furgonetkę poruszającą się szybko w dół drogi. Była równoległa do szkoły. Zobaczył rodziców w samochodach i pieszych czekających na swoje dzieci.

Gdy furgonetka skręciła za róg, przyspieszyła.

Jego wózek inwalidzki podskoczył do przodu, wpadając za pojazd. Jazda stawała się coraz bardziej lekkomyślna, w miarę zbliżania się do szkoły. Dzieci zaczęły wychodzić.

E-Z chwycił się tyłu furgonetki. Używając całej swojej siły, z piskiem zatrzymał pojazd.

Kierowca wcisnął gaz do dechy, próbując odjechać. Nie miał szczęścia. Nie widzieli, co lub kto ich powstrzymuje.

E-Z wyłamał zamek bagażnika, sięgnął do środka i wyciągnął kable rozruchowe. Krzesło podskoczyło do przodu i wylądowało na dachu pojazdu. E-Z użył kabli do zablokowania drzwi kabiny. Kierowca nie mógł się wydostać.

Dźwięki syren wypełniły powietrze.

E-Z wzbił się w powietrze i zauważył, że kilka osób robi mu zdjęcia telefonami, lecąc coraz wyżej.

Jego żołądek burczał i przypomniał sobie o rybie z frytkami. Nie mając brytyjskiej waluty, i tak nie mógł za nie zapłacić, więc wrócił do domu.

Myśląc o swoim wujku zastanawiającym się, gdzie jest, pomyślał, że zostawi wiadomość i zaczął to robić: "Jestem w drodze do domu".

Kliknij.

"Gdzie jesteś?" zapytał Wujek Sam. W końcu to nie była wiadomość.

"Właśnie lecę nad Wielką Brytanią. To przyjemny dzień na latanie, nie sądzisz?".

"Co? Jak?"

"To długa historia, wyjaśnię ci, kiedy wrócę".

"Jesteś w samolocie?"

"Nie, jestem tylko ja i moje krzesło.

Poniżej E-Z widział ludzi robiących mu zdjęcia. Kiedy zauważył nadlatującego lokalnego przewoźnika 747, zdał sobie sprawę, że ma kłopoty. Zanim zdążył wzlecieć wyżej, kamery robiły mu zdjęcia i prawdopodobnie publikowały je w mediach społecznościowych.

"Przepraszam Eriel", powiedział, wznosząc się wyżej. "Znasz powiedzenie, że każdy rozgłos jest dobry?

Cóż..." E-Z zaśmiał się. Skoro Eriel mógł go widzieć każdego dnia i o każdej godzinie, to dlaczego musiał wzywać go na pomoc? Coś tu się nie zgadzało. Nie ja, archaniołowie chcieli, by ukończył próby.

Przeszedł go dreszcz, gdy niebo się zmieniło, a czarne chmury wirowały i pulsowały wokół niego. Leciał dalej, starając się przyspieszyć, ale wtedy zaczęły się błyskawice, których musiał unikać. Wtedy przypomniał sobie o samolocie. Widział, że udało mu się wylądować, a ludzie byli cali i zdrowi. Kontynuował podróż do domu.

Po burzy pojawiły się gwiazdy. Jego fotel trzepotał skrzydłami, podczas gdy E-Z uciął sobie drzemkę.

"E-Z?" powiedziała Lia w jego głowie. "Jesteś tam?

Obudził się, zapomniał, że jest na krześle i spadł. Zaczął spadać, ale jego skrzydła zadziałały i wkrótce znów był na krześle.

"Wszystko w porządku, mały?" zapytał.

"Tak. Myślą, że to był sen, że z tobą rozmawiałem. Rysowałem twoje obrazy. Mama zna prawdę, ale nie chce się z nią zmierzyć".

"Czy to cię martwi?

"Nie. Moje moce rosną. Czuję je i wiem, że coś nadchodzi. Coś, w czym będziesz potrzebował mojej pomocy. Wkrótce wrócę do domu. Zapytam mamę, czy możemy do ciebie przyjechać. Wkrótce."

"Co? Może twoja mama powinna zadzwonić do mojego wujka Sama i mogliby porozmawiać?"

"Tak, to sprytny pomysł. Mama widziała zdjęcia i poznała cię, ale nie pamięta. To tak, jakby jej umysł został wyczyszczony lub jej wspomnienia o tobie są uśpione".

"Jesteś pewien, że to właściwe posunięcie?"

"Jestem pewien. Muszę być tam, gdzie ty. Muszę ci pomóc.

Umysł E-Z stał się pusty. Lia zniknęła.

Nastolatek pomyślał o Lii, przybywającej do Ameryki Północnej. Była małą dziewczynką, widzącą rękami, tak, ale jak mogła mu pomóc? Pomogła mu uciec, ale był zdezorientowany jej udziałem. Nie chciał narażać jej na niebezpieczeństwo. Ponownie zawołał do Eriel. Przywołał pieśń, ale nic się nie stało.

Rozejrzał się po okolicy. Był już prawie w domu. Dzięki Bogu jego krzesło było zmodyfikowane i mógł podróżować bardzo szybko!

ROZDZIAŁ ÓSMY

Tuż przed sobą E-Z dostrzegł wybrzeże. Westchnął z ulgą, dopóki nie zauważył dużego ptaka zmierzającego prosto na niego. Gdy się zbliżył, zdał sobie sprawę, że to łabędź. Ale nie był to zwykły łabędź. Był ogromny, a rozpiętość jego skrzydeł szacował na ponad sto pięćdziesiąt centymetrów. To był ten sam łabędź, który przemówił do niego wcześniej. I nie tylko to, ale zauważył również jasne czerwone światło migoczące na ramieniu ptaka.

Łabędź skręcił, a następnie wylądował ciężko na jego ramionach. Złapał stopa.

"Witaj - powiedział E-Z, spoglądając w górę na piękną istotę, gdy ta się uspokoiła.

"Hoo-hoo - powiedział łabędź. Następnie potrząsnął głową, otworzył dziób i powiedział: "Witaj E-Z".

"Myślę, że jestem ci winien podziękowania" - powiedział.

"Nie ma za co. I mam nadzieję, że nie masz mi za złe, że się zabrałem - powiedział łabędź, strosząc pióra.

"Nie ma sprawy - odpowiedział E-Z.

"To moja mentorka Ariel - powiedział łabędź.

WHOOPEE

Anioł zastąpił czerwone światło.

"Witaj - powiedziała, siadając na kolanie E-Z.

"Miło mi cię poznać - powiedział.

"Jak mogę ci pomóc? - zapytał.

"Mam nadzieję, że ty i mój przyjaciel łabędź będziecie mogli nawiązać współpracę.

"Jak to?" zapytał.

"Mój protegowany wiele przeszedł. Może opowiedzieć ci o szczegółach, gdy poczuje się gotowy, ale na razie musisz mu pomóc, pozwalając mu pomóc ci w próbach. Przyda ci się pomoc, tak?

"Z tego co rozumiem - powiedział, kierując się do Ariel. Potem do łabędzia: "Nic przeciwko tobie, koleżanko". Teraz do Ariel: "Nikt nie może mi pomóc w moich próbach. To przyszło bezpośrednio od Eriel i Ophaniela.

"Wyjaśniłem to z nimi. Więc jeśli to jest twój jedyny sprzeciw - przerwała, a potem powiedziała

WHOOPEE

i już jej nie było.

Następnie E-Z i łabędź popłynęli przez Ocean Atlantycki do Ameryki Północnej. Zawsze chciał zobaczyć Wielki Kanion. Będzie musiał go zobaczyć innym razem. Łabędź chrapał i wtulał się w szyję E-Z.

E-Z sięgnął do kieszeni i wyciągnął telefon. Zrobił sobie selfie z łabędziem. Trzymał telefon w dłoni, planując nagrać łabędzia następnym razem, gdy się odezwie. Potrzebował dowodu, że nie postradał zmysłów.

Jakiś czas później E-Z wyzerował swój dom. To był dzień szkolny, ale był zbyt zmęczony, by iść. Kiedy krzesło zaczęło opadać, łabędź się obudził. "Jesteśmy już na miejscu?"

"Tak, jesteśmy w moim domu - powiedział E-Z, naciskając przycisk nagrywania na swoim telefonie. "Gdzie chcesz, żebym cię podrzucił?

"Nie, dziękuję. Zostanę z tobą - powiedział łabędź, wyciągając szyję, by spojrzeć na dom, w którym miał się zatrzymać. "Ty i ja, musimy porozmawiać.

E-Z nacisnął przycisk odtwarzania, ale nic się nie działo. Łabędzia nie dało się nagrać. Dziwne.

Wylądowali przy drzwiach wejściowych. E-Z włożył klucz do zamka, ale zanim zdążył go otworzyć, pojawił się wujek Sam. Uściskał siostrzeńca i powiedział: "Witaj w domu". Podrapał się po brodzie i wyglądał na nieco zmartwionego, gdy zobaczył towarzysza E-Z, wyjątkowo dużego łabędzia.

"Cieszę się, że wróciłem - powiedział E-Z, wchodząc do środka.

Łabędź podążył za nim, a jego błoniaste stopy podążały za nim.

"A kim jest twój pierzasty przyjaciel? zapytał wujek Sam.

E-Z zdał sobie sprawę, że nawet nie zna imienia łabędzia.

Łabędź powiedział: "Alfredzie, mam na imię Alfred".

E-Z dokonał formalnego przedstawienia.

Następnie łabędź ruszył korytarzem do pokoju E-Z i wleciał na jego łóżko, by uciąć sobie zasłużoną drzemkę.

E-Z poszedł do kuchni z Wujkiem Samem na kółkach.

"Co, u licha, robi tu ten łabędź?". Zatrzymał się, wyjął mleko z lodówki. Nalał siostrzeńcowi pełną szklankę. "Nie może tu zostać. Musimy go włożyć do wanny. Jeśli się zmieści. To największy łabędź, jakiego kiedykolwiek widziałem. Gdzie go znalazłeś i dlaczego go tu przyniosłeś?"

E-Z przełknął mleko. Wytarł mleczne wąsy. "To nie ja go znalazłem, to on znalazł mnie. I potrafi mówić. To, on, był tam, kiedy uratowałem tę małą dziewczynkę i kiedy uratowałem ten samolot. Mówi, że musimy porozmawiać".

Wujek Sam bez odpowiedzi wyszedł na korytarz. E-Z szedł tuż za nim, nie odzywając się.

"Mów!" zażądał Wujek Sam.

Łabędź Alfred otworzył oczy, ziewnął, a następnie ponownie zasnął, nie wydając nawet dźwięku.

"Powiedziałem, mów", powiedział Wujek Sam, próbując ponownie.

Łabędź Alfred otworzył dziób i parsknął.

"W porządku, Alfredzie - powiedział E-Z. "To mój wujek Sam.

"On mnie nie rozumie. I nie sądzę, by kiedykolwiek był w stanie. Jestem tu dla ciebie i tylko dla ciebie -

powiedział łabędź Alfred. Parsknął, po czym wtulił się w kołdrę i ponownie zasnął.

Wujek Sam przyglądał się temu, podczas gdy łabędź był ożywiony i patrzył uważnie na E-Z.

Wujek Sam i łabędź zamknęli drzwi i wrócili do kuchni, by porozmawiać.

E-Z był tak zmęczony, że ledwo mógł utrzymać oczy otwarte.

"Czy to nie może poczekać do rana - zapytał.

Sam potrząsnął głową.

"Dobra, zaczynamy. Najpierw wybiłem piłkę baseballową poza park. I biegałem lub jeździłem na kółkach wokół bazy. Potem zostałem uwięziony w pojemniku w kształcie kuli, z którego nie było wyjścia. Potem mogłem rozmawiać z małą dziewczynką w Holandii. Pojechałam tam, by ją uratować. Ma na imię Lia, a przy okazji zadzwoni do ciebie jej matka. Powstrzymałem pojazd przed krzywdzeniem dzieci w Londynie, w Anglii. Potem spotkałem łabędzia trębacza Alfreda. A teraz jesteś na bieżąco - czy mogę iść do łóżka?".

"Co mam powiedzieć, kiedy zadzwoni?" zapytał Sam. "Nawet nie znamy tych ludzi, ale mamy pozwolić im zostać z nami w domu. My i łabędź Alfred?

"Tak, proszę, zgódź się na to. Jest tu jakiś plan i nie znam jeszcze wszystkich szczegółów. Lia ma moce, oczy w dłoniach, potrafi czytać w moich myślach i zatrzymywać czas. Łabędź Alfred również ma moce, potrafi czytać w moich myślach i mówić. Myślę, że nasza trójka jest w jakiś sposób powiązana, być może z powodu prób. Nie wiem. Wszystko może się zdarzyć, gdy Eriel szpieguje mnie 24 godziny na dobę, 7 dni w tygodniu", powiedział E-Z.

Idąc korytarzem, usłyszeli stukot łabędzich stóp. "Jestem zbyt głodny, by spać - powiedział łabędź Alfred.

"Jakie rzeczy jesz?"

"Kukurydza jest dobra, albo wypuśćcie mnie na zewnątrz, to zjem trochę trawy".

"Czy mamy kukurydzę?" zapytał E-Z.

"Tylko mrożoną - odpowiedział Wujek Sam. "Ale mogę przepuścić ziarna pod ciepłą wodą i będą gotowe w mgnieniu oka".

"Podziękuj mu - powiedział łabędź Alfred. "To bardzo miło z jego strony".

Wujek Sam położył kukurydzę na talerzu, a Alfred zjadł to, co mu podano. Wciąż jednak był głodny i musiał opróżnić pęcherz, więc poprosił o wyjście na zewnątrz. Kiedy był na zewnątrz, chciał skorzystać z trawnika.

E-Z i Wujek Sam obserwowali łabędzia przez kilka sekund.

"Mam nadzieję, że chihuahua sąsiada nie wpadnie z wizytą - powiedział Wujek Sam. "Ten łabędź jest tak duży, że wystraszy go na śmierć".

E-Z roześmiał się. "Wyobraź sobie, co by zrobił, gdyby pies mógł go zrozumieć tak jak ja?".

Łabędź Alfred poczuł się jak w domu. Był pewien, że będzie tu szczęśliwy.

212   CATHY MCGOUGH

Łabędź Alfred poczuł się jak w domu. Był pewien, że będzie tu szczęśliwy.

ROZDZIAŁ DZIEWIĄTY

Później łabędź Alfred poprosił o prywatną rozmowę z E-Z.

"Możesz powiedzieć cokolwiek tutaj", powiedział E-Z. "Wujek Sam cię nie rozumie, pamiętasz?".

"Tak, wiem. Ale to kwestia manier. Nie mówi się do kogoś, gdy ktoś jest obecny, zwłaszcza gdy jest się gościem w czyimś domu. To byłoby raczej niegrzeczne. W rzeczywistości bardzo niegrzeczne".

E-Z dopiero teraz zdał sobie sprawę, że łabędź Alfred mówił z brytyjskim akcentem.

"Czy mogę cię przeprosić? zapytał E-Z.

Wujek Sam skinął głową i E-Z poszedł do swojego pokoju, a łabędź Alfred podążył za nim.

"Dobrze - powiedział E-Z. "Powiedz mi, dlaczego Ariel cię tu przysłała i co dokładnie zamierzasz zrobić, aby mi pomóc?

Teraz, gdy E-Z był w swoim łóżku, łabędź krążył wokół niego, ugniatając kołdrę, próbując się wygodnie ułożyć.

"Możesz spać na dole łóżka - powiedział E-Z, rzucając tam poduszkę.

"Dziękuję - powiedział łabędź Alfred. Wdrapał się na poduszkę i tłukł ją swoimi błoniastymi stopami, aż stała się wygodna. Następnie przykucnął.

"A teraz zaczynajmy - powiedział Alfred.

E-Z, teraz w piżamie, słuchał, jak Alfred opowiada swoją historię.

"Byłem kiedyś mężczyzną."

E-Z sapnął.

"Lepiej nie przerywaj, dopóki nie skończę - skarcił go łabędź. "W przeciwnym razie moja opowieść będzie się ciągnąć i żadne z nas nie zaśnie.

"Przepraszam - powiedział E-Z.

Łabędź kontynuował. "Mieszkałem z żoną i dwójką dzieci. Byliśmy niesamowicie szczęśliwi, dopóki nie przeszła burza, która zburzyła nasz dom i zabiła ich wszystkich. Przeżyłem, ale bez nich nie chciałem. Wtedy przyszedł do mnie anioł, Ariel, którą spotkałeś, i powiedziała mi, że mogę ich wszystkich znowu zobaczyć, jeśli zgodzę się pomagać innym. Lubię pomagać innym, a robienie tego dałoby mi cel. Poza tym, nie miałam innego wyjścia, więc się zgodziłam.

"Masz próby?" zapytał E-Z. Błędnie założył, że historia Alfreda została zakończona.

"Moja historia jeszcze się nie skończyła - odparł łabędź Alfred, raczej ze złością. Następnie kontynuował. "To jest sedno mojej historii. Nie mam prób, ponieważ nie jestem aniołem w treningu. Moje skrzydła nie są takie jak twoje. Jestem łabędziem, choć większym niż zwykle. Moja rasa nazywa się Cygnus Falconeri, znany również jako łabędź olbrzymi. Mój gatunek wyginął dawno temu. Moje przeznaczenie było nieokreślone. Utknąłem pomiędzy, dryfując w czasie, ponieważ popełniłem błąd. Ale nie chcę teraz o tym mówić. Kiedy zobaczyłem, jak ratujesz tę małą dziewczynkę, zadzwoniłem do Ariel i zapytałem, czy mogę z tobą pracować. Zbeształa mnie za ucieczkę i zostałam odesłana z powrotem do "pomiędzy". Uciekłem stamtąd ponownie i pomogłem ci z samolotem, a Ariel poprosiła Ophaniela, by dał mi kolejną szansę. Teraz mam cel - pomóc tobie.

"I Ophaniel się zgodził? Ale co z Eriel?"

"Na początku nie. To dlatego, że Hadz i Reiki doniosły na mnie, że pomogłem ci, przywołując moich ptasich przyjaciół. Kiedy usłyszałem, że zostali wysłani do kopalni i znowu uciekli, Ariel przedstawił moją sprawę, a Ophaniel się zgodził. Nie wiem nic o Erielu. Czy on jest twoim mentorem?

"Tak, zastąpił Hadza i Reiki. Pojawiali się i znikali, podczas gdy on mówi, że zawsze widzi, gdzie jestem i co robię.

"To brzmi jak przesada. Mimo to chciałbym go kiedyś poznać. Na razie jesteśmy zespołem. Mogę ci pomóc, by pewnego dnia i ja znów być z rodziną. Więc tam, gdzie idziesz E-Z, idę ja".

E-Z oparł głowę na poduszce i zamknął oczy. Był wdzięczny za każdą pomoc. W końcu łabędź pomógł mu w przeszłości z samolotem.

"Nie będę ci przeszkadzał - powiedział łabędź Alfred. "Wiem, że myślisz, że jesteśmy nielogiczną parą, a kiedy przybędzie Lia, będziemy jeszcze bardziej nielogicznym trio, ale..."

"Zaczekaj - powiedział E-Z. "Wiesz o Lii? Skąd?"

"O tak, wiem wszystko o tobie i wiem wszystko o niej, a także wiem więcej. Że nasza trójka jest ze sobą powiązana. Przeznaczeni do wspólnej pracy. Rozciągnął szczęki, które wyglądały, jakby próbował ziewnąć. "Jestem zbyt zmęczony, by dziś więcej rozmawiać. Wkrótce łabędź Alfreda zaczął chrapać.

E-Z przypomniał sobie wszystko, co wiedział o łabędziach. Nie było tego wiele. Rano poszpera trochę na temat gatunku Alfreda.

Zastanawiał się, jak PJ i Arden zareagują na Alfreda. A może nie było powodu, by ich sobie przedstawiać? Alfred mógł być tajemnicą.

Zacisnął pięści na poduszce i przygotował się do snu.

Obudził Alfreda i był z tego powodu zirytowany.

"Czy musisz to robić?" zapytał Alfred.

"Przepraszam - powiedział E-Z.

ROZDZIAŁ DZIESIĄTY

Następnego ranka E-Z obudził dźwięk Wujka Sama dobijającego się do jego drzwi. "Obudź się E-Z! PJ i Arden są już w drodze, żeby zabrać cię do szkoły".

E-Z ziewnął i przeciągnął się. Ubrał się, a następnie usiadł na krześle. Ponieważ Alfred wciąż spał, wymknął się i zobaczył go po szkole.

"Nigdzie nie pójdziesz beze mnie! powiedział Alfred. Potrząsnął piórami na wszystkie strony, a potem zeskoczył na podłogę.

"Nie możesz iść ze mną do szkoły. Zwierzęta nie są dozwolone".

"E-Z, chodź chłopcze!" Wujek Sam krzyknął z kuchni. "W przeciwnym razie przegapisz śniadanie.

Żołądek E-Z burczał, gdy zapach tostów unosił się w jego kierunku. "Idę!"

Nie mając czasu na kłótnie, E-Z otworzył drzwi. Udał się do kuchni, gdy Arden i PJ dotarli na miejsce. Trąbienie na zewnątrz dało mu znać, że tam są.

"W porządku, w porządku! zawołał E-Z, chwytając kawałek tosta. Ruszył korytarzem, a jego nowy pajęczy towarzysz podążał za nim.

PJ wysiadł z samochodu, aby pomóc E-Z wsiąść i zabezpieczyć jego wózek inwalidzki w bagażniku. Gdy go zamykał, zauważył Alfreda próbującego dostać się do pojazdu.

"To coś nie może wejść do samochodu - krzyknął PJ.

Arden opuścił szybę.

"Co to do cholery jest? Przegapiłem notatkę, w której było napisane, że mamy dzisiaj Show and Tell? Zaśmiał się.

"Czy to łabędź?" zapytała matka pani Handle PJ.

"A może to coś jest prezesem twojego fanklubu?" PJ zapytał z uśmiechem.

Po wejściu do samochodu E-Z odpowiedział. "Jesteśmy za starzy na pokazywanie i opowiadanie" - zaśmiał się. "Łabędź to mój projekt. Eksperyment, jak widzący pies dla niewidomej osoby. Jest moim towarzyszem na wózku inwalidzkim". Zapiął Alfreda pasami bezpieczeństwa.

PJ usiadł z przodu obok matki.

Łabędź Alfred powiedział: "Nie przedstawisz mnie?".

Pani Handle wyciągnęła samochód i ruszyli do szkoły.

"Alfredzie - E-Z spojrzał na przyjaciół - poznaj panią Handle. I moich dwóch najlepszych przyjaciół PJ i Arden. Wszyscy, to jest Alfred, łabędź trębacz". E-Z skrzyżował ręce.

Alfred powiedział: "Hoo-hoo." Do E-Z powiedział: "Niezwykle miło mi cię poznać. Możesz dla mnie tłumaczyć".

"Skąd znasz jego imię?" zapytał PJ.

"Nie zmieniasz się w, jak on się nazywał, faceta, który potrafił rozmawiać ze zwierzętami, prawda E-Z? Proszę, powiedz mi, że nie. Chociaż, to może stać się prawdziwą dojną krową. Moglibyśmy sprzedawać twój talent. Zadawaj pytania i publikuj odpowiedzi na naszym własnym kanale YouTube. Moglibyśmy nazwać go E-Z Dickens Zaklinacz Łabędzi".

"Doskonały pomysł!" powiedział PJ, gdy jego matka zatrzymała się na przejściu dla pieszych. "Gdyby to było kilka lat temu, prawdopodobnie zarobilibyśmy miliony na YouTube. W dzisiejszych czasach zarabianie tam jest dość trudne. Naprawdę się zacisnęli".

"Nie bądź niegrzeczny" - powiedziała pani Handle, jadąc dalej.

"Osoba, o której mówi, to Doktor Dolittle - zaoferował Alfred. "Była to seria dwunastu książek napisanych przez Hugh Loftinga. Pierwsza książka została opublikowana w 1920 roku, a kolejne aż do 1952 roku. Hugh Lofting zmarł w 1947 roku. On również był Brytyjczykiem. Urodził się i wychował w Berkshire".

"Wiem, kogo mają na myśli - powiedział E-Z do Alfreda. "I nie, nie jestem.

Arden powiedział: "Mam nadzieję, że twój łabędzi towarzysz nie ukradnie nam dzisiaj wszystkich dziewczyn. Wiesz, jak dziewczyny kochają pierzaste rzeczy".

Pani Handle odchrząknęła.

"Za moich czasów byłem niezłym zabójcą dam" - powiedział Alfred, po czym dodał "Hoo-hoo!", które skierował do PJ i Ardena.

PJ powiedziała: "Twój towarzysz łabędź naprawdę mnie rozśmieszył".

Arden zapytał: "Jaki film o ptakach zdobył Oscara?".

PJ odpowiedział: "Władca skrzydeł".

Arden zapytał: "Gdzie ptaki inwestują swoje pieniądze?".

PJ odpowiedział: "Na rynku bocianów!".

"Twoich przyjaciół łatwo rozbawić" - powiedział Alfred. "To dwa plonkersy, wycięte z tego samego materiału. Rozumiem, dlaczego ich lubisz. Lubię panią Handle. Jest cicha i świetnie prowadzi samochód.

E-Z roześmiał się.

"Cieszę się, że podoba ci się poranny humor - powiedział PJ.

"Nie bardzo - powiedział Alfred. "Poza tym wy dwaj jesteście prawdziwymi fajtłapami.

Arden i PJ zrobili podwójne spojrzenie.

E-Z również zrobił podwójne spojrzenie na ich podwójne spojrzenia. "Co?"

"Nie słyszałeś tego?" obaj powiedzieli zgodnie. "Łabędź potrafi mówić - i to z brytyjskim akcentem. O rany, dziewczyny naprawdę go pokochają".

Pani Handle potrząsnęła głową. "Nie zgrywajcie głupich żebraków!"

E-Z spojrzał na łabędzia Alfreda, który wyglądał na zdezorientowanego.

Alfred spróbował własnego żartu, aby sprawdzić, czy naprawdę go zrozumieją. "Dlaczego kolibry szumią?" zapytał.

Trzej chłopcy patrzyli na niego, było jasne, że zarówno Arden, jak i PJ mogą go teraz zrozumieć.

Alfred powiedział puentę: "Ponieważ nie znają słów, oczywiście".

PJ i Arden roześmiali się, ale głównie byli przerażeni.

"Jak to możliwe, że teraz też cię rozumieją?" zapytał E-Z. "Najpierw nie mogli, a teraz mogą. Myślałem, że powiedziałeś, że to tylko ja. A dlaczego Wujek Sam nie mógł cię zrozumieć?".

Teraz, gdy mogli go zrozumieć, Alfred poczuł się niepewnie. Szepnął do E-Z: "Szczerze mówiąc, nie wiem. Chyba że to, po co tu jestem, ma też coś wspólnego z nimi".

"I nie obejmuje wujka Sama? Albo pani Handle?"

"Być może nie - odpowiedział Alfred.

"A gdzie znalazłeś tego gadającego łabędzia? zapytał Arden.

"I dlaczego przyprowadzasz go do szkoły? zapytał PJ.

Pani Handle wzdrygnęła się. "Wszyscy jesteście bardzo głupi. E-Z mówi, że to łabędź towarzyszący. Nie potrafi mówić.

"Po pierwsze, to nie jest zwykły łabędź, to Cygnus Falconeri. Znany również jako gigantyczny łabędź i gatunek, który wyginął wieki temu".

"Nie widziałem wielu łabędzi w prawdziwym życiu" - powiedział Arden. "Te, które widziałem na kanale przyrodniczym, nie wydawały się tak duże jak on. Jego stopy są ogromne! A co się stanie, jeśli będzie musiał, no wiesz, pójść do toalety?".

"Przeciętny łabędź olbrzymi ma długość od dzioba do ogona między 190-210 centymetrów - zaoferował Alfred. "A jeśli tak, to skorzystam z trawy - boisko sportowe powinno zapewnić mi wystarczająco dużo miejsca na karmienie i załatwianie swoich spraw, jeśli zajdzie taka potrzeba."

"Masz na myśli, że jesz trawę, a potem na nią wchodzisz?" powiedział PJ.

"Eww!" powiedział Arden.

Byli już bardzo blisko szkoły, więc E-Z wyjaśnił. "Nie mogę podać ci szczegółów, ponieważ tak naprawdę ich nie znam. Wiem tylko na pewno, że Alfred jest tutaj, aby mi pomóc i będziesz go często widywać."

"Nie sądzę, by wpuścili go do szkoły - powiedział Arden.

"To nie będzie problem, ponieważ jestem twoim towarzyszem - powiedział Alfred.

PJ, Arden i Alfred roześmiali się, gdy samochód zatrzymał się przed szkołą.

"Zadzwoń do mnie, jeśli chcesz, żebym odebrała cię po szkole" - powiedziała pani Handle.

"Dzięki," odpowiedzieli.

Po wyjęciu krzesła E-Z z bagażnika, pani Handle odjechała od krawężnika.

Jego przyjaciele pomogli mu wsiąść, podczas gdy Alfred podleciał i usiadł mu na ramieniu. Udali się w kierunku frontu szkoły, gdzie dyrektor Pearson wpuszczał uczniów do środka.

"Dzień dobry chłopcy", powiedział z wielkim uśmiechem na twarzy. Dopóki nie zauważył łabędzia Alfreda. "Co to jest?" zapytał.

"To łabędź towarzyszący - powiedział E-Z.

"A dokładniej Cygnus Falconerie - powiedział Arden.

"Jest z nami - powiedział PJ.

Dyrektor Pearson skrzyżował ręce. "To coś, Cygnus nie wejdzie tutaj!"

Alfred powiedział: "W porządku E-Z. Nie róbmy scen. Będę tu, kiedy skończą się twoje zajęcia. Do zobaczenia później." Alfred wzleciał w górę i wylądował na dachu budynku. Rozejrzał się po okolicy, po czym zszedł na boisko do piłki nożnej. Było tam mnóstwo trawy do schrupania. Kiedy się najadł, znalazł zacienione miejsce pod drzewem i uciął sobie drzemkę.

Dyrektor Pearson potrząsnął głową, po czym przytrzymał drzwi dla E-Z i jego przyjaciół. Wewnątrz rozległ się pięciominutowy dzwonek ostrzegawczy.

Ten szkolny dzień był dla E-Z i jego przyjaciół spokojny.

Nadal nie było żadnych wieści od Eriel na temat nowych prób.

ROZDZIAŁ JEDENASTY

Alfred przyzwyczaił się do nowej rutyny. Dzieci w szkole poznały go - choć tylko E-Z i jego przyjaciele wiedzieli, że potrafi mówić.

Tego dnia przed szkołą Alfred czekał na E-Z i zapytał: "Możemy porozmawiać?".

E-Z rozejrzał się dookoła; nadal nie chciał, by inni uczniowie podsłuchali jego rozmowę z łabędziem. Szepnął: "Czy to może poczekać, aż wrócimy do domu?".

"Rozumiem - powiedział Alfred. "Nadal czujesz się skrępowany, gdy rozmawiamy. To zrozumiałe, ale dzieci mnie tu uwielbiają. Ustawiają się w kolejce, by mnie pogłaskać, nakarmić. Poza tym, czy wujek Sam nie będzie w domu? Muszę porozmawiać z tobą sam na sam".

"Ponieważ nadal cię nie rozumie, rozmawiasz ze mną sam na sam, nawet gdy jesteśmy w domu.

"Ale to jest sprawa budząca pewne obawy i raczej wrażliwa na czas - powiedział Alfred.

PJ podjechał do krawężnika obok nich. Arden zapytał, czy chcą jechać do domu.

"Uh, chłopaki. Wybaczcie, ale zamierzam dziś wrócić do domu z Alfredem. Ma mi do przekazania kilka ważnych informacji.

PJ i Arden potrząsnęli głowami. Arden powiedział: "Spodziewaliśmy się, że pewnego dnia zostaniemy wyrzuceni za dziewczynę, a nie za ptaka". Zaśmiał się.

"A co z grą? zapytał Arden.

"Dzisiaj jest dzisiaj, a mecz dopiero jutro. Wybaczcie. E-Z przyspieszył. Samochód przeczołgał się obok niego, po czym odjechał z piskiem opon.

"Pieniacze", powiedział Alfred.

"Mają dobre intencje. Co jest teraz takie ważne?

"Słyszałeś ostatnio coś od Lii? Martwię się o nią. Alfred przeszedł obok E-Z, skubiąc przy tym główkę mniszka lekarskiego.

"Dlaczego się martwisz? Brak wieści to dobre wieści, prawda?

"Cóż, właściwie, to miałem od niej wieści i nastąpił nowy, cóż, kłopotliwy rozwój wypadków.

E-Z zatrzymał się. "Powiedz mi więcej."

"Idź dalej - powiedział Alfred, obgryzając główkę stokrotki. "Lia i jej matka są już w drodze. Powinny przyjechać jutro.

"Po co ten pośpiech? To znaczy, tak, to niespodzianka. Wiedzieliśmy, że przyjadą - prawdopodobnie wkrótce. Co w tym niepokojącego?"

"To nie jest kłopotliwe".

"Przestań grać na zwłokę i wypluj to!

"Lia nie ma już siedmiu lat - ma teraz dziesięć.

"Co? To niemożliwe.

"Myślisz, że by kłamała?

"Nie, nie sądzę, żeby kłamała, ale to nie ma absolutnie żadnego sensu. Ludzie nie rosną z siedmiu do dziesięciu lat w ciągu kilku tygodni.

"Powiedziała, że poszła spać. Następnego ranka weszła do kuchni na śniadanie, a jej niania zaczęła krzyczeć. W ten sposób odkryła, że przez noc postarzała się o trzy lata".

"Whoa!" wykrzyknął E-Z.

"I to nie wszystko."

"Więcej. Nie mogę sobie wyobrazić niczego więcej.

"Udało jej się przekonać matkę, że nie ma potrzeby, by zostawała tu na całą wizytę. Jest zajętą bizneswoman. Wymagało to sporo perswazji. Lia powiedziała, że będzie jej lepiej, biorąc pod uwagę doświadczenie Sama z tobą i próbami. Jej matka zgodziła się pod kilkoma warunkami.

"Na przykład?

"Że lubi wujka Sama.

"Wszyscy lubią Wuja Sama.

"Wyjaśnij jej też, jak jej córka mogła się tak zestarzeć w ciągu jednej nocy.

"A jak dokładnie mam to zrobić?"

"Szczerze mówiąc - powiedział Alfred - nie mam pojęcia. Dlatego chciałem porozmawiać z tobą sam na sam. Wujek Sam wie, że Lia przyjeżdża, prawda?

E-Z przytaknął: "Chyba tak, jeśli są w drodze".

"Ale on spodziewa się siedmioletniej dziewczynki, kiedy dziesięciolatka pojawi się na jego progu.

E-Z znów się zatrzymał. Wujek Sam. Nawet nie pomyślał o tym, że Wujek Sam będzie miał do czynienia z dziesięcioletnią dziewczynką. "Nie jestem pewien, czy kiedykolwiek wspominałem mu o wieku Lii. Może nie wspomniałem i martwimy się o nic."

Alfred kontynuował. "Słyszałem, że ludzie szybko się starzeją. Istnieje choroba zwana progerią. To choroba genetyczna, dość rzadka i śmiertelna. Większość dzieci nie dożywa trzynastego roku życia, a Lia ma już dziesięć lat, więc musimy to rozgryźć.

"Jak to jest to, co powiedziałeś?"

"Progeria.

"Tak, Progeria, jak to się objawia?" zapytał E-Z.

"Rozumiem, że dzieje się to w ciągu pierwszych kilku lat życia. Dzieci są zazwyczaj oszpecone.

"Lia jest oszpecona z powodu szkła, a nie choroby. Czy jest na to lekarstwo?"

"Nie ma lekarstwa. Ale E-Z, jest coś jeszcze. To ma coś wspólnego z oczami w jej dłoniach. Są nowe i choroba jest nowa. Zbyt duży zbieg okoliczności, nie sądzisz?".

E-Z rozważył to i zdecydował, że Alfred miał rację. To był zbyt duży zbieg okoliczności. Ale co miał z tym zrobić? Czy powinien zadzwonić do Eriel? "Znasz Eriel?

Alfred zwolnił kroku, podobnie jak E-Z. Byli już prawie w domu i musieli to przedyskutować, zanim spotkają się z Wujkiem Samem. "Tak, słyszałem o nim. Ale jak wiesz, Eriel nie jest moim aniołem. Poznałeś moją mentorkę Ariel, a ona jest aniołem natury, dlatego jestem w stanie rzadkiego łabędzia. Ona może być w stanie pomóc, ale będziemy musieli poczekać na jej następne pojawienie się.

"To znaczy, że nie możesz jej wezwać?

Alfred skinął głową. "Czy jesteś w stanie przywołać Eriel do woli?"

E-Z roześmiał się. "Nie do końca, ale jest osiągalny. Chociaż jest upierdliwy i nie lubi być wzywany ani przywoływany". E-Z pomyślał cicho, podobnie jak Alfred. Ich dom był już w zasięgu wzroku, a wujek Sam był w domu, ponieważ jego samochód był zaparkowany na podjeździe. "Myślę, że powinniśmy poczekać i zobaczyć, co się stanie z Lią.

"Zgoda - powiedział Alfred, schodząc ze ścieżki, wyrywając trochę trawy z ziemi i żując ją. E-Z przyglądał się temu. "Wolę nie jeść zbyt dużo trawy; mam na myśli trawę. To jest to, co jem przez cały dzień, kiedy jesteś w szkole - poza kilkoma kwiatami, które mogę znaleźć. Teraz mam ochotę na coś mokrego, rosnącego pod wodą. Są świeższe i bardziej soczyste".

"Całkowicie to rozumiem" - powiedział E-Z. "Lubię jeść sałatkę, gdy jest świeża i chrupiąca. Nie lubię jej tak bardzo, gdy jest w torebkach, a jedynym sposobem na jej zjedzenie jest zanurzenie jej w sosie sałatkowym".

"Tęsknię za ludzkim jedzeniem".

"Za czym tęsknisz najbardziej?

"Bez wątpienia cheeseburgerów i frytek. I ketchupu. Jak ja uwielbiałam ten gęsty, czerwony, lepki sos do wszystkiego".

"Może na trawie nie byłby taki zły? E-Z roześmiał się, ale Alfred myślał o tym.

"Byłbym skłonny spróbować.

"Wpiszmy to na twoją listę rzeczy do zrobienia - powiedział E-Z.

"Co to jest lista rzeczy do zrobienia?" zapytał Alfred

ROZDZIAŁ DWUNASTY

E-Z zastanawiał się nad pytaniem Alfreda. Alfred nie wiedział, czym jest bucket list... a wyrażenie to zostało ukute w 2007 roku. W filmie Nicholson/Freeman o tym samym tytule. Wyjaśnił, nie wdając się w zbyt wiele szczegółów.

"To naprawdę interesujący pomysł" - powiedział Alfred, pusząc pióra. "Ale jaki jest sens prowadzenia listy rzeczy do zrobienia? Z pewnością pamiętałabyś o wszystkim, co naprawdę chciałabyś zrobić?

"Wiesz, Alfredzie, nie jestem do końca pewna. Myślę, że to może mieć coś wspólnego z wiekiem. Starzejesz się i tracisz pamięć.

"To ma sens.

Kontynuowali podróż i dotarli do domu. Kiedy E-Z wjechał na rampę, Alfred wskoczył na niego. Łabędź zatrzepotał skrzydłami, by pomóc mu się rozpędzić. Na szczycie, gdy E-Z otworzył drzwi, usłyszeli nieznany im głos.

"O nie, oni już tu są!" powiedział Alfred.

"Mogłeś mnie ostrzec!" odpowiedział E-Z, chowając swoją torbę na haczyku w drodze do salonu.

"Oczywiście, że bym to zrobiła, gdybym wiedziała!

Lia wstała. Dziesięcioletnia Lia wyglądała zupełnie inaczej, dopóki nie podniosła otwartych dłoni. Piszczała, gdy zobaczyła E-Z, podbiegła do niego i mocno go uściskała. Następnie przytuliła Alfreda i powiedziała, że jest niesamowicie szczęśliwa, że w końcu go poznała.

Mama Lii, Samantha, również stała i patrzyła, jak jej córka obejmuje chłopca, który uratował jej życie. Anioła/chłopca na wózku inwalidzkim. Jej córka wspomniała o Alfredzie, ale nie o tym, że był gigantycznym łabędziem.

Wujek Sam wstał i powiedział: "Och, jesteś w domu". Podszedł bliżej do siostrzeńca. Następnie niezręcznie zasugerował, by poszli do kuchni. Po przekąski.

"Nic nam nie jest - powiedziała Samanta.

Sam i tak nalegał, aby poszli do kuchni.

"E-Z jąkał się. "Chciałbym się napić."

Sam westchnęła.

"Nie rób nam kłopotu - powiedziała Samanta.

"To żaden kłopot - powiedziała Sam, popychając krzesło E-Z w stronę wyjścia z salonu.

"Lia, jesteś bardzo piękna - powiedział Alfred, pochylając głowę, by mogła go pogłaskać.

"Dziękuję - powiedziała Lia, rumieniąc się. Zerknęła w stronę E-Z, gdy wychodzili z pokoju, ale on tego nie zauważył, ponieważ jego oczy były skierowane na wujka.

Gdy znaleźli się w kuchni, Sam zaparkował swojego siostrzeńca. Otworzył lodówkę i zamknął ją ponownie. Podszedł do szafki, otworzył drzwiczki i ponownie je zamknął.

"Co się stało?" zapytał E-Z.

"Nie spodziewałem się ich tak szybko i co w ogóle jedzą i piją ludzie z Holandii? Nie sądzę, żebym miał w domu coś odpowiedniego. Może powinienem wyjść i coś kupić?"

"To ludzie tacy jak my, jestem pewna, że spróbują wszystkiego, co masz. Nie zastanawiaj się nad tym."

"Pomóż mi, dzieciaku. Jakie rzeczy powinniśmy podać? Ser i krakersy? Coś gorącego, kanapki z grillowanym serem? Mamy wodę, sok i napoje bezalkoholowe".

"Dobra, na razie zróbmy ser i krakersy. Zobaczymy, jak nam pójdzie. I tacę z różnymi napojami.

Sam westchnął i położył wszystko na tacy. "O, serwetki! - powiedział, wyjmując ich stos z szuflady.

"Wszystko gotowe? zapytał E-Z.

"Dzięki, dzieciaku - powiedział Sam, podnosząc tacę pełną jedzenia i napojów. Wszedł do salonu, a jego siostrzeniec podążył za nim. Sam postawił wszystko na stole, po czym podskoczył i powiedział: "Talerze boczne!" i wyszedł z pokoju, wracając wkrótce potem ze wspomnianymi przedmiotami.

E-Z zerknął w stronę Lii, gdy popijał drinka. Wciąż widział ją jako małą dziewczynkę, chociaż już nią nie była. Jej włosy były dłuższe.

Mama Lii wyglądała jeszcze bardziej nieswojo niż wujek Sam. Bawiła się krakersem, ale go nie ugryzła. Poruszała szklanką z napojem w przód i w tył, ale nie piła z niej. Od czasu do czasu zerkała w stronę Wujka Sama, ale nie na długo. Potem westchnęła bardzo głośno i wróciła do bawienia się jedzeniem.

"Jak minął lot? zapytał E-Z.

"To było łatwe w porównaniu do latania z tobą - powiedziała Lia. Roześmiała się, a napój bezalkoholowy prawie wyleciał jej z nosa. Wkrótce wszyscy zaczęli się śmiać i poczuli się swobodniej.

Alfred rozmawiał swobodnie, wiedząc, że tylko Lia i E-Z mogą go zrozumieć. "Teraz jesteśmy razem, Trójka. Tak jak miało być.

Lia i E-Z wymienili spojrzenia.

Alfred kontynuował. "Wciąż zastanawiam się, dlaczego zostaliśmy połączeni. E-Z możesz ratować ludzi i jesteś super-duper silna, a do tego potrafisz latać, podobnie jak twój fotel. Lia, twoje moce są w twoim wzroku. Potrafisz czytać w myślach. Z tego, co powiedział mi E-Z, masz moc światła i możesz zatrzymać czas.

"Potrafię podróżować, latać po niebie i czasami mogę powiedzieć, kiedy coś się wydarzy, zanim się wydarzy. Potrafię też czytać w myślach, ale nie zawsze. Poza tym większość ludzi kocha łabędzie. Niektórzy twierdzą, że jesteśmy aniołami. Są nawet tacy, którzy wierzą, że łabędzie mają moc przekształcania ludzi w anioły. Nie wiem, czy to prawda. Ja sama jestem w stanie pomóc wszystkim żywym, oddychającym istotom uzdrowić się".

Ostatnia część była dla E-Z nowością. Chciał wiedzieć więcej.

Alfred zgłosił się na ochotnika: "Poddanie się jest pierwszym krokiem".

E-Z i Lia pogubili się w myślach dotyczących wyznania Alfreda.

"Co teraz zrobimy?" zapytała Lia.

"Każdy zespół potrzebuje lidera, kapitana. Nominuję E-Z - powiedział Alfred.

"Popieram nominację - powiedziała Lia.

Lia i Alfred wznieśli kieliszki za E-Z. Wujek Sam i mama Lii, Samantha, przyłączyli się do toastu. Chociaż nie mieli pojęcia, za co wszyscy wznoszą toast.

E-Z podziękował im wszystkim. Ale w środku zastanawiał się, jak to wszystko będzie działać. Jak miał poprowadzić małą dziewczynkę i łabędzia trębacza? Jak miał zapewnić im bezpieczeństwo?

Wujek Sam i Samantha zaproponowali, że posprzątają, podczas gdy trio wróciło do salonu.

"To będzie dla nich dobra okazja, by lepiej się poznać - powiedział Alfred.

"Tak, matka nigdy wcześniej nie była tak zdenerwowana. W swojej pracy spotyka wielu ludzi i rozmawia z nimi, nawet zupełnie obcymi, jakby znała ich od zawsze. Myślę, że to jeden z sekretów jej sukcesu. Ale przy Samie jest cicha jak myszka i roztrzęsiona".

"Może to jetlag - zasugerował E-Z.

Alfred roześmiał się. "Nie, przyciągają się do siebie. Oboje jesteście zbyt młodzi, by to zauważyć, ale w powietrzu czuć było jakąś atmosferę.

"Naprawdę moja mama podkochuje się w Samie?

"Wujek Sam też był dość niezręczny - ale obecnie nie spotyka się z wieloma dziewczynami, ponieważ pracuje w domu i spędza większość czasu pomagając mi". Głosuję, zmieńmy temat".

"Ja też - powiedziała Lia.

"Wy dwoje nie jesteście zabawni".

"Myślę, że nadszedł czas, abyśmy wezwali Eriel - powiedział E-Z. "On musi być tym, który nas wszystkich zebrał. Musimy zostać wtajemniczeni w plan. Musimy wiedzieć, czego się od nas oczekuje i kiedy.

"Kim jest Eriel? zapytała Lia. "Pamiętam, że pytałaś mnie wcześniej, czy go znam.

"Jest Archaniołem i był mentorem w moich próbach. W każdym razie w kilku ostatnich.

"Mój anioł, który dał mi dar widzenia dłońmi, ma na imię Haniel. Ona też jest archaniołem. Jest opiekunką ziemi".

To zaskoczyło E-Z. Jeśli wszyscy pracowali dla własnych aniołów, to dlaczego zostali zebrani razem? Czy jeden anioł był potężniejszy od drugiego? Kto był aniołem szefem? Kto komu odpowiadał?

"Z pewnością chciałbym wiedzieć, co się dzieje - powiedział Alfred.

"Wszystko, co wiem - powiedziała Lia - to to, że po wypadku zapytano mnie, czy chciałabym być jednym z tej trójki. A teraz, voila, jesteśmy tutaj".

Wujek Sam i Samantha weszli do pokoju. Rozmawiali jeszcze przez chwilę, aż Samantha, która była zmęczona lotem, poszła do swojego pokoju. Wujek Sam również poszedł do swojego pokoju.

"Chodźmy do mojego pokoju i porozmawiajmy - powiedział E-Z.

Lia i Alfred poszli za nim. Po kilku godzinach dyskusji trio zdało sobie sprawę, że mają wiele pytań, ale niewiele odpowiedzi. Lia poszła do swojego pokoju, który dzieliła z matką. Alfred spał na krawędzi łóżka E-Z. E-Z chrapał dalej. Jutro był kolejny dzień - wtedy wszystko się wyjaśni.

ROZDZIAŁ TRZYNASTY

Następnego ranka Lia wyniosła miski z płatkami do ogrodu. Słońce wschodziło na niebie, był bezchmurny dzień i zbliżała się 10 rano. Alfred skubał trawę w pobliżu ścieżki.

Lia podała E-Z jego miskę, po czym usiadła pod parasolem na patio i wzięła łyżkę płatków kukurydzianych.

"Północnoamerykańskie płatki kukurydziane smakują inaczej niż te, które mamy w Holandii".

"Jaka jest różnica?" zapytał E-Z.

"Tutaj wszystko jest słodsze".

"Słyszałem, że w różnych krajach stosuje się różne przepisy. Chcesz coś innego?" Odmówiła kręcąc głową. "Nie mogłam spać ostatniej nocy - powiedziała E-Z, biorąc kolejną łyżkę Captain Crunch.

"Przepraszam, czy za bardzo chrapałem? zapytał Alfred, wciskając twarz w zroszoną trawę.

"Nie, wszystko było w porządku. Miałem dużo na głowie. To znaczy, wszyscy tu jesteśmy. Cała trójka - a ja nie miałem próby od jakiegoś czasu... Odkąd

Hadz i Reiki zostali zdegradowani, nie wiem, co się dzieje. Po ostatniej bitwie z Eriel - którą, nawiasem mówiąc, wygrałem - nic od niej nie słyszałem. To mnie denerwuje. Zastanawiam się, co wymyślił, by uprzykrzyć mi życie".

Alfred oddalił się w głąb ogrodu, gdy jednorożec wylądował na trawie.

"Do usług - powiedziała Mała Dorrit.

Jednorożec przytulił się do Lii, a ona wstała i pocałowała go w czoło.

Nad nimi pojawiła się niebieska smuga na niebie. Widniały na nim słowa:

PODĄŻAJ ZA MNĄ.

Krzesło F-Z podniosło się, "Chodź!" zawołał.

Mała Dorrit pochyliła się, pozwalając Lii na nią wsiąść.

Alfred zatrzepotał skrzydłami i dołączył do reszty.

"Masz jakiś pomysł, dokąd zmierzamy? zapytał Alfred.

"Wiem tylko, że musimy się spieszyć! Wibracje rosną, więc musimy być blisko.

"Patrz przed siebie - zawołała Lia. "Myślę, że jesteśmy potrzebni w parku rozrywki.

Dla E-Z natychmiast stało się jasne, dlaczego są potrzebni. Kolejka górska została wykolejona. Wagoniki dyndały w połowie na torach, a w połowie poza nimi. Pasażerowie w każdym wieku krzyczeli. Jedno dziecko wisiało tak niepewnie z nogami na boku wózka, że było jasne, że spadnie pierwsze.

"Złapiemy dzieciaka - powiedziała Lia, startując. Ona i Mała Dorrit ruszyły prosto na chłopca. Chłopiec puścił się, spadł i wylądował bezpiecznie przed Lią na jednorożcu.

"Dziękuję - powiedział chłopiec. "Czy to naprawdę jednorożec, czy mi się śni?

"To naprawdę jednorożec - powiedziała Lia. "Nazywa się Mała Dorrit.

"Moja mama ma książkę o tym tytule. Myślę, że jest autorstwa Charlesa Dickensa.

"Zgadza się - powiedziała Lia.

"Czy w Małej Dorrit są jednorożce? Jeśli tak, to będę musiała ją przeczytać!".

"Nie mogę powiedzieć na pewno - powiedziała Lia. "Ale jeśli się dowiesz, daj mi znać".

E-Z chwycił jeden po drugim zwisające samochody. Utrzymanie równowagi wymagało trochę wysiłku, na początku wszystko było przechylone w jedną stronę. Ale jego doświadczenie z samolotem pomogło mu i zainspirowało go do podniesienia wagonów z powrotem na tory. Utrzymał je stabilnie, dopóki wszyscy pasażerowie nie znaleźli się bezpiecznie w środku.

Dzięki pomocy Alfreda proces ten przebiegł gładko. Alfred, używając swoich skrzydeł, dzioba i samego rozmiaru, był w stanie przenieść ich w bezpieczne miejsce.

"Czy wszyscy są cali?" E-Z zawołał przy głośnym aplauzie wszystkich pasażerów.

Zadanie zakończyło się sukcesem i Alfred podleciał do miejsca, w którym znajdowała się Lia i pozostali. Było to doskonałe miejsce do obserwacji.

"Czy możemy już zdjąć chłopca? zapytała Lia.

E-Z dał jej kciuka w górę.

Na dole pojawił się dźwig, który miał zostać podniesiony w celu przeprowadzenia akcji ratunkowej. Nie był jeszcze gotowy. Obserwował, jak pracownicy w żółtych hełmach krzątają się wokół niego.

E-Z gwizdnął do faceta, który obsługiwał kolejkę górską, aby ją uruchomił.

Operator ponownie uruchomił silnik. Na początku wagoniki lekko pomknęły do przodu, a następnie zatrzymały się. Pasażerowie krzyczeli w obawie, że kolejka znów się wykolei. Niektórzy trzymali się za szyje, które ucierpiały w wyniku pierwotnego zdarzenia.

E-Z ustawił swój wózek inwalidzki z przodu wagonów, aby obserwować, czy ich pozycja się nie zmienia. Zauważył, że wiatr się wzmaga, a włosy pasażerów są rozwiewane w wagonach. Jeden starszy mężczyzna zgubił czapkę z daszkiem LA Dodgers. Wszyscy patrzyli, jak spada na ziemię.

"Spróbuj jeszcze raz", krzyknął E-Z, mając nadzieję na najlepsze, ale na wszelki wypadek obmyślając plan B.

Operator zwiększył obroty silnika. Po raz kolejny kolejka górska ruszyła do przodu. Tym razem nieco dalej, ale ponownie zatrzymała się.

Nastolatek zawołał do Małej Dorrit: "Możesz położyć Lię na ziemi. Potem chwyć jakieś ogniwo łańcucha z hakami na obu końcach i przynieś je do mnie?".

Jednorożec skinął głową, schodząc w dół przy "ochach" i "achach" tłumu, który zebrał się poniżej. Jeden facet próbował ją złapać i podwieźć, ale odepchnęła go nosem, a policja wkroczyła, by odgrodzić teren.

"Tutaj!" powiedział pracownik budowlany. Słyszał, o co prosiła E-Z. Włożył część łańcucha do ust Małej Dorrit, a resztę owinął wokół jej szyi.

"Nie jest za ciężki?" zapytał, gdy Mała Dorrit bez problemu wystartowała i na skrzydłach dotarła do miejsca, w którym Alfred czekał u boku E-Z.

Alfred, używając dzioba, umieścił hak z przodu kolejki górskiej. Przymocował go do wózka inwalidzkiego E-Z.

"Proszę, pozostańcie na miejscach", zawołał E-Z. "Zamierzam cię ściągnąć, powoli, ale pewnie. Staraj się nie przesuwać zbytnio, chciałbym, aby ciężar był równomiernie rozłożony. Na trzy, zaczynamy", powiedział. "Raz, dwa, trzy. Pociągnął, dając z siebie wszystko, a samochód toczył się razem z nim. Zjeżdżanie w dół było łatwe, ale podjeżdżając w górę, musiał uważać, by wózek nie nabrał zbyt dużej prędkości i nie został ponownie wyrzucony. Mała

Dorrit i Alfred lecieli obok wozu, gotowi do działania, gdyby coś poszło nie tak.

Lia była przerażona, zdenerwowana i podekscytowana.

"Dasz radę, E-Z!" krzyknęła, zapominając, że może wypowiedzieć te słowa w głowie, a on je usłyszy.

"Dzięki - powiedział, utrzymując powolne i równe tempo. Chociaż E-Z był zmęczony, musiał wykonać powierzone mu zadanie. Gdy samochód pokonał zakręt i zatrzymał się, wrócił do tunelu. Wrócił tam, gdzie rozpoczęła się jego podróż.

"Dziękuję!" - zawołał operator.

Strażacy, ratownicy medyczni i pielęgniarki przygotowali się na atak pasażerów. Wysiadających w tym samym czasie.

"E-Z! E-Z! E-Z!" skandował tłum, z telefonami uniesionymi do góry, filmującymi całe zajście.

"Myślisz, że mamy czas, by złapać trochę waty cukrowej? zapytała Lia.

"I karmelową kukurydzę? odpowiedział Alfred. "Nie jestem pewien, czy będzie mi smakować, ale chętnie spróbuję!".

"Jasne - powiedział E-Z - bez obaw kupię dla ciebie oba! Może nawet kupię sobie Candy Apple".

Gdy poszedł dokonać zakupów, zauważył, że przybyli reporterzy. Zebrali się wokół kogoś, kto był bardzo wysoki i miał kruczoczarne włosy. Mężczyzna trzymał przed sobą cylinder i przypominał Abrahama Lincolna. Po bliższym przyjrzeniu się zdał sobie sprawę, że to Eriel w przebraniu. Podszedł bliżej, by podsłuchać.

"Tak, to ja zebrałem to dynamiczne trio. Liderem jest E-Z Dickens, ma trzynaście lat i jest supergwiazdą. Poza tym, że jest najbardziej doświadczonym członkiem The Three, jest też liderem. Jak pewnie zauważyłeś, potrafi poradzić sobie niemal ze wszystkim. To świetny dzieciak!"

E-Z poczuł, jak jego policzki rozgrzewają się do czerwoności.

"A co z dziewczyną i jednorożcem?" zawołał reporter.

"Ma na imię Lia i to było jej pierwsze przedsięwzięcie w świecie superbohaterów. Jej jednorożec to Little Dorrit i ta dwójka tworzy niesamowity zespół. Uratowała tego chłopaka - chwycił chłopca. Postawił go przed kamerami.

Kiedy wszyscy zwrócili na niego uwagę, dokończył zdanie. "Z łatwością. Lia i mała Dorrit są wspaniałymi dodatkami do zespołu i będą ogromną pomocą dla E-Z we wszystkich jego przyszłych przedsięwzięciach.

"Jak było?" reporter zapytał chłopca.

"Lia była naprawdę miła" - powiedział młody chłopak.

Ciemna postać odepchnęła chłopca. Otrzepał się z kurzu.

"Łabędź trębacz ma na imię Alfred. To była jego pierwsza okazja, by pomóc E-Z. Odważnie naraził się na niebezpieczeństwo. Alfred jest kolejnym doskonałym członkiem drużyny superbohaterów The Three. Zobaczysz ich wielu w przyszłości". Zawahał się: "Aha, i mam na imię Eriel, na wypadek gdybyś chciał zacytować mnie w swoim artykule".

Teraz E-Z żałował, że nie zgodził się na zbieranie karnawałowych smakołyków. Skulił się z boku, mając nadzieję, że nie zostanie zauważony.

"Tam jest!" ktoś krzyknął.

Inni, którzy stali w kolejce za nim, popchnęli go na przód kolejki.

"To na koszt firmy" - powiedział sprzedawca, wręczając mu jedną ze wszystkich rzeczy.

"Dziękuję", powiedział, podnosząc się.

"To on! Chłopiec na wózku inwalidzkim! Nasz bohater!" ktoś krzyknął z dołu.

"Tam jest, zrób mu zdjęcie".

"Wróć do selfie, proszę!"

E-Z spojrzał w stronę, gdzie był Eriel, ale teraz, gdy został zauważony, nikt nie był nim zainteresowany. Następną rzeczą, jaką wiedział, było to, że Eriel zniknęła.

"Wynośmy się stąd!" powiedział E-Z, zastanawiając się, gdzie dokładnie powinni się udać. Jeśli pójdą do jego domu, reporterzy i fani najprawdopodobniej podążą za nimi. W pewnym sensie tęsknił za dniami, w których Hadz i Reiki wymazali umysły wszystkich zaangażowanych. To na pewno upraszczało sprawy.

W drodze powrotnej E-Z nie mógł przestać się zastanawiać, co porabia Eriel. W końcu nikt nie powinien wiedzieć o jego próbach. To było bardzo dziwne - ale był zbyt wyczerpany, by rozmawiać o tym z przyjaciółmi. Zamiast tego zastanawiał się, dlaczego nie jest już ważne, aby ukrywać swoje próby - i jak to wszystko zmieni. Dobrze, że jego skrzydła już nie płonęły, a krzesło nie wydawało się zainteresowane piciem krwi.

"Cóż, to było całkiem łatwe - powiedział Alfred.

Lia zaśmiała się, "I to było całkiem zabawne, widzieć cię w akcji E-Z."

"Hej, a co ze mną, ja też pomogłam!"

"Na pewno pomogłeś - powiedział E-Z. "I Mała Dorrit, dziękuję! Bez ciebie nie dałbym rady!".

Mała Dorrit roześmiała się. "Cieszę się, że mogłam pomóc.

"Byłaś niesamowita! powiedziała Lia, głaszcząc ją po szyi.

Ale coś je niepokoiło. To było oczywiste, że E-Z mógł zrobić to wszystko sam. Nie potrzebował pomocy.

Alfred miał wrażenie, że jako łabędź trębacz zrobił wszystko, co mógł. Ale nie był zbyt pomocny w tego rodzaju akcjach ratunkowych. Nie tak, jak mógłby pomóc ktoś, kto miał ręce. Dał z siebie wszystko, ale czy to wystarczyło? Czy był najlepszym wyborem na członka Trójki?

Lia myślała, że Mała Dorrit mogła wylądować pod chłopcem i uratować go bez niej na grzbiecie. Jednorożec był sprytny i mógł podążać za wskazówkami i instrukcjami E-Z. Czuła się, jakby przebyła całą tę drogę i po co? To naprawdę nie miało sensu.

Ponownie wrócili do domu. Chociaż dokonali razem czegoś wspaniałego, ich nastroje były niskie.

Mała Dorrit wyszła i udała się tam, gdzie mieszkała, gdy nie była potrzebna.

E-Z natychmiast udał się do swojego biura, gdzie popracował trochę nad swoją książką. Chciał zaktualizować listę prób, aby zobaczyć, na jakim etapie się znajduje. Postanowił wpisać je wszystkie od początku:

1/ uratował małą dziewczynkę

2/ uratował samolot przed katastrofą

3/ powstrzymał strzelca na dachu

4/ zatrzymał dziewczynę w sklepie

5/ powstrzymał strzelca przed swoim domem

6/ pojedynkowałeś się z Eriel

7. wydostałeś się z tej kuli

8/ uratował Lię

9/ przywrócił kolejkę górską na właściwe tory.

Nie był pewien, czy uratowanie Wujka Sama było próbą, czy nie. Hadz i Reiki wyczyścili jego umysł. E-Z miał przeczucie, że uratowanie Wujka Sama nie było próbą.

Usiadł z powrotem na krześle. Myślał o zbliżającym się terminie. Musiał ukończyć jeszcze trzy próby w ograniczonym czasie. Z jednej strony chciał mieć je już za sobą. Z drugiej strony, bycie skończonym ze swoim zobowiązaniem przerażało go.

Tymczasem Alfred postanowił popływać w jeziorze. Podczas gdy Lia i jej matka poszły na spacer.

$$\ast\ast\ast$$

"Więc jak to było?" zapytała Samantha.

"To było niezwykle ekscytujące i przerażające w tym samym czasie. E-Z jest niezwykły. Nieustraszony", wyjaśniła Lia.

"A jaki był twój wkład?

Skręcili za róg i usiedli razem na ławce w parku. Dzieci bawiły się, biegały i krzyczały. Matka i córka przypomniały sobie, jak Lia bawiła się tak beztrosko, gdy miała siedem lat. Teraz, gdy miała dziesięć lat, jej zainteresowanie zabawą znacznie spadło.

"Tęsknisz za tym?" zapytała Samanta.

Lia uśmiechnęła się. "Zawsze wiesz, o czym myślę. Tak naprawdę nie, ale pewnego dnia chciałabym znów spróbować tańczyć. Zobaczyć jak i czy potrafię się dostosować".

Siedzieli razem i patrzyli na siebie, nic nie mówiąc.

"Jeśli chodzi o mój wkład, mały chłopiec zwisał z samochodu i bez pomocy Małej Dorrit mógł spaść.

"Mógł?"

"Tak, myślę, że E-Z uratowałby go, a potem poradził sobie z resztą, gdyby nas tam nie było. Jest przyzwyczajony do samodzielnego przeprowadzania prób.

"Myślisz, że ty i Alfred nie byliście potrzebni?

"Może nasze wsparcie moralne było pomocne, nie wiem. Wygląda na to, że archaniołowie zadali sobie wiele trudu, by nas zebrać. Przylecieliśmy aż z Holandii, naszego domu. Kiedy, w oparciu o ten proces, nie sądzę, abyśmy byli naprawdę potrzebni".

Samanta wzięła córkę za rękę, wstały z ławki i wróciły do domu.

"Myślę, że posiadanie zespołu jest dobrą rzeczą i jestem pewna, że E-Z to wie i docenia. Nie wygląda na dzieciaka, który mógłby być samotnikiem. Grał w baseball, z tego co mówił mi Sam, nadal to robi. Wie, że zespoły dobrze ze sobą współpracują, opierając się na mocnych stronach każdego gracza. Jeśli chodzi o ciebie, nie martwiłbym się, że nie jesteś najważniejszym czynnikiem w tym procesie. I nigdy nie lekceważ swojej wartości".

"Dzięki, mamo - powiedziała Lia, gdy skręciły za róg swojej ulicy. "Porozmawiajmy teraz o Samie. Naprawdę go lubisz, prawda?

Samanta uśmiechnęła się, ale nie odpowiedziała.

***

W tym samym czasie Sam sprawdzał, co u E-Z. "Czy wszystko w porządku?" zapytał, zaglądając do biura siostrzeńca.

"Nie jestem pewien. Możemy porozmawiać?"

"Jasne, dzieciaku.

"Zamknij drzwi, proszę.

"O co chodzi? Czy pierwsza próba zespołu nie poszła dobrze?"

"Najpierw chcę cię zapytać, co się dzieje z tobą i mamą Lii?

Sam zatoczył się i wyczyścił okulary. "Nie mówmy o mnie i Samancie. To sprawa między nami.

"A więc jednak jest US? - uśmiechnął się.

"Zmień temat - powiedziała Sam.

"W porządku, cokolwiek powiesz. Jeśli chodzi o proces, to poszedł dobrze i nie myśl o mnie źle. Nie mówię tego, bo jestem zarozumiały, ale mogłem go ukończyć bez innych.

"Powiedz mi dokładnie, co się stało. Jakie było twoje zadanie? I muszę powiedzieć, że to mnie zaskakuje, ponieważ zawsze byłeś graczem zespołowym".

"Wiem. To też mnie martwi. To było w parku rozrywki. Kolejka górska wypadła z toru. Przód zwisał z krawędzi, a pasażerowie się wysypywali. Tylko jeden był w prawdziwym niebezpieczeństwie - dziecko, które Lia złapała z pomocą jednorożca Little Dorrit.

"Wygląda na to, że ta akcja ratunkowa była pomocna."

"Tak, bo dzieciak był już prawie poza czasem, ale ja tam byłam i mogłam go uratować. Potem skierowałem wózek z powrotem na tor i pomogłem innym wejść do środka. To było tak, jakby czas stanął dla mnie w miejscu - więc z łatwością mogłem rozwiązać tę sytuację bez niczyjej pomocy".

"Wygląda na to, że Alfred na niewiele ci się przydał. Sugerujesz, że poradziłbyś sobie bez niego?"

E-Z przeczesał palcami ciemne kosmyki włosów. To szczeciniaste uczucie w jakiś sposób go odstresowało.

"Alfred pomógł. Ale szukałem sposobów, by on mógł pomóc. Tak bardzo się stara. Tak bardzo chcemy mu pomóc, ale szczerze mówiąc, jest na tyle mądry, że wie, że to ja dla niego pracuję. Więc mógł pomóc, a ja nie czuję się z tym dobrze".

"To właśnie robią gracze zespołowi. Dbają o siebie nawzajem. Pomagają sobie nawzajem".

"Wiem, ale kiedy stawką jest życie, to do mnie należy upewnienie się, że nikt nie zginie. Jeśli znajduję zadania dla innych, aby czuli się potrzebni, to jest to utrudnienie, a nie pomoc. Westchnął głęboko, klikając palcami po klawiaturze. Zawstydzony, unikał kontaktu wzrokowego z wujkiem.

Po kilku minutach ciszy, E-Z wrócił do pracy nad książką, pozwalając wujowi na przemyślenie sprawy. Przeszedł przez szczegóły wydarzeń dnia.

Tak jak to robił. Rozkładając wszystko na czynniki pierwsze. Rozbierając proces na części i składając go z powrotem, doznał objawienia. To było coś, czego nigdy wcześniej nie robił. Mógł omówić tę sprawę ze swoim zespołem. Mogli mu powiedzieć, jak mu poszło, zasugerować poprawę. Tak, bycie jednym z trzech miało wiele zalet. Czuł się zrelaksowany i szczęśliwszy z tą wiedzą.

"Myślę, że powinieneś dać temu zespołowi więcej czasu, zanim cokolwiek zdecydujesz. Musisz wiedzieć, że każdy z nich ma swoje specjalne moce, aby ci pomóc. W tej sytuacji twoje umiejętności były na pierwszym planie. Nie oznacza to jednak, że tak będzie zawsze. Sytuacja może się zmienić przy następnym zadaniu. Wszystko dzieje się z jakiegoś powodu".

"Myślisz w ten sam sposób, co ja teraz. Wszystko jest zawsze lepsze, jeśli nie musisz mierzyć się z tym sam. Tego mnie nauczyłeś.

"Czy ktoś jeszcze w tym domu umiera z głodu? zawołał Alfred, przemierzając korytarz.

E-Z odsunął krzesło i odpowiedział: "Ja!".

Sam powiedział: "Ty co?".

"Alfred zapytał, czy ktoś jest głodny.

"Ja też!" zawołał Sam.

"Ja jestem - powiedziała Lia. "Co jest na obiad?"

Samantha zasugerowała zamówienie pizzy. Wszyscy wiwatowali, z wyjątkiem Alfreda. Nie był fanem ciągnącego się sera.

Spędzili wieczór razem, wypełniając swoje twarze i oglądając serial o zombie.

"Nie jest to dla ciebie zbyt straszne, prawda Lia?" zapytał E-Z

"Dla mnie jest zbyt przerażający!" odpowiedziała Samanta. Sam objął ją ramieniem, a Lia zachichotała i chwyciła matkę za rękę.

ROZDZIAŁ CZTERNASTY

Wczesnym rankiem Alfred obudził się z krzykiem. Jeśli nigdy nie słyszałeś krzyku łabędzia, to masz szczęście. Był tak głośny, że obudził wszystkich.

E-Z próbował uspokoić Alfreda. Łabędź tylko bardziej trzepotał skrzydłami i wydawał straszny dźwięk. Wyglądało to tak, jakby był torturowany. Albo to, albo świat się kończy.

Wujek Sam przybył sprawdzić, co się dzieje.

"To Alfred, ale nie martw się. Zajmę się tym", powiedział E-Z.

Wkrótce Lia i Samantha przybyły zbadać sprawę. Lia przekonała Samanthę, by wróciła spać.

Lia została, aby pomóc E-Z pocieszyć Alfreda. Alfred natychmiast podszedł do okna, otworzył je dziobem i wyleciał w noc.

Nad nimi E-Z i Lia nasłuchiwali, jak pajęcze stopy Alfreda uderzają o dach.

"Na co czekacie!" krzyknął. "Musimy iść - TERAZ!"

Lia wspięła się przez okno i stanęła trzęsąc się na gzymsie. Czekała, aż E-Z będzie w stanie wsiąść na swój wózek inwalidzki i ustawić go w pozycji wiszącej.

"Poczekaj, myślę, że jednorożec jest już w drodze - powiedział Alfred. "Właśnie dlatego tu jestem. Żeby sprawdzić, czy już leci.

Mała Dorrit wylądowała, wsunęła nos pod Lię i przerzuciła ją na swój grzbiet.

Poleciały dalej z Alfredem na czele.

"Zwolnij! krzyknął E-Z. Alfred go zignorował. Leciał dalej, nabierając wysokości i prędkości. Skrzydła E-Z zaczęły trzepotać, podobnie jak jego anielskie skrzydła. Musiał pracować szybko, aby utrzymać Alfreda w zasięgu wzroku.

Lia zadrżała. "Szkoda, że nie mam ze sobą swetra.

"Przytul się do mojej szyi - powiedziała Mała Dorrit. "Będzie ci ciepło.

E-Z zwiększył tempo, zbliżając się do nich, po czym zdał sobie sprawę, że Alfred zwalnia. A przynajmniej tak mu się wydawało. Zamiast tego zobaczył widok, którego nigdy nie wymaże z pamięci. Alfred zastygł w powietrzu, z rozpostartymi skrzydłami i stopami. Jakby był wymodelowany jako X.

Potem całe jego ciało zaczęło drżeć, aż w końcu zaczęło się trząść. Wyglądało to tak, jakby został porażony prądem. A jego twarz, z wyrazem nieznośnego bólu, wywołała łzy w oczach jego przyjaciół.

"Co się z nim dzieje? zapytała Lia. "Nie mogę już na to patrzeć. Po prostu nie mogę - szlochała.

"To tak, jakby był w szoku. Kto mógłby zrobić coś takiego?" Gdy to powiedział, wiedział. Tylko Eriel mogła być tak okrutna. Eriel ich przywoływała. Użyła tej techniki porażenia prądem, aby zmusić ich do podążania za ich przyjacielem Alfredem. Tylko co, jeśli nie przeżyje wstrząsów? Gdy to powiedział, garść piór Alfreda odłączyła się od jego ciała i uniosła się w powietrze. Przestał się trząść i zaczął latać. Przez ramię powiedział: "No dalej, nadążaj, zanim znowu mnie uderzy".

"Wszystko w porządku? zapytała Lia.

"To był już trzeci, a za każdym razem jest coraz gorzej. Musimy szybko dostać się tam, gdzie chcą. Nie wiem, czy poradzę sobie z kolejnym - nie gorszym od poprzedniego. To było niezłe".

Lecieli dalej, rozmawiając po drodze.

"Przepraszam, że wszystkich obudziłem - powiedział Alfred, gdy wstrząsy już ustały.

"To nie była twoja wina. powiedział E-Z. "Jestem prawie pewien, że wiem, czyja to wina - i kiedy go zobaczymy, dam mu za co."

"Co masz na myśli?" zapytała Lia, wtulając się w szyję Małej Dorrit. Było tak ciemno i zimno, że nie mogła przestać się trząść.

Zostaliśmy wezwani przez wysłanie wstrząsów elektrycznych w całym moim ciele. To było tak, jakby moje pióra płonęły od środka. To było niegrzeczne.

Bardzo nieuprzejme i przez chwilę myślałem, że znów jestem pomiędzy".

Całe jego łabędzie ciało drżało na samą myśl o tym. "Dam temu, kto to zrobił, to na co zasłużył, kiedy go zobaczę!"

Alfred kontynuował lot za pozostałymi. "Wcześniej Ariel szeptała mi do ucha, żeby mnie obudzić. Potem razem obmyślałyśmy plan. Robiła to nawet wtedy, gdy byłem pomiędzy. Zawsze była dla mnie łagodna i miła. To wezwanie było inne.

"Brzmi jak robota Eriela - przyznał E-Z. "Nie jest zbyt taktowny, potrafi być nieco melodramatyczny i nieczuły. Nie wspominając o tym, że ma chore poczucie humoru.

"Nieco melodramatyczny, to nawet nie zarysowuje powierzchni" - powiedział Alfred.

Będziesz musiał kiedyś opowiedzieć nam więcej o tym "pomiędzy". Nazwa brzmi uroczo, ale mam wrażenie, że to oksymoron - powiedział E-Z.

"Nie lubię o tym rozmawiać - odpowiedział Alfred.

"Naprawdę nie mogę się doczekać spotkania z tą Eriel. NIE." wyznała Lia. "To tak, jakbyś nie mogła się doczekać spotkania z Voldemortem. Jego reputacja go wyprzedza.

"A więc jesteś fanką Harry'ego Pottera? powiedział Alfred.

"Zdecydowanie - przyznała Lia.

Gwiazdy na niebie wysyłały wyimaginowane ciepło. Mimo to drżeli nieprzygotowani na nocne powietrze.

"Jesteśmy już prawie na miejscu? zapytał E-Z.

"Nie wiem na pewno - odparł Alfred. "Wstrząs nie powiedział, gdzie zostaliśmy wezwani, a ja nie wyczuwam żadnych wibracji w powietrzu. Jedyną rzeczą, która wskaże, że nie robimy tego, czego się od nas oczekuje, jest kolejny wstrząs. Niestety."

"Nie chcemy, żeby tak się stało. Zwiększmy tempo.

"Wygląda na to, że jesteśmy coraz bliżej. Alfred zatrzymał się w powietrzu z całkowicie rozłożonymi skrzydłami. "O nie!" powiedział, czekając na nowy wstrząs. Czekał i czekał, ale nic się nie wydarzyło. "Chyba już prawie..."

Tym razem ciało łabędzia nie tylko trzęsło się i drżało. Ciało Alfreda kręciło się w kółko. Jakby wykonywał salta na niebie.

Luźne pióra fruwały wokół niego, tańcząc na wietrze, gdy łabędź zaczął swobodnie spadać.

E-Z przeleciał pod łabędziem trębaczem i złapał go. "Alfred? Alfredzie?" Biedny łabędź zemdlał. "Eriel! Ty! Ty wielki włochaty sępie!" krzyknął E-Z, wznosząc pięść ku niebu. "Nie musisz zabijać Alfreda. Powiedz nam, gdzie jesteś, a my tam będziemy, ale tylko wtedy, gdy zgodzisz się odepchnąć go ładunkami elektrycznymi. To barbarzyństwo. On jest łabędziem na litość boską. Dajcie mu spokój.

"To, co powiedział - odparła Lia z otwartymi dłońmi skierowanymi ku niebu.

Przez sekundę unosiły się w miejscu.

Potem wózek inwalidzki doznał szoku. Potem uderzył w jednorożca Dorrit. Wszyscy zaczęli spadać.

Śmiech Eriela wypełnił powietrze wokół nich. Świat był jego Sensurround, a on kpił z Trójki jak nikt inny. Albo mógłby.

ROZDZIAŁ PIĘTNASTY

Kontynuowali spadanie przez dłuższy czas. Żaden z nich nie kontrolował swoich specjalnych mocy ani atrybutów.

Spodziewali się, że ich ciała rozprysną się na chodniku poniżej. Chodnik, który zdawał się wznosić na ich powitanie.

Nagle zejście się skończyło. To było tak, jakby wszyscy byli przywiązani do jakiegoś niewidzialnego lalkarza.

Po kilku sekundach ruch został wznowiony, ale tym razem był delikatny.

Prowadził ich, aż mogli bezpiecznie opaść u stóp archaniołów Eriel, Ariela i Haniela.

"Miałaś miłą podróż?" zapytała Eriel. Wybuchnął śmiechem. Jego towarzysze patrzyli na niego, nie śmiejąc się ani nie odzywając.

Alfred, teraz przebudzony, poleciał i wylądował, a za nim jednorożec Little Dorrit niosący Lię.

Jednorożec ukłonił się, witając pozostałych gości, po czym wycofał się na drugą stronę sali.

Eriel, najwyższy z pozostałej trójki, stał z rękami na biodrach, upewniając się, że nie ma wątpliwości, kto tu rządzi.

Ariel natomiast przypominał wróżkę.

Haniel był posągowy, promieniujący pięknem.

Eriel wystąpił naprzód, podnosząc się z ziemi tak, że znalazł się ponad nimi. Krzyknął: "Wystarczająco długo wam zajęło dotarcie tutaj! W przyszłości, gdy rozkażę twojej obecności, będziesz tu błyskawicznie!".

Haniel podleciała bliżej Alfreda. Dotknęła go w czoło. Następnie odwróciła się do E-Z i zrobiła to samo. Uśmiechnęła się. "Miło mi was poznać. Odwróciła się do Lii. Lia otworzyła dłoń i obie wymieniły się dotknięciami palców. Lia rzuciła się w ramiona Haniel. Haniel otuliła ją skrzydłami, podziwiając wygląd nowej dziesięciolatki.

Ariel podleciała blisko E-Z. Mrugnęła do niego i uśmiechnęła się do Lii. Podleciała do Alfreda, dotknęła go i uwolniła od bólu.

"Dość marudzenia! Eriel rozkazał głosem tak głośnym, że E-Z obawiał się, że podniesie dach.

"Poczekaj chwilę - powiedział Alfred, idąc z odgłosem swoich pajęczych stóp uderzających o betonową podłogę. "Prawie zostałem porażony prądem i chciałbym cię przeprosić.

Eriel otworzył skrzydła szeroko, tak szeroko, jak tylko mógł. Zawisł nad Alfredem, który zadrżał, ale utrzymał pozycję. Ich oczy się spotkały.

E-Z czuł, że Alfred, łabędź trębacz, był albo bardzo odważny, albo bardzo głupi. Tak czy inaczej, potrzebował pomocy.

E-Z przetoczył się do przodu, ustawiając swoje krzesło między nimi. "Co się stało, to się nie odstanie". Zwrócił się do Alfreda: "Wycofaj się". Alfred to zrobił. Potem do Eriel: "Wiem, że jesteś łobuzem, a to, co zrobiłeś naszemu przyjacielowi, było niewybaczalne i okrutne. Jest środek nocy, więc przejdź do rzeczy - powiedz nam, dlaczego tu jesteśmy? Co się stało?"

Eriel wylądował, a jego skrzydła złożyły się za jego ciałem. Moje próby skontaktowania się z tobą osobiście pozostały bez odpowiedzi. Bez względu na to, co robiłem, twoje chrapanie nie pozwalało ci się obudzić. Wysłałem Haniel po Lię, ale nie była w stanie jej obudzić bez niepokojenia matki, która spała obok niej. Dlatego wezwaliśmy Alfreda, który również nie odpowiadał przez dłuższy czas. Jego mentorka próbowała do niego podejść, jak zwykle, ale jej szepty nie były wystarczająco silne, by go obudzić.

"Martwiłam się o ciebie - powiedziała Ariel.

"Przepraszam - powiedział Alfred. "Łóżko E-Z jest cudownie wygodne, a on dość głośno chrapie. Minęło sporo czasu, odkąd znów spałem w prawdziwym łóżku.

"CISZA! wrzasnęła Eriel.

Alfred odsunął się, podczas gdy E-Z przysunął swoje krzesło jeszcze bliżej stworzenia.

Eriel zniżył głos. "Haniel myślał, że nie żyjesz, łabędziu. I dlatego wykorzystałem tę okazję, by przetestować naszą najnowszą technologię".

"Nie była wcześniej testowana na ludziach - przyznał Haniel.

"Pomyśleliśmy, że najlepiej będzie wypróbować ją na kimś, kto nie jest człowiekiem - Alfred, nadawałeś się do tego i wszystko zadziałało jak należy. Co prawda wszyscy przybyliście z opóźnieniem, ale dotarliście. Jak to mówią, lepiej późno niż wcale.

"Wykorzystałeś mnie jako królika doświadczalnego? powiedział Alfred, kołysząc szyją w przód i w tył z szeroko otwartym dziobem i przesuwając się po podłodze.

E-Z ponownie ustawił swój wózek inwalidzki między nimi. "Usiądź - powiedział do Alfreda.

Eriel, Haniel i Ariel utworzyli półokrąg wokół trójki.

"Masz rację, E-Z. Co się stało, to się nie odstanie. Lepiej, że przetestowali to na mnie, niż na was dwóch. A teraz bierzcie się do roboty - powiedział Alfred.

"Tak, Eriel - powiedział E-Z - jeszcze raz pytam, dlaczego tu jesteśmy?

"Po pierwsze - ryknął archanioł - plan zakładał, że wasza trójka stworzy swego rodzaju trio.

"Same już na to wpadłyśmy - powiedziała Lia. Trzymała dłonie otwarte, aby móc w pełni podziwiać trzech archaniołów w tym samym czasie. Od czasu do czasu rozglądała się też po pomieszczeniu, by przyjrzeć się otoczeniu. Wyglądało znajomo, z metalowymi ścianami, takimi jak te, w których po raz pierwszy spotkała E-Z. Tylko o wiele bardziej przestronne.

E-Z rozejrzał się i spojrzał na Lię. Myślał o tym samym. Im bardziej przyglądał się ścianom, tym bardziej zdawały się go otaczać. Czuł zimno i klaustrofobię, mimo że przestrzeń była ogromna. Żałował, że jego wózek inwalidzki nie ma przycisku, jak w niektórych samochodach, gdzie można podgrzać siedzenie.

"Cisza!" krzyknęła Eriel. Ponieważ wszyscy milczeli, wydawało się to nie na miejscu. Oczywiście nie wzięli pod uwagę, że mógł również czytać w ich myślach.

Alfred roześmiał się.

Eriel zmniejszyła dystans między nimi, a Alfred się cofnął. Eriel ponownie zamknęła lukę. I tak dalej, i tak dalej, aż Alfred został przyparty do muru. Alfred rzucił się do ucieczki. Eriel podniósł go swoimi szponiastymi stopami. Trzymał go ponad innymi.

"Eriel, proszę - powiedziała Ariel. "Alfred to dobra dusza.

Eriel postawił go na ziemi, po czym uniósł pięści. Wyleciały z nich błyskawice, które odbiły się rykoszetem od metalowego sufitu kontenera. Wszyscy oprócz Eriel grali w unigem z latającymi ładunkami elektrycznymi. Eriel patrzył. Śmiała się.

Kiedy zmęczyła się tą formą rozrywki. Kiedy zaufanie Trójki zostało przetestowane, złapał błyskawice. Zrobił z tego wielkie przedstawienie, wkładając je do kieszeni.

"A teraz", powiedział. "Czeka was nowa próba. Dzisiaj. Jeden z was zginie".

E-Z poderwał się na krześle. Alfred krzyknął mimowolne "Hoo-hoo!", a Lia krzyknęła jak mała dziewczynka.

Eriel kontynuowała, ignorując ich reakcje. "Jesteście tutaj, aby wybrać. Które z was dzisiaj umrze? Po dokonaniu wyboru wyjaśnię wam konsekwencje, jakie poniesiecie w związku z tą śmiercią". Eriel odleciał kilka stóp dalej, a dwaj pozostali aniołowie znaleźli się obok niego, po jednym z każdej strony.

Najpierw Ariel opisał śmierć Alfreda:

"Nie mogę powiedzieć ci o żadnych szczegółach tego procesu. Wszystko, co mogę ci powiedzieć, to to, że Alfred, jeśli umrzesz dzisiaj, nie wypełnisz swojej umowy kontraktowej. Dlatego nie zobaczysz już swojej rodziny, ani teraz, ani nigdy. Twoja śmierć byłaby jednak piękna. Tak jak w życiu, śmierć łabędzia jest zawsze piękna. Majestatyczna. Bo kiedy łabędź umiera, staje się aniołem. Twoja przemiana byłaby dla ciebie nowym początkiem. Twoim celem będzie poprawa zarówno ludzi, jak i zwierząt. Otrzymasz nowe imię i nowy cel. Będziesz naprawdę ceniony pod każdym względem. A twoja dusza powróci do miejsca wiecznego spoczynku".

Łzy spłynęły po policzkach łabędzia trębacza Alfreda. Ariel pocieszyła go, owijając swoje skrzydła wokół jego skrzydeł.

Po drugie, Haniel opowiedział o śmierci Lii:

"Dziecko, wkrótce staniesz się kobietą, tak jak Ariel, nie mogę przekazać ci żadnych informacji na temat zadania. Jedyne, co mogę ci powiedzieć, droga Cecelio, znana również jako Lia, to to, że gdybyś dziś umarła, to już by cię nie było. W jakiejkolwiek formie. Twoja śmierć będzie po prostu śmiercią. Ostateczną. Będzie tak, jak wtedy, gdy wybuchła żarówka - umrzesz. Twoje marne życie skończyłoby się wtedy. A jednak jesteś tu teraz i masz wiele do zaoferowania światu. Nawet nie dotknąłeś powierzchni dostępnych ci mocy. Jednak gdybyś dziś umarł, te moce pozostałyby niewykorzystane. Rozsypałbyś się w proch. Byłbyś tylko wspomnieniem dla tych, którzy cię znali i kochali. Ale twoja dusza również powróciłaby do miejsca wiecznego spoczynku".

Lia zamknęła dłonie, by powstrzymać spływające po nich łzy. Spływały również z oczu. Jej starych oczu. Jej ciało drżało, gdy szlochała. Była zbyt przytłoczona emocjami, by mówić.

Mała Dorrit przysunęła się i szturchnęła dziewczynkę w ramię. Haniel również próbował ją pocieszyć, całując ją w czoło.

A potem Eriel zaczęła opowiadać historię E-Z:

"E-Z, osiągnęłaś wiele rzeczy od śmierci rodziców. Zostałeś poddany próbom. Czasami, często zadania nie do pokonania dla człowieka. Jednak udało ci się je przezwyciężyć. Uratowałeś życie. Nie zawiodłeś mnie. Jednak czujemy." Zawahała się, zerkając na boki. "Szczególnie czuję, że udaremniłeś swoje moce. Czasami nawet im zaprzeczałeś. Wykorzystałeś czas, który ci daliśmy, by uczynić świat lepszym miejscem i zmarnowałeś go.

E-Z otworzył usta, by coś powiedzieć.

"Cisza! krzyknęła Eriel. "Nie próbuj się usprawiedliwiać. Patrzyliśmy, jak grasz w baseball i marnujesz czas z przyjaciółmi, jakbyś miał cały czas na wykonanie swoich zadań. Cóż, czas minął. Jeśli umrzesz dzisiaj, twoje próby będą niekompletne".

E-Z miał dość dobry pomysł, co będzie dalej, ale musiał poczekać, aż Eriel to powie. Wypowiedzieć te słowa, by stały się prawdą.

Jak przypuszczał, Eriel jeszcze nie skończyła. "Pozostawienie nas z niekompletnymi próbami, dla których twoje życie zostało ocalone. To byłoby niewybaczalne. Gdybyś dziś zginął, straciłbyś skrzydła. To tak na początek. Te próby, których jeszcze nie przeszedłeś, nigdy by się nie odbyły. Ponieważ byłeś jedyną osobą, która mogła wykonać te zadania. Naszą jedyną nadzieją.

"Dlatego ci, których byś uratował, nie zostaną uratowani przez nikogo, w żadnym momencie. Umrą z twojego powodu. Wszyscy, których kiedykolwiek uratowałeś podczas swoich prób, umrą.

"To byłoby tak, jakbyś nigdy nie istniał. Ich śmierć byłaby ostateczna. Kompletna. Żadnej szansy na życie pozagrobowe dla któregokolwiek z nich. Nawet wysłanie ich do "pomiędzy" nie wchodziłoby w grę. Twoja śmierć, a następnie E-Z, siałaby spustoszenie i wprowadzałaby chaos na świecie. Tak jak w dniu, w którym się pojedynkowaliśmy. Pamiętasz, jak wyglądał wtedy świat? Tak właśnie wyglądałaby ziemia - każdego dnia". Eriel odwrócił się. Patrzyli, jak rozkłada skrzydła, jakby szykował się do odlotu.

Wszyscy milczeli. Rozmyślając nad swoim losem.

Po jakimś czasie Eriel przerwał ciszę. "Ariel, Haniel i ja zostawimy was na razie. Możecie porozmawiać między sobą i podjąć decyzję. Ale nie spieszcie się. Nie mamy całego dnia.

Trójka archaniołów zniknęła przez sufit.

ROZDZIAŁ SZESNASTY

Gdy archaniołowie odeszli, Trójka była zbyt oszołomiona, by cokolwiek powiedzieć. Dopóki E-Z nie przerwał ciszy.

"Dla mnie to bez sensu, że sprowadzili nas tu wszystkich razem. Żeby torturowali Alfreda. Sprowadzili nas tutaj. Potem powiedz nam, że jedno z nas musi umrzeć. A my musimy wybrać, które z nas. To barbarzyństwo - nawet jak na Eriel".

Lia chodziła z zaciśniętymi pięściami. Była zbyt wściekła, by mówić i nie obchodziło jej, czy na coś wpadnie. W rzeczywistości, kiedy to robiła, kopała.

Alfred wtrącił się. "Myślę, że jeśli ktoś ma umrzeć, to powinienem to być ja. Moje moce są bardzo ograniczone. Biorąc pod uwagę złożoność prób, najprawdopodobniej zamieniłbym się w zupę z łabędzia. Tak jak podczas ostatniej próby. Wiem, że pomagałeś mi E-Z. To było miłe z twojej strony, ale wiedziałem, że stanowię zagrożenie".

E-Z próbował przerwać, ale Alfred tylko kontynuował. "Nie wspominając o tym, że mógłbym wam przeszkodzić. Narazić jednego z was na niebezpieczeństwo. Prowadzę smutne i samotne życie, odkąd odebrano mi rodzinę. Pewnego dnia samotność jest przytłaczająca. Bycie członkiem Trójki pomogło, ale...

"Nawet jako łabędź mogłem o nich myśleć. Pamiętać o nich, kochać ich. Sama świadomość, że umarli razem i są gdzieś razem, daje mi spokój. Nawet jeśli nie jestem z nimi, ale może będę dzisiaj, jeśli to ja umrę. Jestem gotów podjąć to ryzyko. Poza tym, kiedy odejdę, nikt na ziemi nie będzie za mną tęsknił".

"Będziemy za tobą tęsknić! powiedziała Lia.

"Oczywiście, że będziemy za tobą tęsknić! zgodził się E-Z, przechodząc przez podłogę, zauważając stół, który wcześniej wtapiał się w ścianę. Zbliżył się do niego, na którym odkrył stos papierów, które przewertował.

"Doceniam twój sentyment - powiedział Alfred. "Hej, co robisz, E-Z? Skąd się wziął ten stół?

Lia wyciągnęła obie ręce przed siebie, aby widzieć jednocześnie E-Z i Alfreda.

E-Z kontynuował przerzucanie stron. Wkrótce latały po całym pokoju. Wirowały w powietrzu, jakby zostały złapane w oko tornada.

Cała trójka zebrała się razem i obserwowała lawinę papieru. Potem w jednej chwili spadły na chodnik.

Lia chwyciła jeden z nich i przeczytała go, podczas gdy E-Z i Alfred przyglądali się temu.

"Co to jest?" wykrzyknęła. "Są tu nasze imiona. Opowiada historie. Nasze historie. O naszej śmierci.

"Tu jest napisane, że już nie żyjemy!" powiedział E-Z, czytając jeden z papierów, które mu się zawieruszyły.

"Och - powiedziała Lia ze łzą spływającą po policzku. "Jest też napisane, że moja matka nie żyje, podobnie jak twój wujek Sam.

E-Z potrząsnął głową. "To nie może być prawda. To nieprawda. Oni z nami pogrywają. Rozejrzał się dookoła. Coś w pokoju się zmieniło. Ściany. Były teraz czerwone. "Przeszliśmy do innego wymiaru czy coś? Spójrz na ściany? Czy jesteśmy gdzieś indziej, gdzie przyszłość jest już przeszłością?"

Alfred podniósł kolejną z upadłych stron. Opowiadała o śmierci jego żony, jego dzieci i jego własnej śmierci. A jednak, kiedy spojrzał na siebie, poczuł siebie, był żywy, z piórami: łabędź trębacz. "Chcę wyjść - powiedział.

Lia uśmiechnęła się. "Masz na myśli wyjście z tego pokoju, czy z tego życia? Ja też chcę wyjść, to znaczy z tego przerażającego metalowego kontenera, ale nie chcę umierać. Widzenie świata przez dłonie jest dziwne i jednocześnie fajne. Możliwość czytania w myślach też jest fajna. Ale kiedy zatrzymałem czas, to było niesamowite. Wyobraź sobie, że jesteś w stanie przywołać tę moc, gdy ktoś jest w niebezpieczeństwie lub gdy doszło do katastrofy. Wyobraź sobie, ile istnień można by uratować. A teraz mam dziesięć lat i kto wie, jakie jeszcze moce mnie czekają".

"Boskie - powiedział E-Z. "Wiem, jak się czułaś, Lia. Ja też tak się czułem, kiedy uratowałem tę pierwszą dziewczynkę, kiedy uratowałem innych i kiedy uratowałem ciebie."

Cała trójka utworzyła krąg i połączyła ręce, recytując słowa: "Mamy moc. Nikt dziś nie umrze. Nieważne, co powiedzą". Obracali się w kółko, intonując swoją nową mantrę. Dopóki nie byli gotowi ponownie wezwać archaniołów.

ROZDZIAŁ SIEDEMNASTY

Pierwszy przybył Eriel, z uniesionymi brwiami i wargą wykrzywioną w szyderczym grymasie. Następnie przybyli Ariel i Haniel. Dwójka pozostała za nim w cieniu jego ogromnych skrzydeł. Eriel skrzyżował ręce, podczas gdy dwaj pozostali archaniołowie podnieśli się. Zawiśli po przeciwnych stronach jego ramion.

"Podjęliśmy decyzję - powiedział E-Z. "Nikt dziś nie zginie.

Śmiech Eriela rozbrzmiał wokół metalowej obudowy. Uniósł się w powietrze, po czym skrzyżował ręce na piersi. Ariel i Haniel milczeli, podczas gdy śmiech Eriela stał się na tyle wysoki, że aż ranił uszy Alfreda.

Alfred zemdlał, ale szybko doszedł do siebie. Lia i E-Z pomogły mu wstać. Podtrzymywali go, dopóki nie przyleciała Mała Dorrit. Chwilę później Alfred siedział wysoko nad nimi na jednorożcu. Był prawie twarzą w twarz z Eriel.

"Dzięki, stary - powiedział Alfred.

"Cieszę się, że mogę pomóc - powiedziała Mała Dorrit.

"Wystarczy!" krzyknął Eriel, wznosząc się wyżej nad nimi. Onieśmielał ich swoim rozmiarem, chorobliwością i grzmiącym głosem. "Myślicie, że możecie zmienić to, co będzie? Powiedziałem wam, co musi się stać i nie macie innego wyboru, jak tylko być mi posłusznymi. To nie była ankieta. Ani demokracja. To była pewność. Jest bowiem napisane..."

Wtedy zauważył, że podłoga jest pokryta papierami. Upadł i podniósł jeden z nich. Następnie podniósł się i stanął twarzą w twarz z Alfredem. W dłoni trzymał historię Alfreda.

"Widzę, że przeczytałeś przyszłość. Teraz znasz prawdę, że żyjesz w równoległym wszechświecie. To, co dzieje się tutaj, rozchodzi się po innych wszechświatach. W miejscach, gdzie istnieje zarówno przyszłość, jak i przeszłość".

Lia opuściła prawą rękę i uniosła lewą. Jej ramiona nie były silne, ponieważ wciąż przyzwyczajały się do tego, że musiała je trzymać w górze.

Eriel przeleciał przez pokój do czerwonej sofy, na której usiadł. Pozostałe anioły dołączyły do niego, po jednym na każdym z ramion. Eriel usiadł wygodnie ze skrzydłami, których nie rozłożył do końca.

Gdy już się rozgościł, kontynuował. "W jednym ze światów cała wasza trójka jest już martwa. Przeczytałeś prawdę. W tym świecie wciąż jest nadzieja. Nadzieja istnieje dzięki nam, czyli mnie,

Arielowi, Hanielowi i Ophanielowi. Wybraliśmy waszą trójkę do współpracy. Wyznaczyliśmy wam cele i pomagamy wam, gdzie i kiedy możemy. Gdy jesteśmy z wami, tylko my pozwalamy na kontynuację waszego istnienia. Tylko my nadajemy cel waszemu życiu. Odmów podążania ścieżką, którą dla ciebie wybraliśmy, a nie będziesz już istniał na tym świecie. Zostaniesz wymazany, tak jak nigdy nie byłeś i nigdy nie będziesz".

E-Z zacisnął pięści, a jego krzesło podskoczyło do przodu. "W dokumencie o moim drugim życiu było napisane, że wujek Sam też nie żyje. Nie było go w wypadku z moimi rodzicami. Nie jest częścią tej umowy. Zabiłeś go Eriel, żeby mnie tu zatrzymać?"

Nie czekając na odpowiedź, Lia wtrąciła się. "W moim dokumencie jest napisane, że moja matka nie żyje. Jak to może być prawdą? Proszę, powiedz mi, że to nieprawda!"

Alfred poczuł się lepiej i zeskoczył z pleców Małej Dorrit. Podszedł bliżej sofy i ponownie stanął twarzą w twarz z Eriel.

E-Z patrzył dumnie na swojego przyjaciela Alfreda, nieustraszonego łabędzia trębacza.

"A w dokumentach moje modlitwy zostały wysłuchane. Już nie żyję. Umarłem z moją rodziną, tak jak powinno być. Wolałbym pozostać martwy. Zginąć razem z nimi, zamiast reinkarnować się jako łabędź trębacz. To po tym, jak Haniel uratował mnie przed tym, co pomiędzy".

Eriel odpędziła Alfreda. Ach, tak, "pomiędzy" i "pomiędzy". Zapomniałam, że cię tam wysłano. Nie przepadałeś za tym, prawda?

Alfred poruszył szyją i wykrzywił dziób w grymasie. Wyszczerzył swoje małe, postrzępione zęby, jakby chciał ugryźć Eriel.

"Uspokój się - powiedział E-Z, podchodząc do sofy.

Alfred zamknął dziób. Lia przysunęła się bliżej. Teraz cała trójka stała razem przed Eriel. Czekali, aż archanioł coś powie, cokolwiek. Wyglądało na to, że po raz pierwszy zaniemówił.

E-Z skorzystał z okazji, by opanować sytuację.

"W gazetach było napisane, że wujek Sam zginął w wypadku z moją matką, ojcem i mną. Nie było go z nami w samochodzie, żeby to się stało, musiałby być z nami w samochodzie. W jakim celu? Wyjaśnijcie nam, tak zwani archaniołowie. Dlaczego mielibyście zmieniać historię dla własnych celów? A tak przy okazji, gdzie w tym wszystkim jest Bóg? Chcę z nim porozmawiać".

"Ja też!" wykrzyknęła Lia.

"Ja też!" wtrącił się Alfred.

Eriel skrzyżował nogi i rozłożył skrzydła. Położył dłoń na brodzie i odpowiedział: "Bóg nie ma nic wspólnego z nami ani z tobą - już nie". Ziewnął, jakby to zadanie go nudziło.

"A gdybym ci powiedział, że twój dom płonie w tej chwili? A gdybym ci powiedział, że ani wujek Sam, ani twoja matka Samantha, Lia nie dożyją kolejnego dnia?

"Ty b-b-bękarcie!" wykrzyknął E-Z.

"Ditto!" powiedziała Lia.

"Daj spokój - skarciła go Eriel. "Wszyscy tutaj jesteśmy przyjaciółmi. Przyjaciółmi, prawda? Twój dom może stanąć w płomieniach, wszystko może się zdarzyć, gdy jesteśmy w tym miejscu, zawieszeni w czasie. Im dłużej zwlekasz z wyborem, tym większy chaos tworzysz na świecie. Stanął i rozłożył skrzydła, sprawiając, że trio cofnęło się o kilka kroków.

Kontynuował: - E-Z, zaryzykowałbyś życie dla wujka Sama, prawda? Przytaknął. "Oczywiście, że tak. A Lia, zaryzykowałabyś życie, aby uratować życie swojej matki, tak? Lia skinęła głową.

"I Alfred, mój kochany mały łabędź trębacz. Mój pierzasty przyjaciel. Którego z nich byś ocaliła? Gdybyś mogła uratować tylko jednego z nich? Eriel uśmiechnął się, dumny z rymowanki, którą ułożył.

"Uratowałbym ich obu - powiedział Alfred. "Zaryzykowałbym życie lub zginął próbując.

"Masz dziwne życzenie śmierci, mój pierzasty przyjacielu.

Alfred rzucił się w stronę Eriel.

"Nie możesz mnie zabić! Przestań z nami pogrywać. Sprowadziłeś nas razem. Po co? Żeby z nas zadrwić. Żeby mała dziewczynka płakała. Jesteś tylko wielkim łobuzem".

"Tak - powiedziała Lia. "Przestań się nad nami znęcać.

"To, co powiedzieli," dodał E-Z.

Eriel, teraz wściekły, zmienił kolor z czarnego na czerwony, z czarnego na czerwony. Przeleciał przez pokój i uderzył pięściami w stół.

"Chcesz znać prawdę? Nie radzisz sobie z prawdą." Uśmiechnął się. Na marginesie, uwielbiam grę Jacka Nicholsona w filmie "Kilku dobrych mężczyzn".

Była to jedna rzecz, co do której zarówno Eriel, jak i E-Z byli zgodni. Występ Nicholsona w tym filmie był bezbłędny.

"Skończ z melodramatyzmem i powiedz nam, czego od nas chcesz.

"Już to zrobiliśmy - powiedziała Eriel. "Powiedziałam wam, że jedno z was musi dziś umrzeć. Kazałam wam wybrać, które z was. Jest napisane, że jedno z was musi umrzeć. Musicie wybrać. Teraz.

Alfred wystąpił naprzód z wyciągniętą łabędzią szyją. "Więc to będę ja.

Alfred ukląkł, jego ciało drżało. Opuścił głowę, jakby oczekiwał, że archanioł ją odetnie.

Zamiast tego wszyscy trzej archaniołowie zaczęli bić brawo. Rozbiegli się po pokoju. Wrzeszczeli, jakby byli wynajętymi klaunami występującymi na przyjęciu urodzinowym dla dzieci.

Po kilku minutach kompletnego szaleństwa archaniołowie zatrzymali się.

"Dokonało się" - powiedziała Eriel.

A potem zniknęli.

ROZDZIAŁ OSIEMNASTY

E-Z na swoim wózku inwalidzkim, Lia na Małej Dorrit i łabędź Alfred wciąż byli trójką, która szybowała po niebie. Kontynuowali podróż przez kilka mil, aż pod nimi zauważyli ogromny metalowy most.

Młody mężczyzna balansował na krawędzi, dając do zrozumienia, że zamierza skoczyć.

E-Z wyjął telefon i zaczął dzwonić pod 911, podczas gdy Alfred bez wahania podleciał do mężczyzny. Odłożył telefon, a on i Lia podążyli za nim.

Alfred unosił się blisko mężczyzny, nie mogąc mówić i być przez niego zrozumianym, jedyne co mógł powiedzieć to "Hoo-hoo!".

"Odejdź ode mnie! - krzyknął mężczyzna, machając biednemu Alfredowi, który próbował tylko pomóc.

Mężczyzna zbliżył się do krawędzi, zrzucając buty i patrząc, jak spadają do rzeki pod nim. Patrzył, jak woda je opanowuje, wciągając buty pod swoje wygłodniałe usta. Chcąc zobaczyć więcej, zdjął koszulkę z ironicznym napisem "The End" z przodu.

Młody mężczyzna patrzył, jak jego ulubiona koszulka kołysze się i tańczy w drodze na dół. Gdy woda ją pochłonęła, mężczyzna zaczął śpiewać:

"Oto idę wokół krzaka morwy.

Krzak morwy, krzak morwy.

Oto idę wokół krzaka morwy,

Wszystko w słoneczny poranek".

Alfred słyszał, jak śpiewa. Znał tę rymowankę. Czekał, aż mężczyzna zaśpiewa kolejną zwrotkę. Właściwie to chciał, żeby zaśpiewał więcej. Ale bał się mu przeszkadzać. Mężczyzna nie zrozumiałby, nawet gdyby próbował do niego mówić.

W tym czasie E-Z czekał na znak od Alfreda. W końcu go dostał - Alfred powiedział jemu i Lii, żeby się nie zbliżali.

Alfred chciał, żeby młody człowiek go zrozumiał. Być może, gdyby podszedł bliżej, mógłby go złapać. Podszedł bliżej, rozwijając skrzydła do maksimum.

Młody człowiek go zobaczył. "Łabędź - powiedział. Potem skoczył.

Łabędź trębacz był większy niż przeciętny łabędź. Ale nie na tyle duży, by złapać dorosłego mężczyznę. Próbował jednak przerwać upadek. Narażał swoje życie, by go uratować. Ale bez względu na to, co zrobił, mężczyzna nadal spadał jak ołowiany balon. W głodne ujście rzeki.

Alfred bez zastanowienia zanurkował za nim. Jak zamierzał wyciągnąć mężczyznę, nikt nie wiedział. Niektórzy mówią, że liczy się myśl. W tym przypadku

Alfred został wciągnięty na dno przez sam ciężar mężczyzny.

W tym czasie E-Z unosił się nad wodą, szukając mężczyzny lub Alfreda, aby mógł im pomóc. Ani Lia, ani Mała Dorrit nie umiały pływać. A E-Z nie mógł do nich dopłynąć ani z krzesełkiem, ani bez niego.

Zirytowany poleciał w stronę brzegu, wypatrując jakichkolwiek oznak życia. W końcu zobaczył coś, co kołysało się na drugim brzegu. Popędził, zaniósł mężczyznę do miejsca, gdzie czekała Lia, a gdy ten już odkaszlnął, poszedł poszukać śladów łabędzia Alfreda.

Wtedy go zobaczył. W połowie w wodzie, a w połowie poza nią. Kołysał się wraz z przypływem.

"Alfredzie!" zawołał, podnosząc głowę łabędzia i natychmiast zauważając, że ma złamaną szyję. Alfred, łabędź trębacz, jego przyjaciel już nie istniał. Czyn Eriel został dokonany.

Lia, która obserwowała każdy ruch E-Z, zobaczyła szyję Alfreda i krzyknęła "Nieeeee!".

E-Z podniósł martwe ciało łabędzia na swój wózek inwalidzki i przytrzymał je. On również zaczął płakać.

Za nimi mężczyzna, którego uratował Alfred, zawołał,

"Nie jestem martwy! To ja, Alfred."

ROZDZIAŁ DZIEWIĘTNASTY

ZIEMIA PAUZA.

Ptaki zatrzymały się w połowie lotu. Podobnie jak samoloty. I inne obiekty latające, takie jak balony i drony. Pociski przestały strzelać po opuszczeniu komory. Woda przestała płynąć nad wodospadem Niagara. Owady przestały brzęczeć. Powietrze stanęło w miejscu.

Pojawiła się Ophaniel wraz z Eriel, Ariel i Haniel. Z rękami na biodrach i podbródkiem wysuniętym do przodu, było więcej niż oczywiste, że jest zirytowana.

Zamiast się odezwać, odwróciła się w stronę E-Z.

Zastygł w bezruchu z szeroko otwartymi ustami. Jego ostatnie wypowiedziane słowo brzmiało: "NOOOOOOOOOOOOOOOOOO!".

Teraz obserwowała Lię. Dziewczyna miała łzę zamarzniętą na policzku. Spłynęła z jej starego oka.

Teraz wróć do E-Z. Niósł ciało. Ciało martwego łabędzia.

Teraz do Alfreda, który nie był już łabędziem. Przybrał postać mężczyzny. Utopionego mężczyzny.

Tego samego, który miał go zastąpić w Trójce.

"Co jest nie tak z tym obrazem? zapytał Ophaniel, władca księżyca gwiazd.

Nikt nie odważył się odezwać.

"Eriel, ty tu dowodzisz. Najpierw zepsułaś test więzi z E-Z i Samem, dając się, wybacz za wyrażenie - wyrzucić z parku.

"Teraz, przez twoją głupotę, łabędź Alfred przejął ludzkie ciało. Ciało osoby, która, jak ci powiedziałem, powinna być członkiem The Three.

"Wiesz, z czym mamy do czynienia. Rozumiesz, co przyniesie przyszłość, jeśli nie uporządkujemy spraw. Wiesz!"

Eriel pokłonił się u stóp Ophaniela, po czym podniósł się z ziemi, zanim przemówił. "Wypowiedziałem te słowa i stało się.

"Tak, wypowiedziałeś słowa, a potem nie dopilnowałeś wykonania zadania, imbecylu!

Zawisła w pobliżu nowego Alfreda. "Przykro mi, ale to raczej komplikuje sprawy, nawet dla nas. Nawet z naszymi mocami, wydostanie go z tego ludzkiego ciała i powrót do jego łabędziej formy nie będzie takie proste. Być może będziemy musieli odesłać go z powrotem do "pomiędzy"! A on na to nie zasługuje. W rzeczywistości"

Ariel podleciała do Ophaniela i zapytała: "Mogę mówić?".

"Możesz, jeśli masz jakiś wgląd w Alfreda, który może pomóc nam wyjść z tego bałaganu.

"Znam Alfreda lepiej niż ktokolwiek tutaj. Zgodził się być tym jedynym, poświęcić się. Zrobiłby to ponownie bez chwili wahania - nawet gdyby nie było w tym nic dla niego. To ogromne poświęcenie dla każdej żywej istoty, oddać życie, by uratować inną. Należy również wziąć pod uwagę, ile Alfred musiał wycierpieć, zarówno w swojej ludzkiej egzystencji, jak i jako łabędź. To wyjątkowa dusza i powinien dostać drugą szansę, trzecią i czwartą, jeśli zajdzie taka potrzeba.

Eriel zadrwiła: - Powinien odejść, wrócić do pomiędzy na całą wieczność. Nie jest godzien...

"Nie pozwoliłam ci przerywać! krzyknął Ophaniel. Aby powstrzymać go przed przerywaniem w przyszłości, zacisnęła mu usta.

"To prawda, co mówisz, Ariel - powiedziała Ophaniel. "Alfred dobrze współpracuje zarówno z Lią, jak i E-Z. Być może powinniśmy dać mu drugą szansę w nowym ciele. W końcu nie był stworzony do bycia pomiędzy. Wszystko zależało od Hadza i Reiki. Od razu wygnalibyśmy ich do kopalni. Zamiast tego daliśmy im kolejną szansę z E-Z.

"Mimo to Eriel wysłała ich do kopalni. Więc wszystko dobre, co się dobrze kończy. Być może Alfred zasługuje na kolejną szansę. Zobaczmy, co się stanie, jak mówią ludzie, graj na ucho. Jeśli się uda, to dobrze. Jeśli nie, to ciało może zostać poddane recyklingowi, ponieważ duch już opuścił budynek".

"Dziękuję - powiedziała Ariel, kłaniając się nisko Ophanielowi. "Bardzo ci dziękuję. Będę miał oko na sytuację. Nie pozwolę, by Alfred cię zawiódł.

Ophaniel skinął głową, podniósł się i wypowiedział słowa:

WZNOWIENIE.

Czas zaczął płynąć, a świat wrócił do poprzedniego stanu.

Ophaniel zniknął pierwszy, pozostała trójka odczekała kilka sekund, zanim podążyła za nim.

ROZDZIAŁ DWUDZIESTY

"Nie ma mowy!" krzyknął E-Z, zbliżając się do nowego Alfreda. "Alfredzie, czy to ty? Czy to naprawdę możesz być ty?

Lia nie musiała pytać, bo już wiedziała. Podbiegła do Alfreda i objęła go ramionami.

Alfred powiedział ze swoim angielskim akcentem: "Eriel musiała zrobić switch-a-roo".

Alfred, który miał na sobie tylko parę dżinsów, zadrżał. "Chociaż jest mi zimno, to na pewno dobrze jest znów być w ciele. Napiął mięśnie i pobiegł w miejscu, aby się rozgrzać. Następnie wykonał kilka kółek na trawniku, podczas gdy E-Z i Lia stali i patrzyli na niego z otwartymi ustami.

"Ale popis!" powiedziała Mała Dorrit.

Alfred, który właśnie ją zauważył, podszedł i przesunął dłonią po jej futrze. Była tak miękka i ciepła, że wtulił się w nią.

"To dość dziwny obrót wydarzeń - powiedział E-Z, podchodząc bliżej. "Nie do końca wiem, co o tym myśleć.

"Ja też nie wiem - powiedział Alfred - Ale czy możemy o tym porozmawiać przy jedzeniu? Umieram z głodu, a cheeseburger naładowany keczupem i cebulą z ogromną porcją frytek na pewno by mi smakował.

"Poczekaj chwilę - powiedział E-Z. "Jeśli jesteś tym facetem, którego imienia nawet nie znamy, to co jeśli ktoś cię rozpozna?

Alfred pochylił się i dotknął palców u stóp. Poczuł skórę na twarzy. Swoje włosy. "Przejdziemy przez ten most, kiedy do niego dotrzemy. Uśmiechnął się, uniósł głowę w kierunku nieba i powiedział: "Dziękuję Eriel, gdziekolwiek jesteś".

Samolot nad ich głowami napisał te słowa:

Jeszcze raz do wyłomu, drodzy przyjaciele.

"To dość dziwne wyrażenie jak na napis na niebie - zauważyła Lia. "Czy któryś z was wie, co ono oznacza?

E-Z potrząsnął głową: "Mogę to wygooglować". Wyciągnął swój telefon.

"Nie ma potrzeby - powiedział Alfred. "To z Szekspira, przypisywane królowi Henrykowi. Dosłownie oznacza "Spróbujmy jeszcze raz" i wierzę, że zostało wypowiedziane podczas bitwy. Zakładam więc, że to wiadomość od mojego Ariela, dająca mi znać, że dostałem kolejną szansę. Łzy napłynęły mu do oczu.

E-Z był podejrzliwy co do tej zmiany wydarzeń. Cieszył się, że Alfred wciąż jest z nimi, ale zastanawiał się, za jaką cenę. "Martwię się - przyznał E-Z.

Lia powiedziała, że też.

"Nie martw się. Jeśli Ariel wysłała mi tę wiadomość, to znaczy, że jest po naszej stronie. Poza tym mężczyzna, w którego ciele jestem, już go nie chciał. Próbowałem go uratować, ale i tak skoczył. Być może to przeznaczenie, abym pomógł ci w twoich próbach E-Z. Cokolwiek to jest, przyjmę to. Dam z siebie wszystko. To po tym, jak będę w koszuli i butach".

"Zastanawiam się, jakie są teraz twoje moce Alfredzie. To znaczy, czy nadal je masz, czy masz inne moce. Albo żadnych. Odkąd znów jesteś człowiekiem - zapytała Lia.

Alfred podrapał się po blondwłosej głowie. "Nie wiem. Jedyną rzeczą, która potrzebuje tutaj lekarstwa, jest moje dawne ciało łabędzia. Nie chcę ryzykować, że jeśli je wyleczę, to wrócę do niego.

"W porządku - powiedziała Lia. "Ale nie możemy zostawić tam twojego dawnego ciała łabędzia, prawda? Musimy go pochować.

Gdy spojrzeli na martwe ciało, rozpłynęło się ono w powietrzu.

"Cóż, to rozwiązuje problem - powiedział E-Z.

"Czuję, że powinienem powiedzieć kilka słów za odejście mojego starego ciała. Czy ktoś ma coś przeciwko?

Zarówno E-Z, jak i Lia skłonili głowy.

Alfred wyrecytował fragment wiersza Lorda Alfreda Tennysona pt:

Umierający łabędź:

Równina była trawiasta, dzika i naga,

Szeroka, dzika i otwarta na powietrze,
Które wszędzie wznosiło
Pod dachem smutnej szarości.
Wewnętrznym głosem płynęła rzeka,
Po niej płynął umierający łabędź,
I głośno lamentował.
Tutaj Alfred Hoo-Hoo'd i Hoo-Hoo'd, aż łzy wypełniły wszystkie ich oczy, gdy wiersz był kontynuowany:
Był środek dnia.
Zmęczony wiatr wciąż szalał,
I porywał trzcinowe wierzchołki.
Stali razem w chwili ciszy.
Potem Lia powiedziała: "A teraz przynieśmy ci świeże i suche ubrania, a potem pójdziemy wszyscy do knajpy z burgerami. Ja też jestem głodna i spragniona.
E-Z potrząsnął głową. "Przydałoby się coś do jedzenia, ale nadal jestem podejrzliwy wobec Eriel. Coś tu się nie zgadza.
"Może coś wymyślimy - jak już zjemy! Poprowadź mnie do nieba cheeseburgerów".
Zaczęli iść wzdłuż nadbrzeżnej promenady. Szli przez jakiś czas. Zanim zdali sobie sprawę, że się zgubili.
"Jestem doskonałym nawigatorem - powiedziała jednorożec Little Dorrit, schodząc na dół, by ich powitać. "Wejdźcie na pokład Alfred i Lia. E-Z możesz iść za mną.
Alfred sięgnął do kieszeni dżinsów i wyciągnął portfel. W środku znalazł kilka banknotów i

identyfikator ciała, w którym teraz przebywał. Młody mężczyzna nazywał się David, James Parker, lat dwadzieścia cztery. Podniósł prawo jazdy.

"Ładne zdjęcie - powiedziała Lia.

"Tak, jestem raczej przystojny".

"Och, bracie - powiedział E-Z, pchając się naprzód.

Pasażerowie Little Dorrit wznieśli się w powietrze. E-Z podążał za nimi, dopóki nie dowiedział się, gdzie jest. Postanowił poprosić o dodanie GPS do swojego wózka inwalidzkiego. Szkoda, że o tym nie pomyśleli, kiedy go modyfikowali.

Po zjeździe nastąpiła szybka wycieczka do sklepu z używanymi rzeczami. Alfred miał teraz na sobie nową koszulkę, dżinsy, buty do biegania i skarpetki. Następnie ustawiła się krótka kolejka, zanim zaczęło się zamawianie jedzenia.

Mała Dorrit zrobiła się skąpa, podczas gdy trio zajęło się jedzeniem. Wszyscy byli bardzo głodni.

Alfred wydawał z siebie odgłosy gruchania, zbyt liczne, by je szczegółowo opisać. Kiedy skończyli jeść, wyrzucili śmieci do odpowiednich pojemników. I ruszyli w drogę powrotną do domu.

Kiedy byli już prawie na miejscu, Alfred zawołał do E-Z: "Musimy porozmawiać!".

"Czy to nie może poczekać, aż wylądujecie?" zapytała Mała Dorrit. "Po tym, jak skończę tutaj, mam miejsca do odwiedzenia i ludzi do zobaczenia.

"Jak niegrzecznie - powiedział E-Z. "Śmiało, Alfredzie, Davidzie czy jak tam się teraz nazywasz.

"Właśnie o tym chciałem z tobą porozmawiać - powiedział Alfred. "Jak zamierzasz wyjaśnić moją przemianę wujkowi Samowi i Samancie? Wujku Samie i Samanto, chciałbym, żebyście poznali łabędzia trębacza Alfreda. Nazywa się teraz David James Parker. Dzięki ciału, w które wszedł i w którym obecnie przebywa. Odkąd młody mężczyzna, który był poprzednim właścicielem ciała, popełnił samobójstwo. Na moście Jones Street".

"O rany - powiedział E-Z. "To stuprocentowa prawda, jaką znamy, ale nie możemy im powiedzieć prawdy".

"Moja matka zemdlałaby, gdybyśmy to powiedzieli. Dlaczego nie powiemy im, że łabędź Alfred poleciał na południe? Na bardziej słoneczną pogodę. Albo że spotkał partnerkę? Wtedy możemy przedstawić Alfreda jako D.J., co brzmi o wiele bardziej przyjaźnie niż David James".

"Jesteś geniuszem" - powiedział E-Z - "Chociaż, ponieważ mój przyjaciel nazywa się PJ, sprawy mogą być nieco zagmatwane z DJ-em i PJ-em. Jak myślisz, Alfredzie? Masz jakieś preferencje?"

"Nie podoba mi się DJ. To brzmi zbyt pospolicie. Wolałbym nazywać się Parker. Parker the Butler był jedną z moich ulubionych postaci w Thunderbirds.

"W takim razie Parker - dokończył E-Z, gdy Lia krzyknęła, a Alfred zemdlał - ich dom zniknął. Spłonął doszczętnie.

ROZDZIAŁ DWUDZIESTY PIERWSZY

"O nie!" zawołał E-Z, biegnąc w kierunku płonących szczątków. "Muszę znaleźć Wujka Sama i Samantę. Po prostu muszę."

Jego krzesło zawisło nad szczątkami; wszystko było zwęglone na czarno. Nie do odróżnienia bałagan zniszczenia bez śladu ludzkiego życia. Sporadyczne przedmioty były nasiąknięte wodą. Spośród dogasającego żaru tu i ówdzie unosiły się przerywane sygnały dymne.

E-Z uniósł pięści w powietrze. "Chodź tu Eriel, ty gargantuiczny...

"Latający głąbie!" Parker dokończył obelgę.

Lia próbowała wszystkich uspokoić.

"Dlaczego musiałeś to zrobić? Dlaczego? Dlaczego?" płakał E-Z.

Lia upadła na ziemię. Oparła głowę na kolanie E-Z, a Parker przytulił ją, gdy za nimi z piskiem zatrzymał się samochód.

Otworzyło się dwoje drzwi: Sam i Samantha.

Biegli i trzymali się razem; jakby nigdy nie spodziewali się, że znów się zobaczą. Każdy uronił łzę lub dwie, zanim się rozdzielili. Kiedy zdali sobie sprawę, że grupowy uścisk obejmował mężczyznę, którego nie znali.

Nieznajomy był wysokim mężczyzną, który nie miałby problemu ze zdobyciem miejsca w Raptors, gdyby był młodszy. Ubrany był od stóp do głów w czarny garnitur w prążki i pasujące do niego buty.

Rozpięte guziki marynarki odsłaniały czarny garnitur z błyszczącego materiału, prawdopodobnie jedwabiu. Jego kruczoczarne oczy i rozwiane wiatrem włosy kontrastowały z bluszczową cerą. Przypominał skrzyżowanie śmiertelnika z magikiem.

Wyciągnął rękę: "Cześć, jestem ubezpieczycielem Sama".

Wujek Sam wyjaśnił, że on i Samantha wyszli coś zjeść. Widząc wyraz twarzy E-Z, usprawiedliwił to: "Nie mogła spać z powodu jet lagu". Samantha i Sam wymienili spojrzenia i przytaknęli. "Samantha i ja..."

"Och, mamo!"

E-Z powiedział: "Samantha i wujek Sam siedzą na drzewie, k-i-s-s-i-n-g."

"Przestań - powiedziała Parker. "Zawstydzasz ich."

Wszystkie oczy skierowały się na ubezpieczyciela. Nazywał się Reginald Oxworthy. Rozmawiał przez telefon. Krzyczał. "Co masz na myśli mówiąc, że się nie kwalifikuje?".

"O nie!" powiedział Sam.

"Jest naszym klientem od lat, najpierw kiedy mieszkał w innym stanie, a od czasu przeprowadzki tutaj. Jest objęty ubezpieczeniem, jestem tego pewien". Nastąpiła przerwa. "Cóż, spójrz jeszcze raz!" Zamknął telefon. "Przepraszam cię za to wszystko.

Sam podszedł bliżej, a wszyscy inni podążyli za nim. "O co dokładnie chodzi?

"Żaden problem, że tak powiem.

"Dla mnie to brzmiało jak problem - powiedziała Samantha. Pozostali przytaknęli.

Oxworthy odchrząknął. "Powiedziałem im, żeby jeszcze raz sprawdzili twoją polisę. Daj mi chwilę - zadzwonił jego telefon. "Chwileczkę - powiedział, odchodząc od nich. Podążali za nim jak grupa piłkarzy, słuchając każdego jego słowa. "Uh, tak. Tak. W takim razie potwierdzili to. Nie ma sprawy, zdarza się."

Uśmiechnął się do Sama, po czym dał mu kciuka w górę. Odsunął się od świty i kontynuował rozmowę.

Stali w kępie, patrząc na to, co pozostało z ich domu. Domu, w którym E-Z mieszkał przez całe swoje życie. Co się teraz stanie? Czy będą musieli odbudować go w tym miejscu? Nowy dom, bez historii i znaczenia. Nowy dom, który nigdy nie będzie dla niego domem. Nigdy nie będzie miejscem, w którym duchy jego rodziców, jeśli w ogóle będą istnieć, będą mogły go odwiedzać.

Oxworthy podszedł do nich. "Cóż, teraz. Przepraszam za opóźnienie. Ale wasze rezerwacje hotelowe zostały potwierdzone. Możemy zaczynać. Rozgośćcie się, kiedy tylko będziecie gotowi.

"Dziękuję - powiedział Sam. "Wiadomo już, co było przyczyną pożaru?

"Po wstępnym dochodzeniu są w dziewięćdziesięciu procentach pewni, że eksplozja była spowodowana wyciekiem gazu. Ale nie martw się o to teraz. Twoja polisa pokrywa wszystkie koszty pobytu w hotelu. Zarezerwowałem wam trzy pokoje. To powinno wystarczyć, prawda?"

"Powinno wystarczyć - powiedział Sam. "Dziękuję, Reg.

"Twoja polisa obejmuje również wydatki na rzeczy zastępcze, artykuły pierwszej potrzeby, jedzenie. Nie będziesz musiał płacić ani centa w hotelu. Wszystko, co kupisz, prześlij mi paragony. Zrób kopie, zachowaj oryginały. Dopilnuję, abyś otrzymał zwrot kosztów".

Sam i Oxworthy uścisnęli sobie dłonie.

"Czy ktoś potrzebuje podwózki do hotelu? zapytał Oxworthy, a Lia i Samantha wsiadły na tylne siedzenie jego czarnego mercedesa.

E-Z i Parker wsiedli do samochodu wujka Sama.

"Chyba nie zostaliśmy sobie przedstawieni - powiedział Wujek Sam, wyciągając rękę do Parkera, który siedział na tylnym siedzeniu.

"Miło mi cię poznać - powiedział Parker.

"Ty też jesteś Brytyjczykiem - powiedział Wujek Sam. "Skoro o tym mowa, gdzie jest Alfred?

E-Z potrząsnął głową. "Wyjaśnię ci rano. I możesz kontynuować to, co chciałeś nam powiedzieć o sobie i Samancie.

"W porządku - powiedział Sam, spoglądając w lusterko wsteczne, by zobaczyć, że Parker śpi. Włączył samochód i odjechał.

"Wszyscy mieliśmy dzień pełen wrażeń - powiedział E-Z.

"Mówisz mi."

Przepraszam Eriel, że zwaliłem to na ciebie, pomyślał E-Z. Chociaż przeczucie z tyłu jego umysłu sugerowało, że ława przysięgłych wciąż nie rozstrzygnęła tej sprawy.

ROZDZIAŁ DWUDZIESTY DRUGI

Gdy wszyscy dotarli do hotelu, zameldowali się w swoich pokojach, z planem spotkania się później na kolacji o 18:00 .

Wujek Sam miał pokój dla siebie, ale między jego pokojem a pokojem jego siostrzeńca były sąsiednie drzwi. Parker również spał w pokoju E-Z, podczas gdy Lia i jej matka dzieliły pokój kilka drzwi dalej.

Po zadomowieniu się, Lia i Samantha postanowiły zrobić zakupy pierwszej potrzeby. Priorytetem były nowe ubrania, ponieważ wszystko, co ze sobą zabrały, zginęło w pożarze.

"A co z naszymi paszportami?" zapytała Lia.

"Dobrze, że zawsze mam je przy sobie w torebce".

"Whew!" Oboje weszli do sklepu projektanta i od razu zaczęli przymierzać najnowszą północnoamerykańską modę.

"To powinna być dodatkowa zabawa, ponieważ firma ubezpieczeniowa płaci za wszystko!" Samantha krzyknęła przez ścianę do swojej córki w sąsiedniej przebieralni.

"Niczego nie kochamy bardziej niż zakupów!" powiedziała Lia. "Zdecydowanie kupię to, to i to".

***

Po powrocie do hotelu Parker chrapał na łóżku. E-Z krążył po pokoju, myśląc o swoim zagubionym komputerze. Dobrze, że nie zaszedł zbyt daleko w swojej powieści Tattoo Angel, ale to, co najbardziej zaprzątało jego myśli, to rzeczy rodziców. Nie mógł uwierzyć, że wszystkie zniknęły. Nie pomagał fakt, że nie widział ich od bardzo dawna. Ale dlaczego obwiniał siebie? Ubezpieczyciele twierdzili, że przyczyną był wyciek gazu. Powiedzieli, że są tego pewni w dziewięćdziesięciu procentach. Dlaczego wciąż czuł, że to wszystko jego wina, bo mógł to powstrzymać, powstrzymać Eriel, kiedy miał szansę.

Sam wsunął głowę do pokoju. "Jesteście cali?

Parker przeciągnął się.

"Tak, jesteśmy w porządku. Wejdźcie.

"Idę do sklepu po kilka niezbędnych rzeczy. Dacie mi listę tego, czego potrzebujecie, czy chcecie do mnie dołączyć?

"Jeśli chodzi o jedzenie - liczcie na mnie!" powiedział Alfred.

"Zawsze jesteś głodny!"

"Cóż mogę powiedzieć, od dłuższego czasu jem tylko trawę.

E-Z złapał spojrzenie Sama i udawał, że pali wyimaginowanego papierosa.

Wujek Sam szydził, zastanawiając się, skąd jego siostrzeniec w wieku trzynastu lat wie o takich rzeczach. Aby zmienić temat, zamknęli swoje pokoje i ruszyli korytarzem.

"Dokąd dokładnie idziemy? zapytał E-Z.

"Zgadza się, nie chodzimy zbyt często na zakupy do miasta. Jest tam fantastyczne centrum handlowe, do którego chciałem pojechać odkąd się tu przeprowadziłem. To niedaleko, więc pomyślałem, że możemy pogadać po drodze".

"Możesz nam powiedzieć, co się stało? zapytał Parker.

"Tak, jak ty i Samantha tak szybko się spiknęliście?" zapytał E-Z.

"Hmmm - odpowiedziała Sam.

"Miałem na myśli pożar - powiedział Parker, rzucając E-Z zezowate spojrzenie przez ramię.

Dotarli do sklepu. Parker i Sam weszli przez obrotowe drzwi, podczas gdy E-Z użył przycisku otwierającego drzwi.

Po wejściu do środka Parker schylił się, by zawiązać buty. E-Z ściągnął z wieszaka elegancką dżinsową kurtkę i przymierzył ją. Przesunął się przed lustrem, aby sprawdzić dopasowanie. "Wygląda całkiem nieźle.

Sam podszedł, aby ocenić sytuację: "Zgadzam się, jest precyzyjnie dopasowana. Wygląda, jakby był stworzony dla ciebie".

"Co o tym myślisz, Alfredzie?

Sam zrobił podwójne spojrzenie. Parker powiedział: "Możesz przestać nazywać mnie Alfredem! Kim w ogóle był ten Alfred?

"Przepraszam, to brytyjski akcent. On też go miał. Alfred był naszym przyjacielem".

Sam wrócił do oglądania ubrań. Zapełniał koszyk bielizną i przyborami toaletowymi.

"Jak myślisz, Parker?

Przeszedł przez podłogę, aby przyjrzeć się bliżej. "Dobrze pasuje. Myślę, że powinieneś to kupić. Ale to będzie wstyd, kiedy twoje skrzydła wylecą i się zniszczy.

Sam przeszedł obok i E-Z wrzucił kurtkę do koszyka. "Myślę, że powinniście też kupić coś niezbędnego, na przykład bieliznę. Chyba, że zamierzacie chodzić w komandosach.

"Eww!" wykrzyknął E-Z.

"Znam to określenie. Jestem pewien, że pochodzi z Wielkiej Brytanii".

"Już wiem, dlaczego mój siostrzeniec nazywa cię Alfredem. Właśnie tak by cię nazwał.

E-Z spojrzał na Parkera przez chwilę. Następnie podążył za wujkiem do kasy, gdzie zatrzymał się, przymierzył kapelusz i wrzucił go do koszyka.

"Gdzie się podział Parker? - zapytał. Sam kontynuował oglądanie spinek do krawatów, podczas gdy E-Z skanował sklep w poszukiwaniu swojego zaginionego przyjaciela.

Parker stał nieruchomo na środku alejki czwartej z prawą ręką uniesioną do góry, a lewą opuszczoną. Wyraz jego twarzy niewątpliwie przypominał zombie.

"O nie!" powiedział E-Z, podjeżdżając do niego. "Uh, Parker," wyszeptał. "Co się stało? Lepiej uważaj, bo ktoś pomyli cię z manekinem.

Parker stał nieruchomo.

"Ocknij się - powiedział E-Z, uderzając Parkera krzesłem. Ciało Parkera przechyliło się, a następnie przewróciło. E-Z złapał go w samą porę, trzymając go za tył koszuli. Próbował wyprostować przyjaciela, aby nie wyglądał tak sztywno i jak manekin, ale nie było to łatwe zadanie.

Wujek Sam pospieszył z pomocą. "Co jest z Parkerem?"

"Nie wiem. Musimy go stąd zabrać.

"Czy on bierze narkotyki? Ma dziwny wyraz twarzy, jakby zobaczył ducha lub coś w tym rodzaju."

"Nie, żadnych narkotyków, poza odrobiną trawki od czasu do czasu. I nie ma czegoś takiego jak duchy - nie wspominając o tym, że jest dzień. Może uda mi się go przetransportować na moim krześle? Musimy go stąd zabrać, zanim ktoś zauważy i zadzwoni na policję.

"Zgoda. Nie wiem, jaki powód podaliby policji, gdyby ich wezwali. W naszym sklepie jest facet, który naśladuje manekina! Przyjeżdżaj szybko."

"Zabawne - powiedział E-Z. "Idź się wymeldować, a ja zostanę tutaj. Zastanówmy się, jak możemy go stąd wyprowadzić, nie zwracając na siebie zbytniej uwagi".

Wujek Sam poszedł zapłacić, podczas gdy E-Z został z Parkerem. Klienci wchodzący do alejki mieli problemy z wejściem i ominięciem ich. E-Z przesunął swoje krzesło w lewo, a następnie w prawo, aby pomieścić kupujących.

W końcu, gdy pojawiło się kilku klientów naraz, przyparł Parkera do ściany. Przynajmniej nie przeszkadzał. Następnie usiadł, czekając na Sama.

"Jesteśmy tutaj!" zawołał E-Z, gdy go zauważył.

"Dlaczego stoi twarzą do ściany? I co tu robicie?"

"Było mnóstwo klientów, a my przeszkadzaliśmy. Zastanawiałeś się, jak możemy go stąd wyciągnąć?

"Tak, wezmę jedną z tych platform - powiedział Sam.

"Dlaczego nie weźmiesz wózka?" zapytał E-Z. "Mniej rzuca się w oczy.

"Nigdy nie uda nam się go wsadzić do wózka. Nie, chyba że chcesz rozwinąć skrzydła, podnieść go i wrzucić do środka.

"Muszę pomyśleć. Po kilku minutach zdał sobie sprawę, że najlepszym pomysłem będzie wynajęcie platformy. "Tak, załatw lawetę, a ja pomogę ci go w niej umieścić. Jak tylko wyjdziemy ze sklepu, mogę go odstawić do hotelu. Jedynym problemem będzie, kiedy tam dotrę, co z nim wtedy zrobić".

"Zastanowimy się nad tym, gdy wyjdziemy ze sklepu. Sam poszedł po wózek. Zamiast tego wrócił z platformą. Okazało się to lepszą opcją. Z łatwością wsadzili na nią Parkera i wrócili do hotelu.

"Wracajmy pieszo, powoli i spokojnie - powiedział E-Z. "W końcu nie muszę lecieć. Pójdziemy spokojnie do pokoju, położymy go na łóżku.

"Potem zwrócę ciężarówkę, musiałem obiecać, że osobiście ją zwrócę.

"Brzmi jak plan. Ups."

Grupa kupujących zajmowała większość chodnika. Zatrzymali się, aby ich przepuścić, a następnie kontynuowali swoją drogę i wkrótce wrócili do hotelu.

W środku okazało się, że platforma nie zmieści się do zwykłej windy, więc musieli skorzystać z windy serwisowej. Wymagało to przekonania, tj. przekupienia konsjerża. Kiedy pieniądze zmieniły właściciela, pomógł im nawet wyciągnąć platformę z windy. Zaoferował również, że zwróci ją do sklepu, gdy skończą. Oferta, którą Sam grzecznie odrzucił.

Teraz, przed pokojem E-Z i Parkera, winda otworzyła się i wyszły z niej Lia i jej matka. Każda z nich niosła liczne torby, gdy zauważyły chłopaków i ciężarówkę.

"O nie! Co się stało? zapytała Lia.

"Nie wiem - powiedział E-Z. "Zabawnie skręcił.

"Zabierzmy go do środka - powiedział Sam.

Po odłożeniu bagaży, dziewczyny pomogły E-Z i Sam położyć Parkera na łóżku.

"Może jest pod wpływem zaklęcia?" zasugerowała Lia.

"To dość dziwny skok z twojej strony - powiedziała Samanta. "Oglądałaś zbyt wiele powtórek Charmed".

Lia roześmiała się. "Tak, to był jeden z moich ulubionych seriali. Mam na myśli poprzednią wersję, tę z dziewczyną z Who's the Boss.

"Dobrze wiedzieć, że w Holandii też oglądasz stare kanały - powiedział E-Z. Następnie zbliżył się do Parkera. "Poczekaj chwilę. Czy on jeszcze oddycha?"

Obserwowali unoszenie się i opadanie klatki piersiowej Parkera. Tak się nie stało.

"Sprawdź bicie serca - lub puls" - zasugerowała Samanta.

"Jest bicie serca - powiedziała Sam. "I oddycha, ale sporadycznie.

Samanta pochyliła się i dotknęła czoła Parkera. "O rany, on ma gorączkę!

"Dajcie trochę lodu!" zawołał Sam, po czym wykonując własne polecenie, wybiegł na korytarz z wiadrem lodu.

"Nie powinniśmy wezwać lekarza? zapytała Samanta.

ROZDZIAŁ DWUDZIESTY TRZECI

"Zgadzam się z mamą. Musimy wezwać karetkę, a może w hotelu jest lekarz" - powiedziała Lia.

E-Z skrzywił się, przekazując Lii wiadomość - musimy pozbyć się wujka Sama i twojej mamy.

Sam wrócił z wiadrem pełnym lodu. "Musimy włożyć go do wanny. On i Samantha zaczęli podnosić Parkera.

"Zaczekajcie! powiedziała Lia. "Sam i mamo, może pójdziecie i przyniesiecie dużo lodu? To znaczy, musimy napełnić wannę zanim go do niej włożymy, prawda?".

"Myślę, że próbują się nas pozbyć - powiedział Sam.

"Przepraszam - powiedział E-Z. "Czy możesz dać nam kilka minut, abyśmy spróbowali rozgryźć tę sytuację z Parkerem?

Samantha i Sam skinęli głowami, po czym opuścili pokój.

E-Z wyrecytował magiczne słowa, które przywołały Eriel:

Roch-Ah-Or, A, Ra-Du, EE, El.

Archanioł wciąż się nie pojawiał. To, że był ignorowany, denerwowało E-Z do końca, ponieważ wiedział, że jest stale monitorowany przez Eriel.

Lia próbowała skontaktować się z Hanielem, ale nie otrzymała odpowiedzi.

E-Z i Lia nie wiedzieli, co robić, gdy serce Parkera zwolniło bicie i prawie całkowicie się zatrzymało.

Ariel przybyła bez wezwania i bez fanfar. Podleciała prosto do Parkera. Położyła dłonie na jego czole. Patrzyli, jak łzy spadają z jej oczu i lądują na jego policzkach. Intonowała, śpiewając łagodną pieśń i czekała. Kiedy nie poruszył się ani nie odzyskał przytomności, odwróciła się, by odejść. Ale zanim odeszła, lamentowała: "On odszedł". Kilka sekund później ona również.

Mimo że znajdowali się na 45 piętrze i mimo że Alfred/Parker nie żył. Znowu. E-Z podniósł go z łóżka i zaniósł do okna. Spojrzał na Lię przez ramię.

Płakała, gdy on i Parker spadali.

Spadali, spadali. Aż skrzydła wózka inwalidzkiego E-Z wysunęły się. Odlecieli, on i Alfred, on i Parker. Oboje byli tacy sami. Dwoje w cenie jednego.

Zaczął majaczyć, wznosząc się coraz wyżej i wyżej. Metalowe części jego fotela stawały się coraz gorętsze.

Obawiał się, że wybuchną.

Musiał to naprawić. Po prostu musiał. Musiał znaleźć Eriel.

Wózek inwalidzki zaczął drgać, powodując upadek E-Z i Alfreda/Parkera.

Wylądowali bez krzesła w silosie, gdzie E-Z przylgnął do martwego ciała przyjaciela.

Nie minęło wiele czasu, a Eriel pojawiła się i zawieszona w powietrzu przed nimi zawołała: "Mówiłam ci, że to się stanie. Powiedziałem ci, a on się zgodził. Umowa została zawarta."

E-Z wiedział, że to prawda, a jednak. "Dlaczego więc dałeś mu nadzieję i skąd ten cytat z Szekspira o dawaniu mu drugiej szansy?"

Eriel spojrzała na wiotkie ciało, które trzymał E-Z. "To nie była moja sprawka.

"Więc z kim muszę porozmawiać? zapytał E-Z. "Przyprowadź go do mnie. Boga lub kogokolwiek, kto tu rządzi. Chcę go zobaczyć!"

ROZDZIAŁ DWUDZIESTY CZWARTY

E riel syknęła i zniknęła.

E-Z i Alfred/Parker pozostali. Nazwisko Parker było dla niego nikim i niczym. Alfred był jego przyjacielem, a teraz, gdy go nie ma, zapamięta go jako Alfreda i tylko Alfreda.

Czekał na coś i na nic jednocześnie. E-Z przytulił martwego przyjaciela, życząc mu powrotu do życia.

"Napijesz się czegoś?" zapytał głos w ścianie.

"Chciałbym, żeby mój przyjaciel znów żył. Czy możesz przywrócić go do życia? Czy możesz mi pomóc go uratować?".

"Proszę, pozostań na miejscu".

PFFT.

Kojący zapach lawendy wypełnił powietrze. Odpłynął w senny stan, w którym przeżywał wspomnienie, wspomnienie, które zmieniło się i zmieniło, aby dopasować się do jego obecnej sytuacji.

Matka i ojciec E-Z żyli i mieli się dobrze, ale byli młodsi. Wracali ze szpitala samochodem, którego nigdy wcześniej nie widział. Jego ojciec, Martin, pospieszył z siedzenia kierowcy, aby pomóc matce, Laurel, wydostać się z samochodu.

Razem sięgnęli na tylne siedzenie i wyjęli fotelik dla niemowlęcia. Spojrzeli z miłością na śpiące w nim dziecko.

"Jest jak jego starszy brat - powiedział Martin.

"Tak, E-Z zawsze zasypiał w samochodzie - powiedziała Laurel.

"Wejdź do środka," gruchnął Martin.

"I poznaj swojego starszego brata" - powiedziała Laurel, gdy niemowlę otworzyło na chwilę oczy, po czym ponownie zasnęło.

E-Z, który wyglądał przez okno, ze swoim wujkiem Samem obok niego. Chciał wyjść na zewnątrz i powitać swojego nowego braciszka lub siostrzyczkę.

"Poczekaj, aż wejdą do środka" - powiedział wujek Sam.

"Dobrze" - powiedział siedmioletni E-Z, z twarzą przyciśniętą do okna, trzymaną w dwóch rękach.

Drzwi frontowe otworzyły się, "Jesteśmy w domu!" zawołała jego matka Laurel.

E-Z podbiegł do drzwi frontowych, gdzie jego matka i ojciec przytulili go. Przykucnęli, by zaprezentować najnowszego członka rodziny Dickensów.

"Jest taki mały", powiedział E-Z.

"To on" - powiedział jego ojciec.

"Oh."

"Chcesz go potrzymać? - zapytała matka.

"Dobrze" - powiedział E-Z, trzymając się za ramiona, aby jego matka mogła umieścić w nich swojego młodszego brata. "Ale nie chcę go obudzić. Nie będzie miał nic przeciwko?"

"Nie, nie obudzi się - powiedziała Laurel.

"Jeśli to zrobi, to dlatego, że chce poznać swojego starszego brata.

"Czy on ma imię?" zapytał E-Z, biorąc noworodka w ramiona i tuląc jego głowę.

"Jeszcze nie, czy chcesz go nazwać?" zapytała jego matka. "Dobrze, trzymaj go za szyję, tak... bardzo dobrze. Skąd wiedziałeś jak to zrobić? Jesteś takim dobrym starszym bratem".

"Świetna robota, kolego - powiedział jego tata.

E-Z spojrzał w dół na twarz cygneta i powiedział: "Dla mnie wygląda jak Alfred".

Łzy spłynęły po policzkach E-Z, gdy zderzyły się dwa światy. W jednym tulił swojego młodszego brata o imieniu Alfred. W drugim tulił martwe ciało Alfreda w silosie.

"Czas oczekiwania wynosi teraz siedem minut", powiedział głos w ścianie.

"Siedem minut", powtórzył E-Z.

Myślał o Alfredzie, o jego mocach. O tym, jak mógł leczyć inne formy życia, w tym ludzi. Zastanawiał się, czy Alfred uzdrowił młodego mężczyznę. Czy sam dokonał zamiany? Czy byłoby to możliwe?

"Alfredzie," powiedział E-Z. "Alfredzie, słyszysz mnie?" Potrząsnął ciałem przyjaciela. "Alfredzie!" powtarzał w kółko, mając nadzieję, że jego przyjaciel jakoś go usłyszy.

Gdy zegar na ścianie odliczał czas, pojawiła się Ariel. "Nie możesz traktować ciała w taki sposób. To hańba." Rozłożyła skrzydła i podniosła wiotkie ciało Alfreda z ramion E-Z z zamiarem zabrania go.

"Nie!" powiedział E-Z. "Nie dostaniesz go.

Ariel potrząsnęła skrzydłami, a potem wskazała palcem na E-Z.

"Alfred opuścił budynek, trzymasz skórę, kombinezon, który go trzymał. Alfred jest teraz tam, gdzie powinien być. Pozwól jego ciału odejść.

E-Z usiadł. Jeśli Alfred był gdzieś ze swoją rodziną, jeśli to była prawda, to tak, pozwoliłby mu odejść. Do tego czasu się trzymał.

"Gdzie on dokładnie jest? Czy jest ze swoją rodziną?

Ariel podleciała blisko, niezwykle blisko, prawie siadając na nosie E-Z. "Tego nie mogę powiedzieć.

"W takim razie nie pozwolę mu odejść.

"W porządku - powiedziała Ariel. Odchrząknęła i zniknęła.

Nad nim, w silosie pojawiły się dwie postacie - mężczyzna i kobieta. Ruszyli w jego stronę i spłynęli w dół. Coraz bliżej i bliżej.

Przetarł oczy. Czy znowu śnił? To byli jego matka i ojciec. Martin i Laurel. Anioły, które przyszły go powitać. Potrząsnął głową. To nie mogli być oni. To niemożliwe. Śnił o nich - o tym, jak przyprowadzają do domu młodszego brata. Teraz byli tutaj, z nim w silosie. Jasne jak słońce - ale czy on wciąż spał? Śnił?

"E-Z," powiedziała jego matka. "Ta osoba, twój przyjaciel Alfred, nie żyje. Musisz pozwolić mu odejść i kontynuować swoją pracę. Musisz ukończyć próby, a zegar tyka. Kończy ci się czas".

Ojciec E-Z, Martin, powiedział: "Tylko w ten sposób możemy znów być razem".

"Ale oni go okłamali", powiedział E-Z. "Powiedzieli mu, że będzie ze swoją rodziną. Nie może być teraz ze swoją rodziną, nie w ten sposób. Skąd mam wiedzieć, że mnie nie okłamują, mówiąc o byciu z tobą? Skąd mam wiedzieć, że nie jesteś manipulacją Eriel, by zmusić mnie do wykonywania jego rozkazów?

"Kim jest Eriel? - zapytała jego matka.

"Nie znamy Eriela - powiedział jego ojciec.

To nie miało sensu. To było miejsce Eriela. To, czy go znali, czy nie, nie miało znaczenia, to on był odpowiedzialny za ich obecność. Wiedział, jak pociągnąć za serce E-Z. Wiedział, jak skłonić go do zrobienia tego, czego chciał.

Czego dokładnie chciał? I dlaczego wykorzystywał do tego swoich rodziców? To było bezwstydne. W powietrzu nad nim unosili się jego rodzice, włączając i wyłączając uśmiechy, jakby byli marionetkami. Wtedy wiedział już na pewno, że te dwa duchy, czy czymkolwiek one były, nie były jego rodzicami. Byli wytworem jego wyobraźni, lub być może wyobraźni

Eriel. Nie mógł jednak zrozumieć dlaczego. Dlaczego był tak okrutnie i bezwstydnie manipulowany?

"Obudź się E-Z!

Był z powrotem w swoim łóżku. W swoim domu.

Przewrócił się i zasnął... i wylądował z powrotem w silosie - znowu.

ROZDZIAŁ DWUDZIESTY PIĄTY

Trzy podobne do silosów przedmioty unosiły się po pomieszczeniu, jakby grały w grę "Podążaj za liderem".

To nie były silosy. Były to autentyczne miejsca wiecznego spoczynku zwane Łapaczami Dusz.

Za każdym razem, gdy żywa istota ginęła, pod warunkiem, że ciało, w którym żyła, urodziło się z duszą, pewnego dnia będzie żyć dalej. Łapaczy Dusz było wielu, zbyt wielu, by ich zliczyć. Ich liczba była znacznie większa niż my, ludzie, jesteśmy w stanie pojąć. Więcej niż googolplex, który jest największą znaną liczbą.

Kiedy przybył E-Z, tak jak poprzednio, został umieszczony w swoim czekającym łapaczu dusz.

Alfred przybył następny, wciąż martwy, jego ciało zostało umieszczone w jego łapaczu dusz.

Lia przybyła ostatnia, wciąż śpiąc w swoim łapaczu dusz.

Nie minęło wiele czasu, gdy E-Z zaczął odczuwać klaustrofobię.

"Chcesz coś do picia?" zapytał głos w ścianie.

"Nie, dziękuję - powiedział, bębniąc palcami po ramieniu wózka inwalidzkiego, gdy pojawił się anioł. Nowy anioł, którego wcześniej nie widział.

Ten anioł był kobietą. Ubrana była w czarną suknię i czepek - jakby brała udział w ceremonii ukończenia szkoły. Na jej surowo wyglądającej twarzy znajdowała się para okularów. Podobne do tych, które nosiła Marilyn Monroe na plakacie w kawiarni. Różnica polegała na tym, że te oprawki pulsowały czerwonym płynem, który przypominał krew.

"E-Z", powiedziała drżącym głosem. Jej głos rozbrzmiał. "Witaj z powrotem w swoim Łapaczu Dusz".

"Łapaczu dusz?" - powiedział. "Czy tak nazywa się ta rzecz? Dla mnie wygląda bardziej jak silos. Czym w ogóle jest Łapacz Dusz?

"To miejsce wiecznego spoczynku dla dusz - powiedziała, jakby odpowiadała na to samo pytanie już milion razy.

"Ale czy to nie jest dla ludzi, którzy już nie żyją? Nie jestem martwy. Miał nadzieję, że nie jest martwy!

"Zaczekaj!" krzyknęła.

Znów zatrzęsła ścianami, gdy mówiła. Jego zęby też wibrowały. Tak bardzo, że wolałby być na zewnątrz w śniegu, niż słyszeć jej kolejne słowa.

"Nie powiedziałam ci, że to czas na pytania i odpowiedzi. Jak widzę, większość prób zakończyłaś pomyślnie. Aczkolwiek Alfred asystował przy próbie numer dwa. Jak wiesz, niesankcjonowana pomoc nie jest dozwolona.

E-Z otworzył usta, by bronić Alfreda, ale zamknął je ponownie. Nie chciał ryzykować, że znów podniesie głos. Z pewnością chciałby, żeby podkręcili tam temperaturę. Z drugiej strony, to było miejsce dla dusz. Może dusze wolały chłodnie.

TICK-TOCK.

Koc był teraz owinięty wokół jego ramion.

"Dziękuję."

"Masz rację, kiedy umrzesz, twoja dusza spocznie tutaj. Albo spoczęłaby tutaj, gdybyśmy pozwolili ci umrzeć. Ale utrzymaliśmy cię przy życiu. Mieliśmy ku temu dobry powód. Wszystko się jednak zmieniło. To nie zadziałało. Dlatego chcielibyśmy unieważnić naszą pierwotną umowę".

"Co masz na myśli? Masz tupet! Próbujesz anulować umowę, tylko dlatego, że jestem dzieckiem? Istnieją przepisy przeciwko pracy dzieci. Poza tym zrobiłem wszystko, o co mnie prosiłeś. Jasne, musiałem uczyć się wszystkiego na bieżąco. Ale w trudnych chwilach dałem radę. Dotrzymałem swojej części umowy, a ty powinieneś dotrzymać swojej".

"O tak, zrobiłeś to, o co cię proszono. W tym tkwi problem - brakuje ci inicjatywy".

"Brak inicjatywy!" wykrzyknął E-Z, uderzając pięściami w ramiona wózka inwalidzkiego. "Umowa była taka, że wysyłasz mi próby, a ja wymyślam, jak je pokonać. Uratowałem życie. Nie możesz zmieniać zasad w połowie gry.

"To prawda, taka była pierwotna umowa. Potem coś poszło nie tak z Hadziem i Reiki - zapomnieli wymazać umysły - i Eriel musiał się zaangażować.

"Wysłał mi próby, ukończyłem je. Pokonałem go nawet w pojedynku.

"Tak, pokonałeś. Poprosiłem go, aby przetestował więzi między tobą a twoim wujkiem Samem.

"Przetestować nas?"

"Tak. Archanioł nie jest przeznaczony do TWORZENIA prób dla szkolącego się anioła. Z powodu twojego, no cóż, braku inicjatywy, Eriel musiał zaangażować się bardziej niż powinien.

"Poczekaj chwilę! Więc chcesz powiedzieć, że miałam iść i znaleźć własne próby? Dlaczego nikt nie poinformował mnie o tych wymaganiach?

"Mieliśmy nadzieję, że sam się zorientujesz. Były pewne wskazówki. Wskazówki dotyczące większego obrazu. Podobieństwa. Mieliśmy nadzieję, że będziesz miał innych, z którymi będziesz mógł omówić próby. Próby, które już ukończyłeś. Że trafisz w sedno problemu. Dojdziesz do tego samego wniosku.

Pomożesz nam. Może nawet go pokonasz - bez konieczności karmienia cię łyżeczką. Daliśmy ci wszystkie możliwości, ale tego nie zrobiłeś. Więc idziemy inną drogą".

"Podobieństwa? Być może wiem, co masz na myśli.

"Jeśli to rozgryziesz i skorzystasz z opcji superbohatera... To by zadziałało. Tak długo, jak wszystko będzie jasne. Miałeś pełny obraz sytuacji. Wiedziałeś, jakie jest ryzyko.

"Więc nadal będziemy zespołem? Dlaczego tego nie sprecyzujesz? Ułatwisz mi to?"

"W przeszłości, mimo że twoi towarzysze otrzymali moce, których ty nie posiadałeś, nie wykorzystałeś ich. Zamiast tego cała wasza trójka siedziała, marnując czas i czekając, aż wszystko się wydarzy.

Nie wydawało ci się dziwne, kiedy Eriel pojawił się w parku rozrywki? Podnosił profile Trójki. To nie jest zadanie archanioła. To twoja praca.

Potrząsnął głową. "Nie byłem w stu procentach pewien, że to Eriel, dopóki nie zidentyfikował się na końcu. Wcześniej miałem swoje podejrzenia. Kto inny ubrałby się jak Abraham Lincoln?

"Poza tym myślałem, że nikt nie powinien o tym wiedzieć. Do tego momentu myślałem, że próby są tajemnicą. Bałam się złamać umowę z tobą. Ophaniel powiedział, że jeśli komukolwiek powiem, stracę szansę na ponowne spotkanie z rodzicami. Przestrzegałem zasad, które mi wyznaczyłeś. Chyba nie rozumiesz pojęcia fair play.

"To nie jest gra. Archaniołowie mogą robić, co tylko zechcą!" wykrzyknęła, podchodząc bliżej miejsca, w którym siedział E-Z. Wysunęła podbródek do przodu. "Zdecydowaliśmy, że bardziej nadajesz się do gry Superbohatera niż Anioła. To właśnie wtedy otrzymałeś pomoc w dziale PR. Aby zachęcić cię do znalezienia własnych ludzi do pomocy. Bóg wie, że ziemia jest ich pełna. Jak nazywał ich Szekspir, tych, którzy mruczą i rzygają w ramionach pielęgniarki".

"Nie czytałem żadnego Szekspira, ale jestem spokrewniony z Charlesem Dickensem. Nie, żeby to było istotne. Ale dobrze, więc chcesz, żebym kontynuował, jako superbohater z Alfredem, jeśli żyje i z Lią u mojego boku. Możemy łatwo uzyskać duże wsparcie i rozgłos w mediach.

"Nadal jestem ci oddany. Jeśli dasz nam wolną rękę, niebo będzie granicą. Znamy mnóstwo dzieciaków w szkole i w branży sportowej. Możemy założyć gorącą linię superbohaterów i stronę internetową. Możemy korzystać z mediów społecznościowych, aby łączyć się z ludźmi z całego świata. Ludzie będą ustawiać się w kolejce, byśmy im pomogli. To będzie zupełnie nowa gra".

"Ach, w końcu mówi o inicjatywie... ale mój drogi chłopcze, to o wiele za mało i za późno. Jak już mówiłem, nie chcemy mieć wobec ciebie żadnych zobowiązań. Nie jesteś już z nami związany. Nie masz już długu do spłacenia".

"Ale..."

"Wszyscy troje udowodniliście, że jesteście w tym tylko dla siebie. Kiedy anioły po raz pierwszy zasugerowały, że możesz nam pomóc, reprezentować nas tutaj na ziemi - mieliśmy plan. Z Alfredem było tak samo. Potem pojawiła się Lia. Od tego czasu odnieśliśmy pewien sukces z waszą dwójką. Włączyliśmy ją do trio... ale teraz staliście się przestarzali.

"Ratujemy ludzi, pomagamy ludziom.

"Nie wciskaj mi tego. Gdybym zaoferował ci szansę bycia z rodzicami dziś, tu i teraz. Rzuciłbyś ręcznik. Odszedłbyś, nie troszcząc się ani nie myśląc o tych życiach, które mógłbyś ocalić, gdyby próby trwały dalej.

"Spodziewam się, że tak samo postąpisz z Alfredem - o ile przeżyje. Bez mrugnięcia okiem udałby się z rodziną na pole stokrotek. A mówiąc o oczach, gdyby Lia odzyskała wzrok - ona też by odleciała.

"Po dokładnym rozważeniu zdaliśmy sobie sprawę, że żadne z was nie jest oddane niczemu innemu niż sobie, dlatego przeszliśmy do planu B.

"Poczekaj chwilę. Zdefiniujmy pracę." Wygooglował ją i z zadowoleniem stwierdził, że ma cztery kratki. "Według słownika online: regularne wykonywanie pracy lub obowiązków za wynagrodzenie. Pracowałem dla ciebie bez wynagrodzenia. Poza obietnicą rekompensaty. Mieliśmy ustną umowę.

"Nie jestem pewien szczegółów umowy, jaką miał Alfred lub Lia, ale założę się, że ich aniołowie zaoferowali im podobne zachęty. Ja dotrzymałem swojej części umowy, a ty powinieneś dotrzymać swojej. Mam trzynaście lat i," wygooglował to. "Tak, jak myślałem, zgodnie z amerykańskim Departamentem Pracy, czternaście lat to minimalny wiek pracy."

Roześmiała się i poprawiła okulary. Zauważył, że miała krew na rękach. Wytarła je o swoją czarną szatę. "Wczesne prawa nie mają zastosowania do aniołów i archaniołów. To naiwne z twojej strony, że tak myślisz. Zrobiła pauzę. "Jesteśmy gotowi zaoferować ci dwie opcje. Opcja numer jeden: Pozostaniesz tutaj w swoim Łapaczu Dusz do końca życia.

"Co?

Fundamenty jego Łapacza Dusz zadrżały. Myśl o byciu pogrzebanym żywcem w tym metalowym pojemniku przyprawiała go o mdłości.

"Życie, które przeżyjesz, twoje oddychające dni będą spędzone zgodnie z obietnicą tych imbecylnych archaniołów. Z twoimi rodzicami. To znaczy, przeżyjesz swoje życie z rodzicami od dnia, w którym się urodziłeś, aż do momentu, w którym ich życie dobiegło końca. Nigdy nie będziesz na wózku inwalidzkim, a oni nigdy nie umrą". Zrobiła pauzę. "Teraz możesz mówić.

"Czy masz na myśli, że będę ponownie przeżywać moje życie z rodzicami, każdy dzień, który spędziliśmy razem, przez całą wieczność, w kółko?"

"Tak."

"Jaka jest opcja numer dwa?"

"Nie zgadniesz? - zapytała z szczerbatym uśmiechem.

Jej uśmiech był na tyle nieszczery, że musiał odwrócić wzrok.

Czekał.

"Opcja druga oznaczałaby, że wrócisz do życia z wujkiem Samem. Zawahała się, podchodząc bliżej E-Z. Już i tak było mu zimno, a teraz z każdym machnięciem skrzydeł robiło mu się jeszcze zimniej. Przykrył się kocem. Kontynuowała. "Jak już się pewnie domyśliłeś, nie połączysz się z rodzicami ani nigdy, ani w żadnej z tych opcji. Odtworzylibyśmy przeszłość. To byłoby tak, jakbyś żył w sztuce lub programie telewizyjnym.

"Co! Nie na to się zgodziłem!" wykrzyknął E-Z. "Chcesz powiedzieć, że Hadz. Reiki, Eriel i Ophaniel mnie okłamali?"

"Kłamstwo to mocne słowo, ale tak. Spójrz na swoje otoczenie. Dusze są deponowane w indywidualnych przedziałach. Przedział jest przygotowany z wyprzedzeniem dla każdej duszy.

"Więc chcesz powiedzieć, że moi rodzice są w jednej z tych przegródek?"

"Tak, ich dusze są.

"I co się z nimi dzieje?"

"Unoszą się w niebiosach".

"To smutne. Zawsze myślałem, że moi rodzice będą gdzieś razem. Wiem, że to była jedyna rzecz, która dawała Alfredowi ukojenie. Że jego żona i dzieci są gdzieś razem. Nikt nie lubi myśleć, że jego ukochana osoba umiera samotnie. Nie mówiąc już o spędzeniu wieczności w metalowym pojemniku dryfującym z miejsca na miejsce.

"Ludzki sentymentalizm. Dusze jedynie istnieją. Nie żyją i nie oddychają, nie jedzą, nie czują, że jest im za gorąco lub za zimno. Ludzie nie rozumieją tego pojęcia".

Zadrwił.

"Nie chcę obrażać twojego gatunku. Ale kiedy ciało umiera, to co pozostaje, dusza, jest trudną koncepcją do ogarnięcia umysłem. Ludzkie mózgi są po prostu zbyt małe, by pojąć złożoność wszechświata. Stąd tworzenie doktryn religijnych. Napisane w kategoriach laika. Łatwe do nauczenia i przestrzegania bez żadnych dowodów".

"Skoro dusze są bardziej cenione niż ludzie tacy jak ja, jak mógłbym przeżyć resztę życia w jednym z tych pojemników?"

"Wprowadziliśmy poprawki, tak jak teraz i wcześniej. Nie miałeś żadnych problemów z egzystencją tutaj, kiedy cię przywieźliśmy, prawda?".

"Poza klaustrofobią - powiedział. "I czasy, kiedy musieli mnie uspokajać tym lawendowym sprayem".

"Ach, tak. Nawrót klaustrofobii będzie oczywiście zależał od tego, którą opcję wybierzesz. Jeśli wybierzesz opcję numer jeden, środowisko będzie cię wspierać na wszystkie sposoby, dopóki twoja dusza nie będzie gotowa. Wtedy twoja ziemska forma może zostać usunięta. Ludzie się przystosowują, a ty się do tego przyzwyczaisz. Dodatkowo, będziesz ze swoimi rodzicami, przeżywając wspomnienia. W ten sposób umilisz sobie czas. A teraz dokonaj wyboru!"

"Czekaj, a co z moimi skrzydłami i skrzydłami mojego krzesła? Co się z nimi stanie?" Zawahał się: - A co z mocami Alfreda i Lii? Jeśli wybierzemy opcję numer jeden, czy wrócimy do tego, co było? To znaczy, zanim ty i inni archaniołowie zaangażowaliście się w nasze życie?

"Oczywiście, nie zamierzamy odrywać ci skrzydeł, mój drogi chłopcze, ani usuwać żadnych mocy, które któryś z was już otrzymał. Jesteśmy archaniołami, a nie sadystami.

"Dobrze wiedzieć, więc możemy dalej być superbohaterami.

"Możecie, ale będziecie musieli stworzyć swój własny rozgłos - bo kiedy nas zabraknie - znikniemy na dobre".

"Proszę, pozostańcie na miejscach - powiedział głos w ścianie, choć E-Z nie miał wielkiego wyboru w tej sprawie.

Archanioł nic nie odpowiedziała. Zamiast tego odwróciła swoją uwagę, czyszcząc okulary i zakładając je z powrotem.

"Jeszcze jedna rzecz," zapytała E-Z, "dotycząca Alfreda."

"Mów dalej, ale pospiesz się. Inną koncepcją, której ludzie nie rozumieją, jest to, że czas istnieje we wszechświecie. Mam inne miejsca do odwiedzenia i innych archaniołów do zobaczenia.

"W porządku, zajmę się tym. Alfred jest teraz w innym ludzkim ciele. Jeśli dusza pozostaje z ciałem, to czy są tam dwie dusze? Czy łapacz dusz czeka na dwie dusze?"

Anioł odwróciła się do niego plecami. Oczyściła gardło, zanim się odezwała: - Mieliśmy nadzieję, że nie zadasz tego pytania. Jesteś mądrzejszy niż się spodziewaliśmy. Zamknęła oczy i skinęła głową. Jej oczy pozostały zamknięte. E-Z sprawdził, czy nosi zatyczki do uszu, ponieważ wyglądała, jakby kogoś słuchała. A może mu się wydawało. Przytaknęła. "Zgoda - powiedziała.

"Czy jest tu z nami ktoś jeszcze? - zapytał.

Zewsząd dobiegł go nowy głos. Dlaczego wszyscy archaniołowie mieli takie donośne głosy?

"Jestem Raziel, Strażnik Tajemnic. E-Z Dickens, musisz posłuchać moich słów. Gdy je wypowiesz, nie będziesz ich pamiętał. Ani tego, że tu byłem. Łapacze Dusz i ich cele to nie twoja sprawa. Przekroczyłeś swoje granice, a my nie będziemy tego tolerować. Hojnie daliśmy ci dwie opcje. Zdecyduj TERAZ, albo mój uczony przyjaciel podejmie decyzję za ciebie".

E-Z zaczął mówić, ale jego umysł stał się pusty. O czym oni rozmawiali?

Archanioł ponownie zamknęła oczy, wypowiedziała słowa "Dziękuję", a głos Raziela nie odezwał się więcej.

****

To było tak, jakby czas się cofnął. "Oczekujesz, że podejmę decyzję na miejscu, nie dając mi czasu do namysłu? Bez rozmowy z wujkiem Samem lub przyjaciółmi? A co z Alfredem, powiedziano mu, że połączy się z rodziną? A Lii powiedziano, że odzyska wzrok.

"Odkąd Alfred odszedł, twoja decyzja - czy przeżyje na Ziemi, czy nie - będzie jego decyzją. Jego opcja numer jeden będzie taka sama jak twoja. Czy chciałby ponownie przeżyć swoje życie z rodziną? Gdy odejdzie, może już mieć o nich przyjemne sny. Z drugiej strony, nigdy nie wiadomo, jakie sztuczki może płatać umysł. Może być w pętli koszmarów i tylko ty możesz uratować jego i jego rodzinę, dokonując dla niego właściwego wyboru".

"Twierdzisz, że nigdy z tego nie wyjdzie? Na pewno?"

"Tego nie mogę powiedzieć. Wiem tylko, że Łapacz Dusz nie jest gotowy, by odebrać mu duszę... jeszcze.

"A Lia?

"Jej ludzkie oczy zniknęły w tym życiu, tak jak twoje nogi. Może ponownie przeżyć swoje widzące dni, ale może woleć, żebyś ty też wybrał za nią. W końcu nie miała czasu dorosnąć i dojrzeć jak normalne dziecko. Straciła już trzy lata swojego życia, a ten epizod starzenia się, nie jesteśmy pewni, czy to jednorazowy przypadek, czy może się powtórzyć".

"To znaczy, że nie wiecie, co się z nią stanie?"

"Nie, nie wiemy. Poza tym ona wciąż śpi.

"Nie mogę o tym zadecydować za całą naszą trójkę w określonym czasie. To poważna decyzja i potrzebuję czasu.

"Więc go dostaniesz. Pojawił się zegar odliczający sześćdziesiąt minut. "Twój czas zaczyna się teraz. Daj mi odpowiedź, zanim wybije zero. W przeciwnym razie wszystko, o czym rozmawialiśmy, będzie nieważne. I znajdziesz się z powrotem w hotelu z martwym ciałem swojego przyjaciela". Jej skrzydła zatrzepotały i wzniosła się coraz wyżej.

"Poczekaj, zanim odlecisz - zawołał.

"O co teraz chodzi?

"Czy są inni, to znaczy inne dzieci takie jak my?

"Miło było cię poznać - powiedziała.

"Uczucie zdecydowanie nie jest odwzajemnione - odpowiedział.

ROZDZIAŁ DWUDZIESTY SZÓSTY

W miarę jak mijały minuty, E-Z analizował wszystko, co właśnie mu powiedziano. Żałował, że silos nie jest wystarczająco szeroki, aby mógł się więcej poruszać. Przynajmniej siedział wygodnie na swoim wózku inwalidzkim. Razem stanowili dynamiczny duet.

"Chcesz coś zjeść?" zapytał głos ze ściany.

"Jasne, że tak - odpowiedział. "Jabłko, trochę popcornu - smak serowy byłby dobry i butelkę wody".

"Już idę - powiedział głos, a metalowy stół przecisnął się przez szczelinę w ścianie, której wcześniej nie zauważył. Zatrzymał się przed nim. Ze szczeliny wysunął się hak, niosąc najpierw butelkę wody. Następnie drugi hak niosący szklankę. Następnie trzeci hak z jabłkiem. Przed odłożeniem go na ziemię, hak wypolerował je ręcznikiem. Następnie wyskoczył czwarty hak, niosąc miskę popcornu.

"Dziękuję" - powiedział, gdy cztery chwytające się haki pomachały i zniknęły z powrotem w ścianie.

"Nie ma za co.

"Czy jest szansa, że przyniesiesz mi mój komputer? Został zniszczony w pożarze. Z pewnością chciałbym móc zrobić listę rzeczy, aby podjąć tę decyzję".

"Jasne. Daj mi tylko minutę lub dwie".

Gdy kończył jabłko i zastanawiał się nad popcornem, z innej szczeliny na przeciwległej ścianie pojawił się jego laptop. Hak trzymał go w górze, czekając, aż E-Z przesunie inne przedmioty, aby go pomieścić. Kiedy tego nie zrobił, haki pojawiły się z drugiej strony. Jeden podniósł ogryzek jabłka i zniknął z powrotem w ścianie. Inny wlał pozostałą wodę do szklanki. Następnie zabrał pustą butelkę z powrotem przez szczelinę w ścianie. Ponieważ chciał zatrzymać popcorn i szklankę wody, zabrał je ze stołu. Hak odłożył laptopa, a następnie wrócił przez szczelinę w ścianie.

E-Z uważał haczyki za fajne akcesoria. Mógłby z łatwością sprzedać je dużej szwedzkiej sieci.

Teraz, gdy haki zniknęły, podniósł pokrywę laptopa i włączył go. Najpierw sprawdził plik Tattoo Angel, wszystko wciąż tam było! Był taki szczęśliwy; płakałby, gdyby zegar nie odliczał czasu.

"Dziękuję bardzo - powiedział, wpychając do ust garść tandetnego popcornu. A potem zaczął pisać. Postanowił pomyśleć o sobie w trzeciej kolejności. Najpierw wypisz plusy i minusy dotyczące Alfreda. Od razu wiedział, że Alfred nie miałby nic przeciwko wielokrotnemu przeżywaniu swojej przeszłości z rodziną. Możliwe, że od razu wybrałby tę opcję.

"Mimo to wydawało się E-Z, że nie jest to opcja, którą jego rodzina chciałaby, aby wybrał. Ponieważ przeżywałby to, co już było, a nie szedł naprzód. W życiu musisz iść naprzód. Kontynuować naukę i rozwój.

Im więcej o tym myślał, tym bardziej zdawał sobie sprawę, że byłoby to jak oglądanie historii swojego życia. Wyobraź sobie swoje życie dwadzieścia cztery siedem w stałej pętli. Nigdy nie wiesz, kiedy się skończy. Albo czy w ogóle się skończy. To mogłoby zamienić się w inny rodzaj piekła. O którym nie chciał myśleć.

Chyba, że wiedziałby na pewno, że Alfred zawsze będzie w śpiączce. Do czego nawiązał archanioł. Wtedy dla niego dokonanie wyboru odpędziłoby wszelkie złe sny i koszmary. Alfred będzie ze swoją rodziną, na zawsze. Nawet jeśli nie byłoby to prawdziwe... mogłoby wystarczyć. Czy to wybierze?

Spojrzał na zegarek, zostało pięćdziesiąt minut. Zaczął myśleć o sprawie Lii. Jej marzenie o zostaniu sławną baletnicą zostało przerwane. Czy chciałaby przeżyć dzieciństwo, wiedząc, że to marzenie nigdy się nie spełni? Dla niej warto byłoby zaryzykować przyszłość. Oczy w dłoniach sprawiały, że była wyjątkowa, niepowtarzalna... i dało się ją lubić. Mogłaby być nawet najnowszą wersją cudownej kobiety, gdyby była w stanie okiełznać wszystkie moce.

"E-Z?" powiedziała Lia. "Słyszę twoje myśli, ale gdzie jesteś?

O nie! Teraz, gdy się obudziła, musiałby jej wszystko wyjaśnić, a to zajęłoby trochę czasu, a czas uciekał. Musiał to zrobić szybko. "Posłuchaj Lia - zaczął - mam ci do opowiedzenia długą historię, proszę, nie przerywaj mi, dopóki jej nie skończę. Kończy nam się czas. Wyjaśnił wszystko, zajęło mu to dziesięć minut. Kolejne dziesięć minut minęło. Pozostało czterdzieści minut.

"Dobrze, E-Z, ty pomyśl o sobie, a ja pomyślę o sobie. Poświęć pięć minut, a potem porozmawiamy ponownie. Czas zaczyna się teraz".

"Dobry plan.

Pięć minut później zegar wskazywał trzydzieści pięć minut. E-Z zapytał Lię, czy podjęła decyzję.

"Zdecydowałam", odpowiedziała. "A ty?

"Ja też - powiedział. "Ty pierwsza, w pięć minut lub mniej, jeśli dasz radę".

"Dla mnie to dość łatwa decyzja, E-Z. Nie chcę zostać w tym czymś i żyć tutaj. Kiedy Łowca Dusz mnie tu sprowadzi, będę martwy. W porządku. Ale nie chcę być siłą ograniczony do tej przestrzeni. Nie, kiedy mogę być na zewnątrz, czując ciepło słońca, słuchając ptaków, z wiatrem we włosach. Nie wspominając o spędzaniu czasu z mamą i wujkiem Samem, i mam nadzieję, że z tobą. Życie jest zbyt krótkie, by je marnować i przez większość czasu lubię moje nowe oczy". Zaśmiała się.

"Zgadzam się i na twoim miejscu zrobiłabym to samo.

"Dzięki, E-Z. Ile czasu zostało?

"Jeszcze dwadzieścia pięć minut - potwierdził. "A teraz moje przemyślenia za mniej niż pięć minut. Nie przeszkadza mi to tutaj, nie różni się zbytnio od bycia na zewnątrz. Nauczyłem się, że wózek inwalidzki to nie koniec świata. W rzeczywistości przyzwyczaiłem się do tego. Mogę robić rzeczy, które robiłem wcześniej, na przykład grać w baseball, i nie jestem w tym całkowicie do bani. Heck, może pewnego dnia zagrają w nią nawet na paraolimpiadzie.

"Moi rodzice nie chcieliby, żebym marnował życie żyjąc przeszłością. Wujek Sam też by nie chciał. Nie chcę rezygnować ze wszystkiego, tylko dlatego, że te kretyńskie archanioły złożyły kilka niestosownych obietnic. Zgadzam się więc z tobą. Wynosimy się z tych Łapaczy Dusz. Będziemy żyć naszym życiem, dopóki nie skończymy żyć. A potem może przyjść i nas złapać. Po latach, miejmy nadzieję, że będziemy mieli swój wkład w ludzkość i będziemy wiedli dobre życie. Być może znajdziemy innych takich jak my. Moglibyśmy założyć gorącą linię superbohaterów i współpracować na całym świecie. Moglibyśmy wykorzystać nasze moce, aby uczynić świat lepszym miejscem. Moglibyśmy żyć pełnią życia; tworzyć inspirujące życie, z którego bylibyśmy dumni, a nasze rodziny również".

"Brawo!" wykrzyknęła Lia. "Ale czy są inni, tacy jak my?".

"Zapytałam anioła, który mi wszystko wyjaśnił, ale nie odpowiedział. Dlatego myślę, że istnieją. Zerknął na zegar. "Zostało tylko dwadzieścia jeden minut.

"A co z Alfredem? Czy kiedykolwiek się obudzi?

"Anioł powiedziała, że nie wie, wie tylko łowca dusz... ale powiedziała, że może mieć koszmary. Jeśli jest szansa, że jest w piekle, to może lepiej pozwólmy mu odejść. Może opcja numer jeden, przeżywanie życia z rodziną w pętli, jest dla niego?

"Nie zgadzam się. Nikt z nas nie wie na pewno, kiedy łowca dusz po nas przyjdzie. Alfred nie chciałby marnować się tutaj, bo złe sny mogłyby go znaleźć. Nie tam, gdzie jest szansa, że może komuś pomóc lub kogoś zainspirować. Przyszliśmy tu razem i razem powinniśmy stąd wyjść. Moim zdaniem to wszystko."

Minęło czternaście minut.

Podeszła do sprawy Alfreda w wyjątkowy sposób. Czy miała rację? Czy Alfred rzeczywiście chciałby porzucić swoją rodzinę w tym scenariuszu dla niezbadanej przyszłości? Czy w końcu wszyscy nie żyjemy w nieznanym świecie? Zmieniając kursy, kaczkując i nurkując. Otwieramy okna, zamykamy drzwi. Pozwalając naszym emocjom prowadzić nas na manowce, a potem z powrotem. Wszystko polega na życiu. Tak, Lia miała rację. To była umowa zawarta.

Na zegarze pozostało osiem minut.

"Myślę, że masz rację, Lia. Wszystko za jednego i jeden za wszystkich - powiedział E-Z. "Archanioł powiedział mi, że muszę wypowiedzieć te słowa, zanim skończy się czas. Wtedy wszyscy znajdziemy się z powrotem w hotelu... jakby ten przerywnik z Soul Catcher nigdy się nie wydarzył".

"Myślisz, że nadal będziemy pamiętać o łowcach dusz? To dla nas ważna rzecz, aby wyciągnąć wnioski z tego doświadczenia. Nawet jeśli się nim nie podzieliliśmy. Pamiętaj, że to w pewnym sensie rozwala wszystko, co wiemy o niebie i życiu pozagrobowym".

Zostało pięć minut.

"Tak, ale przedyskutujmy to po drugiej stronie. Zacisnął pięści, gdy zegar odliczał cztery minuty. "Zdecydowaliśmy się!" krzyknął. "Wyciągnij naszą trójkę z tych łapaczy dusz - TERAZ!

Ściany silosu E-Z zaczęły się trząść. "Nic ci nie jest, Lia? - krzyknął. Nie odpowiedziała. Ziemia pod jego stopami zdawała się grzechotać i dudnić. Potem zaczęła się obracać, najpierw zgodnie z ruchem wskazówek zegara, potem przeciwnie do ruchu wskazówek zegara, a następnie zgodnie z ruchem wskazówek zegara.

Jego żołądek skręcił się. Wypluwał tandetny popcorn i żuł wszędzie kawałki czerwonego jabłka.

To były jedyne pamiątki, jakie miał po nim Łapacz Dusz. Miejmy nadzieję, że na bardzo długo

Podziękowania

Drodzy Czytelnicy,

Dziękuję za przeczytanie pierwszej i drugiej książki z serii E-Z Dickens. Mam nadzieję, że spodobało Wam się dodanie nowych postaci i nie możecie się doczekać, aby dowiedzieć się, co będzie dalej.

Kolejna książka będzie dostępna już wkrótce!

Jeszcze raz dziękuję moim beta czytelnikom, korektorom i redaktorom. Dzięki waszym radom i zachętom udało mi się utrzymać ten projekt na właściwym torze, a wasz wkład był/jest zawsze doceniany.

Dziękuję również mojej rodzinie i przyjaciołom za to, że zawsze mnie wspierali.

I jak zawsze, miłej lektury!

Cathy

O autorze

Cathy McGough mieszka w Ontario w Kanadzie z mężem, synem, psem i kotem.

Również przez:

FICTION
YA Polskie tłumaczenia
E-Z DICKENS SUPERBOHATER KSIĘGA TRZECIA
CZERWONY POKÓJ (już wkrótce!)
E-Z DICKENS SUPERBOHATER KSIĘGA CZWARTA: NA
LODZIE (już wkrótce!)